N&K

Leif Karpe

DER MANN, DER IN DIE BILDER FIEL

Ein Fall für Peter Falcon

ROMAN

NAGEL & KIMCHE

1. Auflage 2020

Lektorat: Momo Evers, Haus der Sprache
Satz: JournalMedia GmbH, Susanne Tauber
gesetzt aus der Garamond Pro 11 Punkt
Illustrationen: Daniela Mecklenburg
Umschlag: Büro Ziegler, Köln
unter Verwendung eines Fotos von
© akg-images / Erich Lessing / Die Sternennacht
Druck und Bindung: CPI Books GmbH

ISBN 978-3-312-01165-0
Printed in Germany

MIX
Papier aus verantwortungsvollen Quellen
FSC® C083411
FSC
www.fsc.org

DER MANN, DER IN DIE BILDER FIEL

Ein Fall für Peter Falcon

Frei nach der Idee *Die Route der Impressionisten*

von Achim Fell & Leif Karpe

Unter Verwendung von Zitaten von

Édouard Manet *Seite 66*

Pierre-Auguste Renoir *Seite 79, 81, 82, 83, 84*

Pablo Picasso *Seite 88*

Henri Marie Raymond de Toulouse-Lautrec-Monfa *Seite 180, 181, 187*

Claude Monet *Seite 135, 136*

Edgar Degas *Seite 116, 117, 118, 119*

Friedrich Nietzsche *Seite 189, 190, 210, 220, 221, 222*

Paul Cézanne *Seite 201, 202*

Rainer Maria Rilke *Seite 240*

Giorgio Manganelli *Seite 262*

Vincent van Gogh *230, 231, 235, 258, 259, 260, 261*

Vielen Dank für die inspirierende Unterstützung:

Momo Evers, Christoph Goldmann,

Eva Semitzidou, Saskia van Dijk, Tobias Wolk

»Was ist das, was du siehst?
Die Wahrheit?
Einen Traum?
Die Welt!«

Luis Cernuda
Spanischer Dichter

Die Stimme im Wind

Wie ein ungebetener Gast war er plötzlich da. Der kalte Fallwind aus dem Norden.

Vent du Fada nannten ihn die Einheimischen – der verrückt machende Wind. Er blies mit unablässiger Kraft bei tiefblauem Himmel und ausgezeichneter Sicht. Funkelnde Sterne mit dramatischer Prägnanz. Sternennacht auf Peters Netzhaut, unendliche Weite über ihm. Am Horizont dunkle, zischende Bäume. Er spürte den Wind auf seiner Haut, kühl auf seinem Gesicht, das er nun fast gierig dem Bild entgegenstreckte. Doch der ungebetene Gast machte ihn mürbe; Kraft und Konzentration ließen nach.

Von ganz weit hörte er eine Stimme. Vor ihm war ein uniformierter Wachmann aufgetaucht, der ihn nun kritisch musterte: »Alles in Ordnung?«

»Alles bestens, ich bin einfach nur ein wenig … erschöpft«, murmelte Peter.

Die Miene des Wachmannes blieb ungerührt.

Peter hörte ein Rauschen. Vor ihm hatte sich eine Lücke in der Menge aufgetan. Für einen kurzen Moment loderte eine tiefdunkle Flamme vor einem aufgewühlten Nachthimmel. Die Spitze einer Zypresse. Aber da schloss sich schon wieder die Lücke, und die Besucher rangelten sich um den besten Platz. Peter umschiffte den Wachmann und machte noch ein paar Schritte auf das Bild zu. Die Gruppe von Besuchern bewegte sich nun in unterschiedliche Richtungen davon und öffnete, wie einer Choreographie folgend, eine Art Gasse für ihn. Nur wenige Meter vor dem Bild blieb er stehen.

Heute Morgen war ihm unvermittelt der verwegene Plan gekommen, sich wieder einmal die *»Sternennacht«* anzusehen, jenes vielleicht berühmteste Gemälde von Vincent van Gogh. Der mittellose Künstler hatte es in einer stürmischen Juninacht im Jahre 1889 in der Provence gemalt. Auch wenn Peter in überfüllten Räumen meist Panikattacken bekam und die Kunstszene und alles, was damit zusammenhing, schon lange hinter ihm lag, hatte ihn heute beim Aufwachen eine unerklärliche Sehnsucht befallen. Er wollte das Bild spüren. Wollte, dass es so wie damals war – damals, als er – selbst noch ein Kind stundenlang im Atelier seines taubstummen Vaters vor dessen expressionistischen Werken gesessen und die Stille, in der der Vater malte und lebte, dazu genutzt hatte, um sich Geschichten auszudenken. Und irgendwann hatten die Farben, die Formen mit ihm gesprochen!

Unzählige Museen hatte er in den kommenden Jahren besucht, um Bilder von Van Gogh und anderen Künstlern zu betrachten. Und immer wieder war es passiert: Wenn er sich vor eines der Bilder setzte, sich auf es einließ, in es eintauchte, begannen diese, mit ihm zu sprechen!

Zunächst war es ihm wie Magie erschienen. Er hatte dieses Eintauchen in die Bilder geliebt; es war für ihn stets wie eine Reise gewesen – eine Reise, und zugleich ein untrennbarer Teil seiner selbst.

Später dann hatte er Kunst studiert. Es war ihm wie das Natürlichste auf der Welt erschienen, als er im Seminar das erste Mal von seinem Zugang zu den Gemälden, den Farben und Formen erzählte. Doch die Wirklichkeit war anders gewesen – kälter, grauer, genormter, strategischer. Sein intuitiver Zugang, sein intimer Kontakt zu den Kunstwerken war, so lernte er, falsch. Nicht wenige verlachten ihn dafür – und die, die es nicht taten, hielten ihn für einen netten, aber leicht verschrobenen Freak.

Nur Charles, sein engster Freund aus jenen fernen Studientagen, hatte das, was Peter empfand, zwar nicht verstehen, aber akzeptieren können. Er nannte es seinen zusätzlichen Sinn und hatte ihm prophezeit, dass er, Peter, damit eines Tages noch Geschichte schreiben werde. Wie sehr hatte Charles sich geirrt!

Peter schüttelte die Erinnerungen ab und konzentrierte sich erneut auf das Bild, dessentwegen er hergekommen war. Ein einziger Schritt würde genügen, um in diese Landschaft steigen zu können … Und tatsächlich: Der Raum um ihn herum veränderte sich, das Gemurmel versank in einem vielstimmigen Orchester aus Zikaden, und über ihm entfernte sich die Decke in eine nachtschwarze Unendlichkeit, in der die Feuerräder südlicher Sterne loderten.

Der Wind wurde jetzt kräftiger. Er kam aus seiner Mitte und blies einen lange verwehten Duft von Kornblumen und

Lavendel in den Raum. *Vent du Fada – Feenwind.* Peter konnte ein Wimmern hören, es war der Hilferuf eines Kindes. Einen Schritt noch, und …

Rums!

Ein kleiner Junge mit eisverschmiertem Mund und trotzigem Blick hatte ihm seine Faust in die Kniescheibe gerammt und sah nun zu ihm auf. »Der Mann hat mich getreten, Mama!«, greinte er.

Schon drängten weitere Besucher von hinten nach. »Hey! Weitergehen!«, schnarrte ein Mann hinter ihm.

Peter gab auf.

Es war eine dumme Idee gewesen, seinem Impuls zu folgen und hierherzukommen. Nicht umsonst hatte er der Welt der Kunst vor fast zwei Jahrzehnten den Rücken gekehrt und am St. Marks Place einen Comicladen eröffnet. Einen Comicladen, der in weniger als einer Stunde öffnen sollte. Peter warf der *»Sternennacht«* einen letzten, wehmütigen Blick zu.

Es war Zeit, zurückzukehren.

Der Freund

Durch den stürmischen Aprilwind und das Gewusel von St. Marks Place steuerte Peter auf das Eckhaus zu, auf dessen Dachverblendung in großen Lettern »Falcon's Comics & Records« prangte. Wie jeden Tag erwartete Mo, dem das Eisenwarengeschäft nebenan gehörte, ihn bereits mit zwei Grande Latte in den Händen.

Bevor Peter den heruntergekommenen Laden renoviert hatte, war dieser ein Burrito-Shop gewesen, und während das Village heutzutage wie ein Disneyland für Individualtouristen erschien, hatte es damals eher wie ein verlassener intergalaktischer Außenposten gewirkt. Die letzten Träumer und Spinner hatten den Bus nach Kalifornien verpasst und mussten mit weit gestellten Pupillen mitansehen wie sich ihre eigenen Dealer in der Nachbarschaft einnisteten. Dann waren die Makler gekommen, hatten in dem runtergewohnten Viertel ihre Claims abgesteckt, und Peter hatte gerade noch rechtzeitig seinen Mietvertrag unterschrieben, bevor die allgemeine Goldgräberstimmung die Preise anziehen ließ. Zum Glück, so dachte er oft, denn mit seinem Angebot an Jazz-Platten (dem größten im ganzen Viertel, darunter Original-Pressungen des Blue-Note-Labels aus den Sechzigern) und einer wohlsortierten Comic-Abteilung (Manga-Klassiker, aktuelle Franzosen, norwegische Art-Comics, weiter unten das etwas härtere Material, und in einem im Lager versteckten Regal ein paar indizierte Pretiosen, von deren Existenz Peter fast selbst kaum etwas wissen mochte) ließ sich der jetzige Mietpreis in keinem Fall erwirtschaften.

Nach all den Jahren waren Mo und Peter zu einem fast nostalgischen Detail von St. Marks geworden, genauso wie die alten Straßenbäume oder die große Werbetafel an der Ecke zur Avenue A. Und in einem Viertel der Vintage-Stores und trendigen Coffee-Shops einer bedrohten Minderheit anzugehören, schweißte natürlich zusammen.

Peter schlürfte seinen Kaffee, während Mo sich wie jeden Tag in epischer Breite über seine fresssüchtige Schwägerin beschwerte, die nun schon seit einem halben Jahr ohne gültige Aufenthaltsgenehmigung im Schlafzimmer seines Apartments in Long Island City logierte.

Gegen 11 begann es zu regnen.

Um 12 Uhr erschien die süße Marianne aus »Babes in Toyland« in Peters Laden und rauchte eine Zigarette. Dabei erzählte sie ohne Punkt und Komma von ihrem neuen Freund; einem Bassisten in einer angesagten Combo, die überwiegend aus Millionärssöhnen bestand, die krampfhaft versuchten, so auszusehen, als seien sie in der Lower East Side groß geworden. Am Nachmittag kam eine Handvoll Studenten von der nahen NYU herüber und fingerten Peters Comics durch. Um 14 Uhr 30 brachte Mo den Nachmittags-Latte und die neuesten Meldungen von der Heimatfront. Um 16 Uhr 15 kaufte ein deutscher Tourist eine Coltrane-Scheibe und bescherte Peter den bis dahin höchsten Tagesumsatz, und um 17 Uhr 23 bestellten zwei japanische Frauen mit festen Zahnspangen die neue Marvel-Master-Edition: limitiert als Original-Druck, und natürlich nur mit horrender Anzahlung.

Am Ende des Tages befanden sich 48 Dollar in der Kasse.

Peter wusste, dass er sich mit Lichtgeschwindigkeit auf

den Bankrott zubewegte. Hier stand er nun, 44 Jahre alt, mit hängenden Schultern und einer sich lichtenden Kopfbehaarung, König seines eigenen Reiches aus alten Platten und Comic-Helden, Zentrum der Freaks, Spinner und Überlebenskünstler. Eine irgendwie geartete Karriere war zu keinem Zeitpunkt seines Lebens auch nur schemenhaft erkennbar gewesen. Stattdessen dieser Laden und zwei offene Bankkredite. Und dann gab es natürlich noch Melinda, die ein Schmuckgeschäft ein paar Blocks weiter gehabt hatte. Sie verband seit Jahren eine Art Dauer-Dating; ab und an schliefen sie auch miteinander. Melinda hatte ihm erst ihre Liebe gestanden und war dann eine Woche später in ein Künstlerdorf nahe der Catskill Mountains gezogen, wo sie eine eigene Schmuckwerkstatt eröffnen wollte. Der Sex wurde somit natürlich seltener. Als die letzten Akkorde verklangen, beschloss Peter, dass er sie unbedingt wieder einmal anrufen musste.

Es war kurz vor sechs, und ein gewaltiges Gewitter entlud sich über der Stadt. Peter legte eine alte Thelonius-Monk-Platte auf, und das Intro von »Round Midnight« flutete den Laden. Mitternacht, dachte Peter. Jene magische Stunde, in der Abgrund und Verheißung so eng beieinanderliegen. Monks Synkopen perlten in der Luft, und Peter schnupperte, an den Tresen gelehnt, gedankenverloren an einem vertrockneten Sonnenblumenstrauß, während seine Gedanken zu seinem morgendlichen Ausflug zurückwanderten. Was hatte ihn bloß auf diese Idee gebracht? Seine Silhouette spiegelte sich im Schaufenster, an dem die Regentropfen herunterrannen. Am besten, er machte heute etwas früher Feierabend.

Aber dann verirrte sich doch noch ein Kunde in seinen Laden. Der hünenhafte Mann trug seine Kapuze tief ins Gesicht gezogen, einen Schirm unter dem Arm und exquisite, handgenähte Schuhe. Englisches Leder. Peter hatte einen Blick dafür und lange niemanden mehr gesehen, der solche Schuhe trug. Wie Luftblasen stiegen alte Erinnerungen in seinem Kopf auf, und er machte abrupt ein paar Schritte auf den Fremden zu, als dieser ruckartig eine John-Lurie-Scheibe aus dem Stapel zog und sie ohne sich umzuwenden in die Höhe hielt: »Noch immer der gleiche Musikgeschmack, wie ich sehe.«

Der distinguierte Singsang seines nordbritischen Akzents ließ Peter unwillkürlich zusammenzucken. Diese Stimme würde er noch aus einhundert Yard Entfernung in einer überfüllten Bahnhofshalle wiedererkennen.

Jetzt schob der Mann die Kapuze vom Kopf und sah ihn direkt an – ein grau gelockter Haarkranz, darunter ein rotbäckiges Gesicht auf dessen Knollennase eine vollkommen zugeregnete Nickelbrille saß. Mit großen Schritten kam er auf Peter zu und nahm ihm die Blumen aus der Hand: »Sonnenblumen, wie passend. Sie sehen aus, als wartetest du schon eine ganze Weile auf mich.« Abrupt umarmte er Peter so heftig, dass es diesem für einen Moment die Luft aus den Lungen presste.

»Charlie«, stammelte Peter. »Mensch, Charles! Ich weiß nicht, was ich sagen soll!«

Sein alter Freund aus Studientagen grinste breit, warf seinen Kopf zurück und stieß ein lautes Lachen aus. »Wir werden deine Zunge schon lockern, mein Junge. Ich glaube, es ist Zeit für einen Drink.«

Kurz darauf saßen sie einander in einem Séparée auf zwei Plüschsofas im »Slipper Room« an der Ecke Stanton und Orchard gegenüber. Während die anderen Gäste den Darbietungen einer Burlesque-Tänzerin folgten, kaute Peter auf dem Strohhalm seines siebten Gin-Tonics und versuchte, einer weiteren Story von Charles zu folgen, der mit ihm schon seit Stunden wie in einer rauschenden Achterbahnfahrt zunächst durch gemeinsame alte Zeiten und dann durch sein neues Leben jagte. Die Zeit, in der sie sich gemeinsam durch Vorlesungen in byzantinischer Handwerkskunst gequält hatten. Drittklassige Studenten-Vernissagen. Ihr berüchtigter Rum-Punch, der auf den Campus-Partys so mancher Kommilitonin den Garaus gemacht hatte. Seine Zeit in London. Der Wechsel nach New York, wo Charles mittlerweile bei Chroseby als Vize-Chairman in der Abteilung Kunstfälschungen arbeitete. Allein die Tatsache, dass sein alter Studienfreund im Gegensatz zu ihm eine Karriere vorzuweisen hatte, schüchterte Peter ein.

Eigentlich war Charles schon immer das exakte Gegenteil von ihm gewesen: diszipliniert und ehrgeizig. Normalerweise vermied Peter jeglichen Kontakt mit Menschen, die diese Attribute aufwiesen. Doch bei Charles lagen die Dinge anders. Dieser war noch nie jemand gewesen, der mit ausgefahrenen Ellenbogen durchs Leben rannte, da war Peter sich sicher. Charles erledigte alles mit seinem eigenen, fast jungenhaften Charme, dem Peter sich damals ebenso wenig hatte entziehen können wie heute. Und war es nicht verrückt, dass Charles ausgerechnet heute den Weg in seinen Laden gefunden hatte? Heute, da er, Peter, nach so langer Zeit wieder einmal im MoMa, dem Museum der modernen Künste, gewesen war? *Vent du Fada*, dachte Peter, der verrückt machende Wind.

Charles beugte sich ein wenig nach vorne, zwinkerte verschwörerisch und nippte an seinem Scotch: »Wir prüfen die

Bilder auf ihre Echtheit hin, bevor wir sie in die Auktion schicken. Wir sind sozusagen das Bindeglied zwischen Verkäufer und Sammler und holen raus, was geht. Haste ja sicherlich gehört, wie der Kunstmarkt explodiert. Die neue Kundschaft aus Fernost! Weißt du, wie viele Museen gerade im Reich der Mitte gebaut werden? Über tausend – stell dir vor, alles aus privater Hand. Ich war dieses Jahr in Hongkong auf der Kunstmesse. Die kaufen die Kunst förmlich von den Wänden. *Da* spielt die Musik; nicht in deinem Plattenladen! Apropos: Wie soll es denn nun eigentlich mit dir weitergehen, Peter Pan?«

Peter seufzte innerlich. So hatte Charles ihn früher schon genannt. Peter Pan, der Junge, der nicht erwachsen werden wollte. Damals, als Peter sich aus der Kunstwelt zurückgezogen hatte, war sein Freund fassungslos gewesen. Während Charles die Karriereleiter nach oben geklettert war, war er zu Beginn immer wieder einmal in Peters Laden aufgekreuzt und hatte ihn zu überreden versucht, seine Entscheidung rückgängig zu machen. Doch Peters Antwort war immer dieselbe gewesen: »Mir gefällt mein Leben so, wie es ist.«

Irgendwann waren Charles' Besuche seltener geworden und hatten schließlich ganz aufgehört. Dennoch lag jetzt, unzählige Jahre später, noch immer die gleiche Leidenschaft in seiner Stimme, als er sagte: »In all den Jahren habe ich niemanden getroffen, der so viel von Kunst versteht wie du. Und dabei rede ich nicht von den Gesetzen des Marktes oder kunsttheoretischen Gebilden. Du, Peter, hattest diesen Blick für das Wesen eines Bildes. Für die Wahrheit hinter der Leinwand. Du konntest mit einer Berührung seine Seele erfassen. Auch wenn dich andere dafür verlacht haben, ich habe dir immer geglaubt!«

Charles griff nach Peters Handgelenk und umklammerte es wie einen Schraubstock; sein Blick wurde zunehmend eindringlicher: »Kannst du das immer noch? Es gibt da draußen zu viele, denen die Kunst egal ist. Ihnen geht es nur um den Verkauf; aber das merkt natürlich der Kunde! Weißt du, was das Gebot der Stunde ist: Authentizität!« Charles klang jetzt wie ein Politiker. »AU-THEN-TI-ZI-TÄT! Verstehst du? Unser Markt braucht die Aura des Einmaligen und des Unverfälschten! Ich weiß, dass dein Laden zurzeit nicht wirklich gut läuft, und außerdem warten zu Hause weder Frau noch Kinder. Du bist frei. Und pleite. Ich biete dir eine echte Chance, noch mal ein bisschen frischen Wind in dein Leben zu bringen. Kurz gesagt: Ich habe einen Auftrag für dich. Es gibt niemanden, der ihn sonst für mich erledigen könnte. Ich brauche jemanden, dem ich absolut vertrauen kann.«

»Und da bin ausgerechnet ich dir nach all den Jahren eingefallen?«, stellte Peter ungläubig fest.

»Es gibt einen weiteren Fälschungsverdacht bei Van Gogh, der etwas mit deinem Artikel aus unseren Studientagen zu tun hat. Du weißt schon, deine Behauptung von damals, dass viele seiner Bilder einer geheimnisvollen Fälscherwerkstatt zuzuordnen sind. Nur, dass die Vorzeichen in diesem Fall verdreht sind. Es geht um Erpressung vermutlich von denselben Fälschern, die zunehmend Schwierigkeiten haben, ihre Bilder auf den Markt zu bringen. Diese Erpressung ist ein neues, ein bisher nicht gekanntes Maß an Dreistigkeit. Es könnte den gesamten Kunsthandel, wie wir ihn kennen, nachhaltig verändern.«

Noch ehe Peter einhaken konnte, fügte Charles hinzu: »Es springt eine hübsche Marge für dich dabei raus, und du wirst außerdem ein wenig Frühlingssonne an deinen matschigen

Teint lassen können. Wenn alles gut läuft, ist das, sagen wir mal, … ein Anfang.«

Wie kam Charles bloß auf diesen uralten Artikel im unbedeutenden »Student's Observer«, in dem Peter dem Kunsthandel einst eine Hauptschuld an der Verbreitung von Fälschungen angelastet hatte? Ausgerechnet daran also konnte Charlie sich nach all der Zeit noch erinnern? Und überhaupt: Charles wusste doch, weshalb Peter sich damals zurückgezogen hatte. Kannte dessen Unsicherheit. Vielleicht war ihm entgangen, dass sich an beidem bis heute rein gar nichts verändert hatte. »Und was genau soll ich dann da tun?«, murmelte Peter halblaut.

Charles rüttelte ihn sanft an der Schulter: »Das erfährst du morgen. Jedes Detail. Aber die eigentliche Frage ist denkbar einfach: Willst du es noch einmal wissen oder nicht? Durchstarten wie Larry Gagosian? Wusstest du übrigens, dass er genau wie du mal mit einer Comicsammlung angefangen hat? Comics und Poster. Und jetzt: macht der eine Milliarde Umsatz mit … sagen wir mal – angesagter Kunst. Ich kenne ihn, aber mehr Ahnung von Kunst als du hat er nicht. Sagen wir mal, du probierst dich wieder ein wenig aus in diesem Markt. Wenn du Erfolg hast, haben wir eine große Zukunft vor uns. Du als Experte und ich als Verkäufer. Also, Peter Pan – gib dir einen Ruck. Wag den Sprung und flieg los! Die Welt da oben wird dir gefallen.«

Peter grunzte und nagte unentschlossen auf seinem Strohhalm herum, bis Charles ihn in die Seite knuffte: »Ich hole dich morgen früh ab – und dann geht es auf zu Chroseby! Das wird super; du wirst schon sehen!«

Der Auftrag

Wenige Stunden Schlaf, einen Kaffee und ein Aspirin später saß Peter tatsächlich innerlich und äußerlich zerknittert neben Charles, der in seinem dunklen Anzug und mit dem breiten, aufgeräumten Lächeln wie aus dem Ei gepellt wirkte. Von den Trink-Eskapaden der vergangenen Nacht keine Spur. Wortlos setzte der Fahrer von Charles' dunkler Limousine sie vor dem Rockefeller Center in der 49ten Straße vor der einschüchternden und zugleich imposanten Glas-Sandstein-Fassade eines Wolkenkratzers ab. Über dem im Vergleich nachgerade winzig wirkenden Eingang prangte in goldenen Lettern »Chroseby«. Charles, der Peters Blick gefolgt war, grinste: »Chrosebys Umzug 1977 war eine der besten Entscheidungen. Es macht einfach etwas her, findest du nicht?« Ohne eine Antwort abzuwarten, verschwand er im

Eingang, und Peter sah ihm mit resigniertem Schulterzucken nach. Er mochte diesen Teil Midtowns nicht. Das war einfach nicht seine Welt. Von der Ecke her strömte gerade eine Ladung Pendler auf ihn zu, und wie zur Bestätigung rempelte ihm jemand den Ellenbogen in den Rücken. Fluchend bewegte nun auch Peter sich in Richtung der gleichmäßig rotierenden Drehtür, die ihn wie ein riesiges Mahlwerk nach drinnen transportierte.

In der fast auf Gefrierpunkt heruntergekühlten Lobby war lediglich das nahezu unmerkliche Summen der Klimaanlage zu vernehmen. Peters Schritte hallten auf dem mit knochenfarbenem Carrara-Marmor bedeckten Boden, während er an einer Galerie großformatiger abstrakter Gemälde vorbei auf den Empfangstresen zusteuerte. Charles war in ein vertrauliches Gespräch mit einer der zwei hübschen Empfangsdamen am Welcome-Desk vertieft. Als Peter sie erreichte, hob sie errötend den Blick und winkte ihn mit einem charmanten Lächeln durch.

Charles grinste breit, als er sich zu ihm umwandte: »Scharfe Schnecke, oder? Ich muss noch kurz was in meiner Abteilung erledigen, und dann wird es ernst, mein Freund! Wir haben ein Date mit Giovanna Ferrara! Die Chefin persönlich gibt sich die Ehre, mein Lieber!«

Scharfe Schnecke? Peter warf der Empfangsdame einen betretenen und Charles einen irritierten Blick zu, dann nickte er stumm und folgte ihm durch ein Labyrinth aus Sicherheitsschleusen und Treppen in einen katakombenartigen Keller – lange Flure, verschlossene Türen, tiefe Decken und der hässliche grüne Linoleumboden standen im krassen Gegensatz zu dem Prunk der oberen Etage. Hier wurde gearbeitet, und es roch nach altem Papier, getrockneter Ölfarbe und Staub.

Trotz seines wenig athletischen Körperbaus flog Charles regelrecht durch die Flure, war ganz in seinem Element, grüßte hier, gab Küsschen dort und führte Peter schließlich in das Pincode-gesicherte, riesige Bilderlager. Charles lächelte: »Unsere kleine Sammlung für die kommenden Auktionen.« Peters Blick wanderte durch den Raum. Regale bis zur Decke waren mit Bildern vollgestellt; weitere wurden von Charlies Mitarbeitern vorsichtig ein- oder ausgepackt. Doch ehe Peter dazu kam, sich auszumalen, welche Schätze hier lagern mochten, plauderte Charles schon wieder weiter: »Letzte Woche hättest du hier sein müssen. Wir konnten einen echten Warhol zu einem Rekordpreis verkaufen! In der vergangenen Woche wurde allein in New York über eine Milliarde Dollar für Kunst ausgegeben. Die einzige noch in Privatbesitz befindliche Version von Edvard Munchs *›Der Schrei‹* erzielte bei unseren Kollegen von nebenan einen neuen Rekord: 120 Millionen Dollar! Noch nie zuvor hat jemand ein Bild so teuer ersteigert. Auf dem Kunstmarkt sprudelt das Geld wie auf kaum einem anderen Markt.«

»Für wen sprudelt es denn konkret?«, wollte Peter wissen, aber Charles schien ihn nicht zu hören und redete unverzagt weiter: »Es sind nicht mehr die alten Sammler, die ihre gekauften Bilder in den atombombensicheren Keller stellen. Es sind besonders die Chinesen, aber auch die Russen, die den ganzen Markt mit ihren Preisen auf den Kopf stellen. Aber was meinst du, Peter, wer legt die Preise fest?« Charles geriet immer mehr in Fahrt; seine Wangen röteten sich, Schweißperlen bildeten sich auf seiner Stirn, und statt auf Peters Antwort zu warten, antwortete er sich selbst: »Die da oben in dem feinen Auktionssaal? Mitnichten! *Hier unten* wird entschieden, ob ein Van Gogh ein Van Gogh ist. Darüber entscheide *ich*!«

Plötzlich richtete Charles seinen Zeigefinger auf Peters Brust: »Und ich sag dir, ich habe hier schon *Kunden* gehabt, unglaublich. Diese Arroganz! Aber wenn ich ihnen erst mal die Spielregeln erklärt habe, was glaubst du, wie scheißfreundlich die plötzlich werden.«

Mit einem gehässigen Lachen, das Peter so nicht von Charles kannte, waren sie inzwischen über eine Treppe in den ersten Stock gelangt.

Dicke Teppiche dämpften ihre Schritte. Charles zeigte im Vorbeigehen auf einen offenen Auktionsraum und einige Tische, an denen seine Mitarbeiter mit Lupen jedes Bild akribisch untersuchten: »Die heiligen Hallen zeige ich dir ein anderes Mal. Aber meine Leute hier, die sind wie Autoverkäufer, die vorher einen Blick unter die Motorhaube des Wagens werfen. Muss ja schließlich ausgeschlossen werden, dass so ein alter Jude behauptet, es wäre seins …«

Das überraschte Peter: »Die Provenienzforschung macht ihr auch?«

Charles schien ihm auszuweichen.

»›Die Kunst ist mehr wert als die Wahrheit.‹ Na, wer hat das gesagt? Na, komm schon … Niiieetzscheeee!«, grinste Charles triumphierend.

Ach ja, dachte Peter. Charlie und sein Nietzsche. Damit hatte er ihn schon zu Uni-Tagen genervt, mit diesem Zarathustra und seinem Übermenschen. Und überhaupt ging Peter Charlies Verkaufstour langsam gegen den Strich.

»Ich bin ja schon lange raus, aber wir wissen doch beide, dass der Kunsthandel so gut wie gar keinen Gebrauch von modernen forensischen Methoden unabhängiger Institute macht. Wer Gutachten über Kunstwerke schreibt, dürfte jedenfalls nicht vom Verkauf dieser Werke profitieren!«

Charles schüttelte den Kopf. »Ah, ich sehe schon, dein kritischer Geist ist dir nach all den Jahren erhalten geblieben, Peter Pan! Nein, ich halte von dieser Diskussion wenig. Alle wollen vom Markt profitieren, klar. Aber ein Kunstwerk lebt von seiner sinnlich-geistigen Erfahrung, und genauso müssen wir ihm begegnen. Das kann – Gott sei Dank – noch keine Maschine. Und stellt sich ein Werk als Fälschung heraus, stehen am Markt alle schlecht da. Doch …« Charles hob seinen Zeigefinger und mahnte übertrieben ernst: »Die Wahrheit ist oft komplexer, als wir uns das wünschen. Die Geschichte hinter den Bildern ist immer eine menschliche, nie eine technische. Dafür liebe ich meinen Job! Und genau deswegen habe ich dich ausgewählt. Oder glaubst du, deine Fähigkeit, Bilder zu erfassen, lässt sich durch eine Maschine ersetzen? Nein, mein Lieber, wir werden auch in diesem Fall beweisen, dass der Mensch der bessere Ermittler ist.«

Jetzt holte Charles zu einer opernhaften Geste aus und schmetterte in einem Amerikanisch mit stark eingefärbtem deutschem Akzent in den Raum: »Wie heißt Friedrichs und unser Motto: DIE KUNST IST MEHR WERT ALS DIE WAHRHEIT! Wir sind«, schmetterte er mit pathetisch in die Luft gereckter Faust, »Kunstübermenschen!« Mit einem lauten Lachen schlug er Peter auf die Schulter und klatschte entschlossen in die Hände: »So, wir müssen weiter. Mrs. Ferrara lässt man nicht warten.« Etliche Treppen und weitere Sicherheitsschleusen später blieb Charles vor einer Tür mit der Aufschrift »*Giovanna Ferrara.* Deputy Chairman Impressionist and Modern Art, Chroseby« stehen, atmete hörbar aus und öffnete nach kurzem Klopfen die Tür. Die Assistentin lächelte, als sie ihn sah. Sie erschien Peter wie ein animierter Bestandteil des beherrschenden Designkonzeptes. Ihr Kimono-artiges Wickelkleid wirkte perfekt auf die Grundfarben ihres Schreibtisches abgestimmt, der mit seinen kunstvollen Einlegearbeiten alten japanischen Holzschnitten nachempfunden war. Peter war sich nicht sicher, ob sie an einer Genickstarre litt oder ihre unnatürlich abgeknickte Kopfhaltung etwas mit der asymmetrisch geschnittenen Frisur zu tun hatte, die ihr zugegebenermaßen sehr gut stand.

Sie folgten ihr in das Büro der Chefin.

Mrs. Ferrara stand mit dem Rücken zur Tür gewandt in ihrem Office und hatte ihren Blick auf das Rockefeller Center gerichtet. Als sie die beiden Männer eintreten hörte, drehte sie sich zu ihnen um. Ihre Erscheinung war mehr als vorbildlich: das volle schwarze Haar zu einem festen Knoten gebunden, das Dekolleté ihres grauen Kostüms bedeckt von einem roten Prada-Schal.

Sie begrüßte Charles und blickte Peter freundlich entgegen, wobei er meinte, ein leichtes Zucken um ihre Mundwinkel zu bemerken. Ihr Händedruck war angenehm weich.

Peter fand sie auf eine fast unangenehme Art attraktiv. Sie war ästhetisch, makellos, der Archetyp einer Upper East Side-Queen; sie erinnerte ihn an eine dieser Marzipanfiguren, die er als Kind zur Weihnachtszeit in den Auslagen von Macy's bestaunt hatte. Mit Erschrecken wurde ihm klar, dass sie etwa im selben Alter sein dürften. Hätten sie zu College-Zeiten eine Chance gehabt? Hätte sie ihn gedatet? Womöglich wäre sein Leben völlig anders verlaufen. Vielleicht würde er gerade gemeinsam mit ihr auf der Veranda ihres Beach-Houses in den Hamptons Tee trinken, oder noch schlimmer diesen sündhaft teuren Kaffee, den sie auf Bali aus dem Hintern irgendwelcher Dschungelkatzen hervorzauberten. Ihrer eleganten Handbewegung folgend, ließ er sich in den vor einem überdimensionierten Schreibtisch stehenden Sessel sinken und hätte sich am liebsten in den weichen Polstern aufgelöst. Er fühlte sich schrecklich underdressed und mehr als fehl am Platz.

Mrs. Ferrara schien das nicht zu bemerken oder gütig zu übersehen: »Schön, dass Sie da sind; wir haben keine Zeit zu verlieren. Wie Sie sicherlich wissen, handeln wir hier mit Millionenobjekten. Wichtigstes Erfolgsrezept ist unsere Diskretion, ganz besonders in diesem Fall.« Sie kramte zwischen den Papieren auf ihrem Schreibtisch und schob Peter ein Papier über den Tisch. »Bevor wir über Ihren Job reden können, müssen Sie diesen Geheimhaltungsvertrag unterschreiben.«

Peter starrte ungläubig auf das Papier; die Buchstaben tanzten vor seinen Augen, ohne einen Sinn ergeben zu wollen. Charles drückte ihm etwas unsanft einen Stift in die Hand: »Eine reine Sicherheitsmaßnahme. Du verkaufst schon nicht deine Seele.«

Peter fügte sich.

»Wunderbar«, flötete Mrs. Ferrara und sortierte das Blatt wieder zurück in ihren Ordner. »Dann können wir ja loslegen.«

Sie schob Peter eine kleine Dokumentenmappe über den Tisch, offensichtlich Reiseunterlagen. »Wir möchten, dass Sie noch heute nach Paris fliegen, wo Sie in den nächsten Tagen eine Dame namens Bernardine Blumenstihl treffen werden. Der Name ist Ihnen sicherlich noch ein Begriff?« Sie musterte ihn aufmerksam.

Peters Kopfschmerzen kehrten zurück. Wie konnte Charles bloß hier stehen, als hätten sie gestern nicht den halben Alkoholvorrat der Bar leer getrunken? Und jetzt Bernardine Blumenstihl! Ja, war Charles denn von allen guten Geistern verlassen? »Sie meinen die ungekrönte Königin aller Kunstexperten?«, brachte er schließlich hervor. Seine Stimme war nach gestern Nacht eine gute Quinte tiefer als sonst, was ihr, wie er beruhigt feststellte, eine gewisse Lässigkeit verlieh.

»Genau die. Da wir wissen, dass Sie ein ausgesprochener Kenner des Werkes Vincent van Goghs sind, und …«

Eine clusterähnliche Schmerzattacke fräste sich durch seine linke Schläfe, und mit ihr kam die Panik. Oder umgekehrt. Was in drei Gottes Namen tat er hier? Er gehörte in seinen abgehalfterten Plattenladen; nicht in dieses Mekka der Kunstwelt. »Entschuldigen Sie, Mrs. Ferrara«, presste er hervor, »ich glaube, das führt zu nichts. Es ist … nun, wie soll ich es ausdrücken. Ich bin der Falsche für was auch immer Sie von mir wollen.«

Zum ersten Mal bemerkte er einen Hauch an Verunsicherung in Ferraras souverän fokussiertem Minenspiel, doch kurz darauf hatte sie sich wieder gefangen: »Ich will Ihnen etwas über den wahren Grund Ihrer Anwesenheit verraten, Mr. Falcon. Sie haben einen Freund, der Ihnen vertraut.« Sie blickte ihn durchdringend an. »Und wir vertrauen Ihrem Freund.« Ferrara warf Charles einen bedeutungsvollen Blick zu. »Aber wenn Sie einen derart lukrativen Job tatsächlich ausschlagen wollen, können wir Sie nicht zwingen.«

Peter warf Charles einen Hilfe suchenden Blick zu, doch dieser sah ihn nur beschwörend an. *Reiß dich zusammen*, las er von seinen Lippen, als der Freund ihm ein Glas Wasser reichte, das Peter gierig hinunterspülte. Peter rieb sich die Schläfen. In seinem Kopf dröhnte es, während hoch über dem Central Park ein Werbezeppelin seine Runden drehte: »Live a different flavour.«

Peter seufzte leise. Was sollte das hier werden? Auf der anderen Seite ja, zur Hölle, er war so gut wie pleite. Wenn der Laden ein paar Wochen geschlossen blieb, würde er wahrscheinlich sogar Gewinn machen – wegen der fehlenden Stromkosten. Er sollte nach Paris? Er hasste es, zu fliegen. Europa? Kannte er nur aus dem Fernsehen und aus Filmen. Aus der Musik. Der Kunst. Kunst? Dieses Thema war doch wirklich vorbei, oder? Ja, okay, Charles wollte ihm eine Chance geben. Aber eine Chance wozu?

Peter dachte an die Karte für die Giants, die er gekauft hatte. Er dachte an Melinda. Und an den sonderbaren Zufall, seinen Besuch im Museum, den verrückten Wind. Verdammt, was hatte er schon zu verlieren? »Ich, also … nein. Ich möchte gern hören, was Sie mir zu sagen haben«, sagte er schließlich artig und fühlte sich wie ein Idiot.

Da glitt wie auf ein Stichwort hin die Tür zum Büro auf, und ein kleiner Mann, dessen massiver Schädel in sonderbarer Dissonanz zu seinen restlichen Körperproportionen stand, betrat den Raum. In seiner Hand hielt er einen Aktenkoffer, vollführte zur Begrüßung eine Art Diener vor Peter und blickte ihn mit verschmitzten Augen über den Rand einer halbrunden Lesebrille hinweg an. Mrs. Ferrara nickte ihm zu und wandte sich dann erneut an Peter: »Ich darf Ihnen Ludwig Myers vorstellen. Mr. Myers ist für das operative Geschäft zuständig.«

Aha, dachte Peter und schüttelte dem Männchen die Hand.

Dieser öffnete die Schnalle seines Aktenkoffers, zog ein Blatt Papier heraus und reichte es ihm. »Es geht um Folgendes«, begann er: »Letzte Woche erhielten wir diese überaus unerfreuliche E-Mail. Wie Sie dort lesen können, deutet die international renommierte Kunstkritikerin Bernardine Blumenstihl darin an, dass es sich bei der ›*Sternennacht*‹ von Vincent van Gogh und Bildern unserer kommenden Herbstauktion um Fälschungen handeln könnte. Tatsächlich gilt Frau Blumenstihl in Fachkreisen als Koryphäe auf dem Gebiet moderner Malerei und setzt mit ihrer monatlichen TV-Sendung Akzente, die meinungsbildend sind und weit in den Markt abstrahlen.«

Mrs. Ferrara ergriff nun das Wort: »Ihre Andeutungen sind leider ernst zu nehmen. Blumenstihl war meine Professorin an der Sorbonne, und ich glaube nicht, dass sie solche Vermutungen grundlos äußern würde. Und auch, wenn wir derzeit weder ihre Quellen noch deren Glaubwürdigkeit kennen, müssen wir uns auf das Schlimmste vorbereiten. Der abendländischen Kultur würden einige Hauptwerke der letzten einhundertfünfzig Jahre verloren gehen, und der Ruf von Chroseby würde nachhaltig geschädigt sein.« Ferrara räusperte sich und blickte Charles auffordernd an, der sich sofort aus seinem Sessel aufrichtete und ausholte: »Kurz vor meinem Wechsel hier nach New York hatte ich es mit dem Fall des gefälschten ›*Mondzeichnungen*‹-Buches von Galilei Galileo zu tun. Vor acht Jahren tauchte es plötzlich am Markt auf und galt als Sensation. Blumenstihl, jene bis dato so unfehlbare Kunsthistorikerin, war so fasziniert von den Zeichnungen, dass sie auf weitere, ja sogar auf unsere Expertenanalysen verzichtete. Dinge, die offensichtlich nicht von Galileo stammen konnten, übersah sie. Das war für die Fachwelt und für uns verblüffend. Die Chance, ein lang verschollenes Meisterwerk zu finden, reizte Blumenstihls Ego, ja, reizt jeden Sammler und Experten. Manchmal hängt der Erfolg einer Fälschung nicht vom Fälscher ab, sondern vom Wunschdenken der Entdecker. Stolz ist ein mächtiger Motor für bewusst falsche Zuschreibungen – und gekränkter Stolz ein mächtiger Motor für Rache. Nur dass die ›*Mondzeichnungen*‹ Fälschungen sind und die ›*Sternennacht*‹ nicht. Warum sie jetzt, ausgerechnet vor dieser Auktion, mit solchen dubiosen Andeutungen daherkommt, kann ich mir deshalb nur so erklären: Sie will sich an uns rächen und uns erpressen.« Er griff nach einem Schreiben, das zuvor auf seinem Schreibtisch gelegen hatte, und zitierte: »*Dieser Wind, ein teuflischer, wird aufziehen und die Geschichte der ›Sternennacht‹ und die ganze eitle Kunstwelt, so wie wir sie kennen, durcheinanderwirbeln: Auch Bilder Ihrer kommenden Herbstauktion sind davon betroffen. So einen unangenehmen Skandal, wie es ihn schon einmal bei den ›Sonnenblumen‹ gab, möchten Sie doch bestimmt vermeiden!?*«

Charles hob jetzt betont seine buschigen Augenbrauen.

»*Da es sich bei den für Sie relevanten Fakten um Erkenntnisse meiner jahrelangen Forschungen handelt, möchte ich Sie bitten, eine marktgerechte Aufwandsentschädigung zu unserem Treffen mitzubringen!*«

Peters Neugier war geweckt. »Erpressung?«, hakte er nach. »Womit kann Bernardine Blumenstihl Sie denn erpressen?«

»Mit Fake News, mein lieber Peter! Nicht nur unser dauertwitternder Präsident hat erkannt, dass man so Meinungen manipulieren kann. Der Kunstmarkt wurde schon immer von einigen wenigen Akteuren beeinflusst. Ein Künstler wird schließlich nicht entdeckt, er wird ›gemacht‹. Was also wäre, wenn durch Blumenstihls Aussagen die Preise der Bilder fallen und sie sich im Anschluss doch als echt erweisen? Schonmal was von Spekulationsgewinnen gehört? Bilder in Verruf zu bringen, ist eine ganz neuartige Strategie.«

»Warum rufen Sie dann denn nicht die Polizei?«, fragte Peter.

»Ich habe bereits eine ehemalige Kollegin, Elsa Mathur, die jetzt bei Interpool arbeitet, kontaktiert. Leider aber haben wir nichts in der Hand. An dieser Mail hier ist zunächst nichts Kriminelles festzumachen. Deshalb bauen wir Blumenstihl und den Hintermännern, die es ganz sicher gibt, eine schöne Falle!« Charles grinste und schaute zu Mrs. Ferrara, die nicht ganz so überzeugt zu sein schien.

Peter teilte ihre Zweifel: »Und wenn an ihrem Verdacht etwas dran ist? Bei den sogenannten ›*Yasuda-Sonnenblumen*‹ zum Beispiel, da glaubte man im Vorfeld der Auktion auch nicht einem Fälschungsverdacht. Oder vielleicht wollte auch niemand allzu genau hinschauen, weder die Verkäufer noch die Käufer.«

Charles unterbrach Peter schnell, als sei ihm dieser Vergleich unangenehm. »Peter, ich bitte dich! Die weltberühmte ›*Sternennacht*‹ ist eine Fälschung?! Nein, Blumenstihl irrt! Aber leider hilft uns das nicht weiter, denn ihre Stimme hat immer noch Gewicht. Wenn ihr Verdacht vor der Auktion an die Öffentlichkeit gelangt, gibt das Schlagzeilen und einbrechende Verkäufe bei unseren Kunden aus Fernost. Außerdem will Blumenstihl Chroseby schaden und agiert dabei sicher nicht allein. Falls eine neue Fälscherbanden-Strategie dahintersteckt, hängt die Zukunft unseres Hauses davon ab, die Hintermänner zu kennen.«

»Und ich soll das nun im Alleingang herausfinden?«, fragte Peter ungläubig.

Charles schüttelte den Kopf: »Du legst ihr nur einen Köder in die Falle und bietest ihr Geld an. Das Geld haben wir schon deponiert, es wartet auf dich in einer Tasche in Paris.

Wenn sie diese, wie sie es nennt, ›Aufwandsentschädigung‹ annimmt und bis zur Herbstauktion Stillschweigen bewahrt, geht es ihr vermutlich wirklich nur ums Geld.«

Peter runzelte die Stirn, während er noch einmal das Schreiben überflog. Irritiert blickte er zu Charles: »Aber hier steht, Blumenstihl erwartet *dich*! Warum bin *ich* dann hier? *Du* bist doch hier der Fälschungsexperte, warum fliegst *du* nicht?«

Myers ergriff das Wort: »Wir erwarten in dieser Woche eine der wichtigsten chinesischen Sammlerfamilien, die wir unter keinen Umständen verunsichern dürfen. Familie Zhang Wei baut in Shanghai gerade ein Privatmuseum mit der größten impressionistischen Sammlung Asiens auf. Als ihr Ansprechpartner muss Mr. White bei diesem Treffen unbedingt anwesend sein. Wir wollen deshalb, dass Sie als Charles White nach Paris fliegen und dieser Blumenstihl auf den Zahn fühlen.«

Das war es also, ein Verkleidungsspiel mit Geldkoffer. Charles, dieser alte Hund mit seinem verqueren Humor. Gleich würde sicherlich die Tür aufgehen und ein Kamerateam hereinstürzen.

»Ich soll mit einer Tasche voller Geld und verkleidet als Charles nach Paris zum …«, er schaute auf den Zettel, »Boulevard des Capucines, um mir dann eine überbraten zu lassen und bewusstlos mit falscher Identität in der Seine zu schwimmen? Halten Sie das für eine schlaue Idee? Und überhaupt: Was um alles in der Welt qualifiziert mich als Comicladenbesitzer dazu?« Er hatte sich zu Charles umgedreht und starrte ihn ungläubig an.

»Um ehrlich zu sein, Peter: Du bist der einzige Mensch, dem ich zutraue, mich zu vertreten.«

Mrs. Ferrara lächelte jetzt: »Blumenstihl ist eine Symbolistin. Sie liebt den großen Auftritt und hat den Treffpunkt an einen historischen Ort gelegt: Am Boulevard des Capucines trafen sich im 19. Jahrhundert die ersten Impressionisten, die damals noch mit ihrer neuen Malerei abgelehnt wurden. Dort gründeten sie den sogenannten ›Salon der Abgelehnten‹. Ohne Ihnen zu nahetreten zu wollen: Das Thema könnte Sie doch ansprechen, oder?«

Charles reichte Peter ein aktuelles Foto von Bernardine Blumenstihl. Eine attraktive, ältere Frau: Anfang 60, schlank, dünne Arme, groß gewachsen und mit langen, grauen Haaren, die wohl früher einmal blond gewesen waren. Dazu eine Art Gelehrtenbrille auf der Nase. BB, die Brigitte Bardot der Kunst, wurde sie auch genannt.

Peter schüttelte stumm den Kopf. Ganz offensichtlich meinten alle Anwesenden das alles wirklich ernst. Das war doch Wahnsinn.

Als könnte Myers seine Gedanken lesen, schnarrte er: »Sie haben zusammen studiert, und Mr. White hat Sie als einen bekannten Fachmann für Van Gogh und möglicher Fälscher gepriesen. Und was Ihr Äußeres angeht: Mit etwas gutem Willen, einem neuen Anzug und einem Frisörbesuch sehen Sie Mr. White fast ähnlich. Die Sache sollte zügig erledigt sein. Also, Mister Falcon – was sagen Sie?«

Peter schwieg, was Myers als Zustimmung zu deuten schien. Ein sirrender Ton erwachte in seinem Kopf, als Myers den E-Mail-Ausdruck zurück in den Koffer legte und ihm beruhigend zulächelte: »So, dies ist der Schlüssel zum Bankschließfach; dort finden Sie eine dunkle Sporttasche mit dem gebündelten Geld. Die Adresse der Bank liegt bei, und unser Partner in Paris ist informiert. Was gibt es noch? Ach ja: das

Smartphone. Es ist bereits aktiviert; Pin-Code und Verbindungsdaten finden Sie ebenso im Koffer wie eine Amex-Karte mit einem aufgespielten Spesenvolumen von 5.000 Dollar und Zusicherung der Übernahme Ihrer Kreditverbindlichkeiten bei Erfolg. Dann wären wir uns also handelseinig geworden.«

Der sirrende Ton in Peters Kopf brach abrupt ab, als sei die Saite einer lange nicht mehr bespielten Gitarre gerissen.

Die Reise

Zehntausend Meter über dem östlichsten Zipfel von Nova Scotia lag Peter Falcon mit weit aufgerissenen Augen auf einem bis zum Anschlag ausgefahrenen Full-Comfortplus-Sitz der First Class von Delta Flug 013. Zum Abendessen hatte es Filet Mignon gegeben, aber ihm war schon beim Durchblättern der Menükarte schlecht geworden. Die Vorspeise aus einer Handvoll Aspirin, die er kurz vor dem Boarding noch an der Kasse des Wal Greens mit einem Becher lauwarmen Dr. Peppers heruntergespült hatte, machte eine weitere Nahrungsaufnahme unmöglich. Mit seliger Erleichterung stellte er allerdings fest, dass seine hämmernden Kopfschmerzen allmählich wie das Sonar-Signal eines U-Bootes von einer tobenden See aus Molekülen verschluckt wurden. Sein Nebenmann auf der anderen Seite des Gangs, Rick oder Randy oder so ähnlich, aus Garden City, New Jersey, der ihn seit dem Start mit einem langatmigen Bericht über Immobilienprojekte in Litauen belästigt hatte, schnarchte leise vor sich hin, und irgendjemand weiter vorne musste seine Schuhe ausgezogen haben. Vor ein paar Wochen war diese Sendung auf dem Discovery Channel gelaufen, in der es um die gesundheitlichen Gefahren von Langstreckenflügen gegangen war: Jeden Tag überquerten Tausende von Menschen innerhalb weniger Stunden die Ozeane, um in diesen fliegenden Keimschleudern die in fernen Ländern eingefangenen Viren und Bazillen an ihre Mitmenschen zu verteilen. Wer auch immer dieses Lüftungssystem erdacht hatte, das die Luft aus dem Fußbereich ansaugte, um sie einem dann von oben wieder direkt ins Gesicht zu blasen, musste ein echter Menschenfreund gewesen sein.

Peter drückte auf einen der vielen Schaltknöpfe auf der in dickem, braunem Leder eingefassten Konsole seines Luxus-Sitzes. Mit einem dezenten Surren wurde sein Oberkörper allmählich wieder in die aufrechte Position gehoben, was zu einem schmerzhaften Ziehen in der Leistengegend führte, da sich seine Beine noch immer in leicht erhöhter Ruheposition befanden. Hektisch befingerte er ein paar weitere Knöpfe, wodurch sich seine unbequeme Klappmesserstellung noch verstärkte.

Im Halbdunkel des Ganges näherte sich eine Silhouette.

»Kann ich Ihnen irgendwie behilflich sein, Mr. Falcon?«

Ohne seine Antwort abzuwarten, beugte sich die Stewardess über Peters Sitz. Auf ihrem Nacken zeichnete sich ein leichter Flaum aus blonden Härchen ab, und er konnte das Aroma ihrer Lotion einatmen. Für einen kurzen Moment verspürte Peter den Impuls, ihren Hals mit seiner Nase zu berühren und diesen Geruch aufzusaugen. Sie tippte kurz auf zwei Tasten, und das Fußteil des Sitzes fuhr unendlich langsam in seine Ausgangslage zurück. Peter seufzte erleichtert. Die Stewardess richtete sich wieder auf und lächelte ihn charmant an. Er blickte auf das Namensschild an ihrem Revers.

»Das war sehr aufmerksam von Ihnen, Sharona. Ich bin wohl auf die Yoga-Taste dieses Monstrums gekommen. Könnten Sie mir bitte noch einen Gefallen tun und mir einen doppelten Bourbon bringen?«

»Sehr gerne, Mr. Falcon.« Sharona zwinkerte ihm zu, dann verschwand sie erneut in der Dunkelheit. Peter glaubte einen

Anflug von Melancholie hinter ihrem professionellen Lächeln bemerkt zu haben, gerade in dem Augenblick, als ihr Gesicht im Schatten des Ganges verschwand. Wie alt mochte sie sein? Vielleicht 24, 25 Jahre. Bestimmt hatte sie noch vor nicht allzu langer Zeit ihre Gelenke bei einer Cheerleader-Truppe ruiniert, ehe sie zum ersten Mal die demütigende Erfahrung hatte machen müssen, dass der Ozean namens Leben doch nur ein etwas größerer Swimming-Pool war.

Peter blickte sich um. Die meisten Passagiere schienen zu schlafen, nur vereinzelt waren noch ein paar Leselampen eingeschaltet. Einige Plätze weiter vorne ragte der dünne Arm dieses Models, dessen Gesicht Peter vorhin beim Einchecken irgendwie bekannt vorgekommen war, unter einer Decke hervor.

Wie war er bloß hierhergekommen? Vor dreißig Stunden hatte er sich noch mit der Frage beschäftigt, wie Melinda wohl damit klarkäme, wenn er schon wieder ihre Einladung ausschlagen würde. In den Catskill Mountains lag noch ein wenig Schnee, und er hatte sie wirklich eine Ewigkeit nicht mehr gesehen, seit sie von New York in die Wildnis gezogen war. Aber ein guter Skiläufer war er sowieso nie gewesen, und hatte außerdem schon vor Wochen eine der letzten Karten für die Giants ergattert. Alte Freundschaften mussten so etwas einfach aushalten.

Alte Freundschaften.

Peter musste unvermittelt grinsen. Er konnte es einfach nicht fassen, dass Charlie wieder aufgetaucht war – nach all den Jahren. Und jetzt hockte er weder in Melindas Hütte noch im Giants-Stadion, sondern hing mit einem abklingenden Kater in einem Ledersitz der First Class auf dem Weg in eine fremde Welt. Und mit seinem neuen Haarschnitt und dem Anzug, den Charles für ihn in doppelter Ausführung und samt Schuhen und allem Pipapo bei einem sündhaft teuren Herrenausstatter in der Saks Fifth Avenue gekauft hatte, sah er Charlie tatsächlich ein wenig ähnlich. Natürlich ohne die Rundungen an den falschen Stellen. »Du warst selten so attraktiv!«, hatte Charles zum Abschied großmütig festgestellt und ihm viel Spaß in der Hauptstadt der Liebe gewünscht.

Sharona riss ihn aus seinen Gedanken und servierte den Bourbon auf dem Tischchen an Peters Sitz: »Wenn Sie noch einen Wunsch haben, melden Sie sich einfach über die Ruftaste. Das ist die über der Yoga-Taste.« Sie kicherte leise.

Peter griff plötzlich nach ihrer Hand, was ihn selbst ein wenig überrascht zusammenzucken ließ. Sharona blickte ihn erstaunt an.

Ehe ihn noch der Mut verließ, sagte Peter mit einem Augenzwinkern: »Darf ich Ihnen etwas verraten? Das ist mein erster Flug nach Europa. Und dann auch noch Paris. Wollen Sie mich nicht begleiten? Wir könnten am Ufer der Seine ein Croissant knabbern und mit den Resten die Schwäne füttern.«

Sharona konnte ein leises Lachen nicht unterdrücken. Peter mochte diese Art von Lachen. Er hatte es zum letzten Mal vor einer halben Ewigkeit gehört.

Behutsam zog sie ihre Hand aus seinem Griff und beugte sich nahe an sein Ohr: »Sorry, Mr. Falcon. Morgen Nachmittag bin ich auf dem Weg nach Mexiko City. Aber wenn ich irgendwo über dem Atlantik die Zeit finde, in mein trockenes Sandwich zu beißen, werde ich es bestimmt bedauern, Ihre Einladung ausgeschlagen zu haben.«

Peter wollte noch etwas erwidern, etwas Tröstliches vielleicht, aber dann war sie auch schon weg. Plötzlich dachte er an einen leeren Platz im Giants-Stadium, und er sah, wie Melinda an ihrem Küchentisch sitzend eine Einkaufsliste für das Wochenende schrieb. Vielleicht war vielmehr er es, der ein wenig Trost gebrauchen konnte.

Er beugte sich hinab und zog vorsichtig den Aktenkoffer, den Myers ihm erst vor wenigen Stunden überreicht hatte, unter dem Sitz hervor. Das Schloss des Koffers schnappte auf, und Peter strich mit dem Finger über die gefütterte Innenseite. Darunter spürte er deutlich die leichte Erhebung: 10.000 Doller fühlten sich gut an. Er verwarf den verwegenen Gedanken, sich mit dem Geld abzusetzen. Ein Leben auf der Flucht war nichts für ihn. Bei der Gepäckkontrolle vorhin wäre er ja schon fast gestorben. Nein, für ein solches Leben war er nicht geschaffen. Er würde seinen Auftrag erledigen und fertig.

Die Geschichte erschien ihm nach wie vor verworren, und die Tatsache, dass ausgerechnet er jetzt hier saß, unwirklich. Er zog einen Schnellhefter aus dem Hauptfach und öffnete ihn. Auf der ersten Seite heftete ein Post-it mit dem handschriftlichen Vermerk: »*Zur Erinnerung – Viel Erfolg!*« Peter überflog erneut die E-Mail, deren Inhalt er bereits kannte:

Von: B. Blumenstihl
An: Chroseby Auctions, New York
Betreff: Wahrheit

Sehr geehrte Damen und Herren,

es handelt sich um das Gemälde, um das sich ein paar Blocks von Ihrem Büro entfernt die Massen drängen.

Wann waren Sie das letzte Mal im MoMa und haben sich vor die ›Sternennacht‹ gestellt? Statten Sie dem Gemälde doch wieder mal einen Besuch ab und schauen Sie es sich genau an. Sehen Sie die Bewegung der Bäume? Können Sie ihn spüren, den Wind, der jährlich über das Rhônetal zum Mittelmeer hin bläst und den Blick in die Sterne besonders klar erscheinen lässt?

Die Wahrheit liegt im Wind! Dieser Wind, ein teuflischer, wird aufziehen und die Geschichte der ›Sternennacht‹ und die ganze eitle Kunstwelt, so wie wir sie kennen, durcheinanderwirbeln. Auch Bilder Ihrer kommenden Herbstauktion sind davon betroffen.

So einen unangenehmen Skandal, wie es ihn bei den ›Sonnenblumen‹ gab, möchten Sie doch bestimmt vermeiden, nicht wahr?

Ich wäre bereit, Details mit ihrem zuständigen Gutachter Charles White hier bei mir in Paris zu besprechen
und erwarte ihn am 29. August in 35, Boulevard des Capucines.

Hochachtungsvoll,
Bernardine Blumenstihl

PS: Da es sich bei den für Sie relevanten Fakten um Erkenntnisse meiner jahrelangen Forschungen handelt, möchte ich Sie bitten, zu unserem Treffen eine marktgerechte Aufwandsentschädigung mitzubringen.

Die »*Sternennacht*« im MoMa. Ja, er hatte sie sich tatsächlich angesehen. War diesem unerklärlichen, inneren Drang gefolgt. Gestern erst. Zufall? Schicksal? Peter wusste es nicht.

Sein Blick fiel aus dem Fenster in die Nacht. Der Mond war bereits vor einigen Stunden verschwunden, und das Wolkenmeer schimmerte in dem weichen Licht Tausender ferner Welten. Er selbst war ein Reisender auf dem Weg von einer zur anderen. War diese Reise für ihn ein überraschendes Geschenk, womöglich eine große Chance? Oder kam er als Scharlatan, den man zwar mit einem guten Blatt ausgestattet hatte, der sich aber an einem Spieltisch mit Gegnern wiederfand, die sich als eine Nummer zu groß für ihn herausstellen würden?

Der Bourbon schwelte angenehm in seinem Mund, als am Horizont die ersten Strahlen der aufgehenden Sonne die Dunkelheit durchtrennten. Das Flugzeug befand sich bereits im Sinkflug über dem Atlantik, und in der Ferne bemerkte Peter ein Nervengeflecht aus pulsierenden Lichtern, das unter dem Wolkenmeer wie ein Feuerwerk funkelte. Es sah schön aus, dieses Europa. Lebte man dort auf dem Land in Schlössern? Er wusste viel zu wenig über diesen Kontinent und was wusste er schon über Paris? Die Stadt der Liebe. Dem guten, alten Vincent hatte sie jedenfalls damals kein Glück gebracht. Immerhin wussten sie dort unten einen guten Wein zu schätzen. Und sie aßen Frösche schon zum Frühstück. Egal. Er war nicht verliebt, und Vincent war lange tot. Und vom Wein würde er in den nächsten Tagen auch die Finger lassen. Er hatte einen Auftrag.

Mit diesem Vorsatz im Kopf schob Peter kurz darauf seine beiden Koffer auf einem Trolley durch die Gänge des riesigen Ankunftsterminals von Charles-de-Gaulle und hatte das Gefühl, auf einer im Orbit kreisenden Raumstation gelandet zu sein. Er mochte die Coolness dieses Siebziger-Jahre-Futurismus. Das Gebäude machte mit seiner elliptischen Linienführung und der puristischen Stahl-Glas-Bauweise auf ihn den Eindruck, als hätten Kubricks Set-Designer hier ihre Hände im Spiel gehabt. Und als Peter endlich mit seinem Gepäck in die kühle Pariser Morgenluft trat, überkam ihn zum ersten Mal so etwas wie eine unbestimmt prickelnde Vorfreude auf das, was diese Reise für ihn bereithalten würde.

Mit neuem Schwung in den müden Knochen stapfte er also über den Boden dieses sehr alten Kontinents, von dem aus sich ihrerzeit eine Handvoll Tollkühner aufgemacht hatte, um einen Seeweg nach Indien zu finden. Stattdessen hatten sie versehentlich Amerika entdeckt, in dem allerdings schon ein paar Menschen lebten. Peter schüttelte grinsend den Kopf. Der Rest war Geschichte. Über Jahrhunderte hinweg hatte Europa ganze Schiffsladungen seiner Einwohner über den Ozean geschickt, die hier offenbar niemand mehr haben wollte, und nun war ausgerechnet *er* zurückgekehrt, Peter Falcon, fleischgewordene Melange aus dem Erbmaterial von Generationen an Kriegsgewinnlern, Querulanten und religiösen Spinnern.

Peter war bereit für Europa – und Frankreich war offenbar eine anspruchsvolle Herausforderung für einen Amerikaner. Denn niemand sprach Englisch. Zumindest taten sie so, sowohl vorhin an der Passkontrolle wie auch eben an der Hotelinformation. Nun gut, als New Yorker respektierte er Menschen mit einer gesunden Skepsis gegenüber Fremden.

Vor ihm fuhr aus der Schlange der wartenden Taxen ein Wagen vor. Peter lugte ins Wageninnere. Er hatte insgeheim gehofft, in das wettergegerbte Gesicht eines fidelen alten Mannes mit Baskenmütze und veritablem Rotweinzinken zu blicken, doch der Typ hinter dem Lenkrad sah eher aus wie der Fahrer eines dieser lizenzfreien Gypsy-Cabs aus der nördlichen Bronx. Immerhin wurde er endlich mal mit einem

Lächeln begrüßt. Peter ging auf das Taxi zu und drückte dem Fahrer die Karte mit der Adresse des Hotels in die Hand, das Ferrara für ihn reserviert hatte.

Sylvain, sein Fahrer, war ein Immigrant von der Elfenbeinküste und stellte sich zu Peters Leidwesen schnell als ein Freund ethnisch gefärbter Popmusik heraus, die quäkend aus einem auf dem Armaturenbrett festgeschraubten Kassettenrecorder, schepperte.

»Entschuldigen Sie«, Peter tippte Sylvain auf die Schulter, »könnten Sie bitte irgendetwas anderes ...«

»No Problem, Monsieur.« Der Mann von der Elfenbeinküste stellte die Musik ab und suchte im Radio nach einem Sender. Ein paar Fetzen Coltrane klangen aus dem statischen Rauschen.

»Das! Das ist gut.« Peter ließ sich in die Polster zurückfallen, und Sylvain justierte den Empfang: »Take the A-Train.« Wie passend, eine Hymne Big-Apples als Ouvertüre für die Stadt der Liebe.

»Ah, tu aimes Jazz-Music?«

»Ja«, murmelte Peter und richtete seinen Blick aus dem Fenster.

Sie fuhren jetzt auf einer mehrspurigen Ausfallstraße. Dieser Flughafen war wirklich gigantisch. Aus Peters Perspektive verwandelte sich die Fahrt in einen Experimental-Clip aus geometrischen Formen. Das Viadukt des Airport-Shuttles durchkreuzte mehrfach sein Blickfeld, und die ovale Perlschnur einer Front aus Terminals, Hangars und Wartehallen zog wie eine Batterie aus Periskopen an seinem Fenster vorbei, durch die ihn Riesen anzuglotzen schienen. Das milchige Morgenlicht ließ die Konturen verschwimmen, und Peter döste immer wieder für ein paar Sekunden ein.

Vorüberfliegende Autobahnschilder verwiesen auf Ziele, die für ihn bis gestern noch so weit entfernt gewesen waren, wie der äußere Asteroidengürtel: Lille, Bruxelles, Amsterdam und – Paris. Das diesige Grau des Himmels wurde von stakkatoartigen Blitzen aus Halogenröhren abgelöst, wann immer der Wagen in einen Tunnel eintauchte. Ab und an wurde ein Farbtupfer mit schnellem Schnitt in den gemächlichen Beat aus Betonfugen gesetzt – dann nämlich, wenn sich eine Lücke in der die Straße verfolgenden Lärmschutzwand auftat und den kurzen Blick auf eine bunte Werbetafel, eine Tankstelle, Gewerbehallen oder Lagerhäuser freigab.

Der Frühnebel löste sich gerade auf wie ein schlechter Gedanke, und Peter kurbelte das Fenster einen Spalt nach unten. Die Morgensonne hatte bereits Kraft, wärmte sein Gesicht, und Peter inspizierte mit zunehmend erwachenden Lebensgeistern weiter die an ihm vorbeiziehenden Gebäude und Straßen. Er war beeindruckt von den mondänen Fassaden der alten Bürgerhäuser. Auf den breiten Trottoirs stellten Café-Besitzer gerade Stühle und Tische parat, und zu dieser frühen Stunde waren bereits eine Menge Menschen auf dem Weg zur Arbeit – alle überdurchschnittlich gut gekleidet, wie Peter auffiel. Er hatte hier noch keinen einzigen Passanten in abgelatschten Turnschuhen gesehen.

Ganz in der Nähe der Oper, wie Peter auf einem Straßenschild entziffern konnte, bog Sylvain in eine enge Seitenstraße ein, in der sich bereits eine Reihe von Limousinen staute, und hielt nach einigem Gehupe und von Verwünschungen begleiteten abenteuerlichen Rangiermanövern vor dem Entrée eines vornehmen Hotels.

Der Doorman riss die Wagentür des Taxis auf, und Peter wandte sich an Sylvain: »Bitte warten Sie einen Augenblick.

Ich muss mich erkundigen, ob das wirklich der richtige Laden ist.«

Er griff seinen Aktenkoffer und stieg aus dem Fahrzeug.

In der opulenten Lobby war kein Durchkommen möglich. Horden von Geschäftsleuten versuchten offensichtlich gerade alle gleichzeitig einzuchecken, während Pagen mit voll beladenen Gepäcktrolleys kreuz und quer durch den Saal hetzten.

Peter fühlte sich so, wie es ihm manchmal auf Partys ging – er stand ständig im Weg. Schließlich versuchte er, sich dem Empfangstresen von der Seite zu nähern, wurde jedoch sofort von einer Gruppe dauertelefonierender Anzugträger mit hartem deutschem Akzent darauf aufmerksam gemacht, sich gefälligst hinten anzustellen. Mit hellem Fanfarenstreich meldete sich gerade eine neue Panikattacke in seinem Kopf, wobei sein Wunsch nach einer spontanen Schlägerei fast noch übermächtiger war.

Fluchtartig stürzte er ins Freie.

Der Page hatte bereits sein Gepäck aus dem Kofferraum gehoben und schien nicht ansatzweise begreifen zu wollen, dass Peter nicht beabsichtigte, zu bleiben. Deshalb lud Peter seine Koffer schließlich eigenhändig zurück in den Wagen und knallte die Tür zu, während der Doorman dusselig glotzend daneben stand. Was wollte der? Auch noch Trinkgeld, oder wie?

»Das ist nicht mein Hotel. Fahren Sie mich bitte zu dieser Künstlerkolonie. Auf nach Montmartre!«

»Oui, Monsieur. Ich kenne dort ein nettes Hotel, wo die Schwester der Tante meines Schwagers ...«

»Es ist mir egal, Mann – fahren Sie einfach.«

Sylvain tat, wie ihm geheißen, und heizte wie ein Besessener über das Kopfsteinpflaster der Straße, die sich den Hügel von Montmartre emporschraubte. An den Pappeln zeigte sich das erste zarte Grün, und Peter ließ sich durch das geöffnete Fenster den Fahrtwind durch die Haare wehen.

Paris duftete nach Frühling.

Nach Liebe.

Er schloss die Augen, und für einen Moment sah er Marlon Brando und Maria Schneider in wilder Jagd durch die Gassen hetzen. Er musste lachen. Paris duftete nach Sex.

Und nach Vergänglichkeit.

Melinda, dachte Peter.

Der Wagen stoppte vor einem kleinen Hotel in der Rue Burq, dem »Bonséjour«. Neben dem von einem Säulenportal umgebenen Eingang hingen zwei alte Gaslaternen, die dem Gebäude, wie Peter fand, etwas Wildromantisches gaben. Ein Teil der Zimmer war zur Straße hin ausgerichtet; auf den drei Etagen befanden sich kleine Balkone, die mit schmiedeeisernen Brüstungen versehen waren. Von dort musste man eine großartige Aussicht haben. Peter blickte über die Balustrade, die den kleinen Marktplatz vor dem Hotel säumte. Die Morgensonne hatte den Himmel in pastellfarbenes Licht getaucht, und unter ihm lag die Stadt in ihrer ganzen Schönheit. Von hier oben, dachte Peter, hatte sie wirklich einen Hauch von Magie.

Die schweigsame Dame am Empfang hatte glücklicherweise noch Zimmer frei und bestand darauf, seine beiden Koffer eigenhändig eine enge Treppe hinauf ins letzte Stockwerk zu schleppen. Peter war zu müde, um sich dagegen aufzulehnen. Nachdem die Tür hinter ihm ins Schloss gefallen war, war er endlich allein. Ein Waschbecken, ein kleiner Nachttisch, eine Kleiderstange und ein Bett. Es roch ein wenig muffig, aber nicht auf eine unangenehme Art. Einfach nach einem alten Haus.

Er war in Europa.

Und das erste Mal seit seinem Aufbruch spürte er einen Hauch von Zufriedenheit.

Peter riss die Vorhänge auf. Eine Schar Tauben flatterte vom Dachvorsprung davon, und aus einem der gegenüberliegenden Häuser klang Musik. Eine junge Frau trat gerade durch die weit aufgeklappten Lamellentüren auf ihren Balkon. Sie rauchte eine Zigarette. Als sie Peter bemerkte, winkte sie kurz zu ihm herüber.

Peter winkte zurück.

Es war gut, hier zu sein; er konnte es spüren. Was auch immer diese Reise für seine Auftraggeber bedeuten sollte, war ihm in diesem Moment nicht wichtig. New York fiel von ihm ab wie eine alte Haut.

Peter ließ sich auf das Bett fallen, dessen Matratze so weich war, dass er das Gefühl hatte, mit ihr zu verschmelzen. Und nur wenige Sekunden später fiel Peter Falcon 2.380 Meilen östlich der Lower East Side endlich in einen tiefen Schlaf.

Die Nackte

Irgendwo knallte eine Zimmertür. Peter lag benommen auf dem Rücken, während sich die Bilder eines wirren Traumes wie eine Katze aus seiner Erinnerung schlichen.

Er hatte den ganzen Tag verschlafen und sehnte sich nach einer Dusche. Es war angenehm, den ganzen Dreck der letzten Tage von seinem klebrigen Körper abzuwaschen. Es hatte beinahe etwas Rituelles – eine Art heilige Reinigung, ehe er hinausschreiten würde in das Unbekannte. Der Abend mit Charlie erschien ihm wie ein Trugbild aus einem früheren Leben, während das Wasser wie ein wärmender Umhang seine Schultern umspielte. Sonderbar, was dieses kleine bisschen an Zeitverschiebung für Kerben in die Wahrnehmung schlagen konnte. Vielleicht war die Geschwindigkeit, mit der man sich in einem Flugzeug entgegen der Erddrehung bewegte, war dieser Ritt durch die Meridiane schon genug, um sämtliche inneren Zeitmesser außer Kraft zu setzen. Der Körper war schneller am Ziel, als das Bewusstsein folgen konnte, und für eine gewisse Zeit schwang man mit der Realität nicht ganz in Phase. Alles kam einem sonderbar unwirklich vor, wie ein unangenehmer Traum in einem fremden Bett.

Kurz darauf lief er mit immer größer werdenden Schritten das Trottoir entlang. Die Luft pulsierte im dumpfen Vibrieren der nächtlichen Stadt am Fuße des Hügels. Motorroller röhrten die engen Straßen entlang und der schwere Duft blühender Akazien wehte aus einem hinter hohen Mauern versteckten Garten zu ihm hinüber.

Er wollte ganz hinauf auf den Hügel, dorthin wo diese Kirche stand – Sacré-Cœur. Das Gebäude kannte er aus einigen Cinéma-Vérité-Filmen, und der Anblick seiner Kuppel, die mit bleichem Schein über den Dächern der Häuser schwebte, faszinierte ihn auf die wohl gleiche Weise, wie jemand, der zum allerersten Mal das Empire State Building aus dem Dunst Manhattans auftauchen sieht und erst in diesem Moment begreift, dass es tatsächlich existiert.

Schon von Weitem sah er die Menschenmengen, die sich hier trotz der späten Stunde tummelten. Blitzlichter von Fotokameras zuckten durch die Nacht und unzählige Lokale, Bars und Restaurants hatten jeden Quadratzentimeter nutzbarer Fläche mit Tischen und Sitzbänken bestückt, zwischen denen sich beschürzte Kellner ihren Weg bahnten. Auch die Treppen zur Basilika waren dicht bevölkert. Liebespaare genossen mit verklärtem Blick die Aussicht, andere hatten sich auf ein abendliches Picknick eingerichtet, Weinflaschen wurden aufgezogen und die Balzrufe junger Backpacker hallten durch den Abend. Peter musste sich Mühe geben, niemandem auf die Hand zu treten, als er die Stufen hinaufstolperte. Schon während er mit dem Aufstieg begonnen hatte, verließ ihn der Elan, und so ließ er sich nach nicht einmal der halben Wegstrecke auf einem Mauervorsprung nieder. Die riesige, angestrahlte Kuppel hatte etwas zutiefst Kitschiges, wie er fand. Irgendwo hatte er gehört, dass das Gestein, welches für den Bau von Sacré-Cœur verwendet worden war, mit den Jahrzehnten immer heller wurde. Schon jetzt war ein Stadium gleißenden Weißes erreicht, der das ganze Bauwerk in seinem sonderbaren Zuckerbäckerstil wie seinen eigenen Las-Vegas-Nachbau erscheinen ließ. Auf dem Treppenabsatz ein paar Meter weiter oben alberte eine Gruppe junger Briten herum, der Geruch von Pot kam als Schwaden zu Peter hinübergezogen, und sie machten sich offenbar lustig über ihn. Peter blickte an sich herab. Der schicke Anzug in dieser Gegend wirkte schon etwas komisch, und mit dem Koffer hielten die Typen ihn wahrscheinlich für einen Handelsvertreter, der sich nicht nach Hause traute. Bestimmt war er schon jetzt ungewollt als Randerscheinung auf einigen Schnappschüssen fremder Menschen zu sehen, wie er einsam mit seinem Koffer die Treppen zur Kathedrale hinaufgeschritten war, und in ein paar Wochen würde er für launigen Gesprächsstoff sorgen, wenn man in Tokio, Springfield oder Rom die Urlaubsfotos betrachtete. Doch egal was für Vermutungen über seine Identität angestellt werden würden, dass er ein Agent im Namen der Kunst war, würde sicher niemand erraten. Ein Agent, der dringend etwas essen musste.

Er ergatterte einen der wenigen freien Plätze des einzigen Straßenlokals, von dem aus man den Eiffelturm in direkter Blickachse hatte. Das Steak schmeckte phantastisch, und wenn er die Augen ein wenig zusammenkniff, sah das illuminierte

Wahrzeichen der Stadt fast wie ein auf dem Tisch platzierter Kerzenleuchter aus.

Der Kellner erschien gerade mit einer weiteren Halb-Liter-Karaffe Chardonnay, als das dumpfe Bimmeln des Telefons in seinem Koffer ihn aus seinen Gedanken riss. Hektisch suchte er den Knopf zum Annehmen des Gespräches, bis er auf dem Handy einen roten Hinweis las: Zum Annehmen wischen. »Was für ein Blödsinn«, knurrte er in den Lautsprecher.

»Bitte was? Peter, wo zur Hölle steckst du?« Charles Stimme hatte einen latent vorwurfsvollen Unterton.

»Wow, Charlie. Du klingst ein bisschen wie meine Mutter, und selbst die würde mir erst mal einen Guten Abend wünschen. Was glaubst du denn, wo ich bin? Du erinnerst dich schon noch daran, dass …«

»Du hast nicht in deinem Hotel eingecheckt!«

Peter lehnte sich bequem auf dem Stuhl zurück. »Das ist vollkommen richtig, Charles. Es hat mir einfach nicht zugesagt. Kein Glamour. Nur Business. Ich bin auf den Hügel gezogen – schon immer ein guter Ort, um bei heiklen Operationen den Überblick zu behalten.«

Charles atmete hörbar auf. »Ich hatte schon befürchtet, du bist mit dem Geld abgetaucht. Hast du es schon abgeholt?«

»Nein, das mache ich kurz vor dem Treffen. Wie viel ist es denn?«

Charlie zögerte. »Hunderttausend!«

»Was?! Ich soll morgen einhunderttausend abholen und damit durch Paris fahren? Was ist, wenn Blumenstihl das Geld einfach nimmt?«

Wieder zögerte Charlie, dann sagte er: »Das ist uns die Sache wert.« Schnell, als wolle er etwas überspielen, wechselte er das Thema: »Amüsierst du dich denn auch ein wenig? Lass mich raten, du trinkst dich gerade durchs Weinsortiment deiner Hotelbar und hast Hemmungen, die Dame am Nachbartisch anzusprechen.«

»Ich bleibe so lange abstinent, bis mein Job erledigt ist«, log Peter und nahm einen vollen Schluck Chardonnay. »Und was die Liebe betrifft: Die Luft dieser Stadt ist so gesättigt damit, dass ich alleine vom Atmen trunken werde.«

Charles lachte blechern. »Viel Glück für morgen, Peter Pan«, sagte er und fügte nach einer Pause, die fast schon unangenehm lang war, hinzu: »Pass auf dich auf.«

Peter legte das Handy zurück und schüttelte den Kopf.

Das ist uns die Sache wert.

Hunderttausend.

Schweigegeld.

Nicht zu fassen.

Peter hatte die halbe Nacht damit zugebracht, sämtliche Wendungen, die das Treffen mit Blumenstihl mit sich bringen könnte, in Gedanken durchzuspielen, aber es hatte nichts genutzt. Er war noch immer nervös – ein Gefühl, das ihm überhaupt nicht behagte. Seine Handflächen waren bereits Sekunden, nachdem er sie an seiner Hose abgewischt hatte, wieder feucht. Verdammt, dachte er, reiß dich zusammen, Peter! Du bist doch kein Trottel!

Doch es half nichts. Am liebsten hätte er einen Sender im Ohr gehabt, durch den er per Satelliten-Standleitung die Einflüsterungen vom live zugeschalteten Myers einfach nachgeplappert hätte. Einmal mehr dachte er an das mit Charlie geführte Telefonat. Irgendetwas an dessen Tonalität lag ihm quer im Magen. Ob es daran lag, dass er im Grunde das Gefühl hatte, Charles würde ihm etwas verheimlichen? Oder an verletzter Eitelkeit, weil Charles ihm misstraute? Und dann war da noch dieses Geld, das er nun in Empfang nehmen sollte.

Peter holte den Schlüssel aus seinem Aktenkoffer, musterte sich im Außenspiegel des Taxis, das ihn mit dem Schwung eines Paso-Doble-Tänzers um jede Kurve trug, und stellte mit einer gewissen Erleichterung fest, dass zumindest sein Aufzug einen professionellen Eindruck machte. Er trug den nagelneuen dunklen Nadelstreifenanzug und darunter ein blütenweißes Hemd mit goldenen Manschettenknöpfen. Als besonderes Accessoire eine randlose, goldene, leicht abgetönte Lesebrille – eine Investition, die längst überfällig gewesen war und ihm die coole Noblesse eines Unterhändlers verlieh, dem ohne Weiteres der Verhandlungsvorsitz bei einem brisanten Geiselaustausch im Nahen Osten zuzutrauen war.

»La voilà, Monsieur«, verkündete der Taxifahrer, als sie an der Bank, ihrem ersten Stopp, hielten. Ein Art-déco-Bau mit einer Marmorempfangshalle. Komisch, dachte Peter, bei uns in Amerika sehen die Banken irgendwie anders aus.

»Bienvenue, Monsieur Falcon, hier geht es zu den Schließfächern«, flüsterte der Mann am Eingang, als gehöre das Wispern zum guten Ton. Peter nickte und folgte ihm den Gang hinunter und in einen Fahrstuhl, durch eine Gittertür und schließlich in einen Raum voller Schließfächer. Beim Drehen des Schlüssels knackte es zweimal, und die Tür sprang auf. Eine dunkelblaue Sporttasche. Peter fühlte sich beobachtet. Also öffnete er die Tasche nicht, tastete nur von außen nach deren Inhalt und nickte dem Wachmann dann fachmännisch zu. Betont lässig verließ er kurz darauf mit der

Tasche das Gebäude. Erst im Taxi öffnete er den Reißverschluss ein Stück weit – dicke Bündel Geld. Viele dicke Bündel. Jetzt empfand er eine Mischung aus Aufregung und Triumph.

Aus der Innentasche seines Jacketts zog Peter das Memo hervor, auf dem Ferrara die Adresse notiert hatte, unter der er Blumenstihl an diesem Vormittag treffen sollte. Würde diese seine Verkleidung erkennen? Und was würde sie ihm wohl offenbaren? Und würde er sie mit dem Geld tatsächlich zum Schweigen bringen? Peter kaute auf seiner Unterlippe. Die ganze Sache könnte schwer in die Hose gehen. Wichtig war ein überzeugendes Intro. Auch nur das leiseste Zittern in seiner Stimme konnte den gesamten Auftritt ruinieren.

Der Boulevard des Capucines war eine große, belebte Einkaufsstraße, an der er schon gestern Morgen auf der Fahrt zum Grand Hotel vorbeigekommen war. Zwischen den breiten Schaufensterfronten eines Juweliers befand sich eine rot lackierte, doppelflügelige Tür, über der in goldenen Ziffern die Hausnummer 35 prangte. Peter glaubte zunächst, der Fahrer habe sich in der Adresse geirrt, bis er, versteckt unter einem Straßenbaum am Rande des Gehwegs, eine von Gestrüpp fast zugewucherte Hinweistafel entdeckte. Auf der Tafel war eine alte Illustration eines Fotografen abgebildet, der – mit wehenden Frackschößen und Zylinderhut in der schwankenden Gondel eines Gasballons aus der Pionierzeit der Luftfahrt – durch den Sucher einer Standkamera blickte. Peter erinnerte sich bruchstückhaft an eine lang zurückliegende Vorlesung in Kunstgeschichte. Dieser Nadar war Mitglied des Rat-Packs im Paris des ausgehenden 19. Jahrhunderts gewesen, einer Gruppe trinkfreudiger Bohémiens, Literaten und Künstler, die in ihrer Stammbesetzung nicht nur die Grundlage ihres späteren Ruhmes, sondern durch Alkoholismus und Syphilis auch den Grundstein für ihr zumeist vorzeitiges Ableben gelegt hatten.

Die Namenschilder an der Klingelleiste neben der Eingangstür waren bis auf eines unbeschriftet – »Bell« stand darauf – ein Knopf also, dessen Betätigung aller Voraussicht nach zu einem Läuten, Klingeln oder Summen führen würde. Peter ließ sich auf das Experiment ein und lächelte in das dunkle Objektiv einer dezent platzierten Überwachungskamera, das ihm zyklopengleich entgegenstarrte. Nichts tat sich, doch als er gerade erneut seinen Finger in Richtung der Klingel führen wollte, sprang die Tür mit einem Klacken nach innen hin auf, ließ Peter ein paar Schritte in den dunklen Flur hineintreten, und fiel dann mit einem leisen Schmatzen ins Schloss zurück.

Der Lärm der Straße wich zurück, und Peter konzentrierte sich. Er stand nun in kompletter Dunkelheit. Auf sein vorsichtiges Rufen erfolgte keinerlei Reaktion, doch seine Augen gewöhnten sich langsam an die Finsternis. Knapp oberhalb des Fußbodens warf eine schummrige Notbeleuchtung mattes Licht auf einen dunkelroten Läufer, der sich wie eine blutrote Arterie in die Tiefen des Korridors erstreckte. Der schwere Teppichstoff, in den Peter fast knöcheltief einzusinken schien, schluckte jeden seiner Schritte, und für einen Augenblick kam es ihm so vor, als befände er sich in einem dieser Zeittunnel, wie es sie zu seiner Kindheit im Spiegellabyrinth des Jahrmarktes auf Coney Island gegeben hatte. Der Gang endete abrupt vor einer weiteren massiven Holztür. An ihrer Seite hing ein Seil, das zu einer polierten Messingglocke führte. Peter hatte für einen Moment die Befürchtung, unter ihm könne sich eine Falltür öffnen, doch als er an dem Seil zog, ertönte nur der laute, klare Klang der alten Glocke.

Die Tür wurde urplötzlich aufgerissen, und er blickte in das Gesicht eines Mannes, dessen Ausdruck so blank gewischt von jeder Gefühlsregung war, dass Peter für einen Moment erschrak. »Bonjour. Ich bin ... ähm ... Charles White. Madame Blumenstihl erwartet mich.«

Wortlos bedeutete der Mann ihm, einzutreten. Er trug eine altmodische gestreifte Weste und Gamaschen, was wohl bedeutete, dass er zum Dienstpersonal des Etablissements gehörte. Peter umklammerte den Griff seines Aktenkoffers und seiner Geldtasche etwas fester und wagte einen neuen Versuch verbaler Kontaktaufnahme: »Ich komme von Chroseby.«

Der Mann nickte, ohne Peter anzublicken, wies ihm mit einer kurzen Handbewegung die Richtung und nahm dann erneut seinen Platz neben der Tür ein. Peter folgte seinem Fingerzeig in einen großen, abgedunkelten Saal, von dem aus ein Durchbruch in einen weiteren, dahinterliegenden zu führen schien. Dieses Atelier hatte Dimensionen, die von der Straße aus noch nicht einmal zu erahnen waren. So sehr Peter sich auch Mühe gab, gelang es ihm nicht, die Lichtquelle zu orten, die dem Raum gerade eben oberhalb der Reizschwelle ein paar schwache Konturen entlockte. Das Licht schien aus den alten Gemälden selbst zu strahlen, die an jeder Wand hingen und wie Traumbilder Gestalt annahmen, wenn man sich ihnen näherte. Jetzt stieg eine sommerliche Landschaft in den leuchtendsten Farben vor ihm auf, die so intensiv und durchdringend waren, dass Peter seine Brille auf die Stirn schob, um keine Nuance ihrer sinnlichen Pracht zu verpassen. »Ist es nicht erschreckend zu sehen, wie menschliche

Eitelkeit sich bis zur völligen Verrücktheit verirren kann?«, hallte eine Stimme von der anderen Seite des Saales zu ihm herüber.

Peter zuckte zusammen. Die Lichtreflexe des Gemäldes hatten ihn geblendet, sodass er nur die Umrisse des Unbekannten wahrnehmen konnte, der mit kräftigen Schritten auf dem knarrenden Parkett näher kam.

»Versuche einmal, den Malern verständlich zu machen, dass Zweige nicht violett sind, dass der Himmel nicht die Farbe frischer Butter hat, dass man in keinem Land der Erde die Dinge zu sehen bekommt, die sie malen und dass kein intelligenter Mensch solche Abweichungen ernst nehmen kann.«

Die Gestalt eines Mannes löste sich aus der Dunkelheit. Der Fremde überragte ihn um eine Ellenlänge, und seine Augen lagen so tief in dem massigen Schädel, dass Peter im ersten Augenblick davon überzeugt war, einen Geist vor sich zu haben. Einen Geist in einem knielangen dunklen Gehrock und mit grauer Quastenmütze, wie man sie aus der Zeit der letzten Jahrhundertwende kannte. Mit seinen pechschwarzen Haaren und dem dichten Vollbart hatte er etwas von einem spanischen Konquistador, und Peter erwartete jeden Moment, dass der Unbekannte einen Säbel zog, um ihm mit wildem Geschrei die Klinge in den Bauch zu rammen. Mit dem Mut der Verzweiflung trat Peter einen Schritt auf ihn zu und reichte ihm die Hand. »Bonjour, Monsieur, mein Name ist Charles White, und ich bin mit Madame Blumenstihl verabredet.«

Peter bemerkte die Überraschung seines Gegenübers in dem Moment, als er seinen Namen nannte. Kannte der Mann Charles etwa persönlich? Dann wäre seine Tarnung aufgeflogen. Fieberhaft suchte Peter nach einer Erklärung, warum er sich hier unter falschem Namen einschlich, als sein Gegenüber mit leicht belegter Stimme antwortete: »So, so. Sie sind also Mister White? Bonjour.« Skeptisch musterte er Peter von oben bis unten. »Gestatten Sie, dass ich mich vorstelle«, sagte er schließlich. »Mein Name ist Legros, Marcel Legros.«

Seine Stimme hatte ein tiefes, angenehmes Timbre, in dem der nasale Hauch eines Mannes mitschwang, der es gewohnt war, zu spotten. Aber es lag noch etwas darin: unterdrückte Wut. Peter hoffte inständig, dass diese nichts mit ihm zu tun haben möge.

Legros hielt Peter eine große, haarige Hand entgegen und öffnete seinen Mund zu einem Lächeln, das dem drohenden Fletschen einer hungrigen Hyäne glich. Der Händedruck war fest, aber nicht tödlich. Peter schluckte. »Die Freude ist ganz auf meiner Seite«, log er und bemühte sich um einen souveränen Tonfall.

»Sie reisen mit leichtem Gepäck, Mr. White?«, stellte Legros mit einem Blick auf Peters Tasche fest, und dieser nickte: »Ich bin aus New York angereist, weil Madame Blumenstihl wichtige Informationen für uns hat. Eine dringende Angelegenheit. Wenn Madame Blumenstihl so freundlich wäre und einen kurzen Moment für mich erübrigen könnte?«

Legros stieß ein leises, lauerndes Lachen aus. »Was ist schon ein kurzer Moment? Sie reisen um die halbe Welt, Mr. White, nur für einen kurzen Moment mit der Meisterin der Wahrheit? Ich frage mich, was sie Ihnen erzählen möchte?«

»Entschuldigen Sie, aber ich spreche am besten selbst mit ihr.«

Legros schüttelte in gespielter Entrüstung den Kopf. »Ihr Amerikaner erstaunt mich immer wieder. Das Geschäft mit der Kunst und die Kunst des Geschäftes – zwei unheilvolle Schwestern im Geiste.«

Noch ehe Peter etwas erwidern konnte, spürte er Legros' Hand beschwichtigend auf seiner Schulter: »Madame ist leider kurzfristig verhindert.« Wieder dieses unangenehme Lachen, das Peter frösteln ließ.

»Wie kann ich sie erreichen, um einen neuen Termin mit ihr zu vereinbaren?«

»Da muss ich Sie leider enttäuschen. Sie hat Paris für ein paar Tage verlassen, um auf dem Land zur Ruhe zu kommen. Manchmal muss man das Leben eines Mönchs führen, um die Farben wieder leuchten zu sehen. Finden Sie nicht?«

Peter verstand die Welt nicht mehr: »Madame hat *mich* für heute bestellt! Es schien ihr sehr wichtig. Wie kann sie da einfach verreisen?«

Legros zuckte die Schultern: »Es war wohl eine spontane Entscheidung. Ich soll Ihnen sagen, dass es ihr wirklich leidtut, und sie sich bei Ihnen melden wird.«

Das war es also, dachte Peter. Mission gestorben.

»Danke für die Auskunft. Ich wünsche Ihnen noch einen unterhaltsamen Tag.« Peter wandte sich zum Gehen, doch Legros hielt ihn an der Schulter fest: »Aber bitte, Mister White, seien Sie kein Narr. Wenn all diese wunderbaren Meister, die wir heute feiern, so schnell die Segel gestrichen hätten wie Sie, wäre unsere Welt ein dunkler Ort. Schauen Sie sich doch ein wenig um in diesem bescheidenen Haus. Der ›Salon de Refusés‹ erwartet Sie.« Legros' Hand legte sich um den Griff von Peters Tasche und schien sie ihm abnehmen zu wollen.

Peter sah Legros fragend an und zog die Tasche zurück.

»Monsieur White. Bitte enttäuschen Sie mich nicht! Refu-sés,« wiederholte Legros überdeutlich, wobei er jede Silbe dehnte. Sein Mund war jetzt ganz dicht an Peters Ohr, und er konnte dessen Atem spüren. »Das sind die Bilder der Abgelehnten – Manet, Monet, Degas, die ganzen alten Meister«, flüsterte Legros. »Verstehen Sie – die verstoßenen Bilder! Ihre Schöpfer sind teilweise sogar verhungert. Heute wären sie Millionäre.« Er schob Peter in Richtung des großen Bildersaales. »Es gibt eine Wahrheit jenseits des Geldes, Mr. White. Sagen Sie mir: Was ist der Wert eines Bildes, verglichen mit dem Preis des Schmerzes?« Und mit diesen Worten verschwand Legros hinter ihm wie der Geist der vergangenen Weihnacht.

Aus dem Saal vernahm Peter nun eine Art leises Summen, wie aus dem Inneren eines Bienenstocks, das aggressiver und lauter wurde, während er sich mit langsamen Schritten dem Eingang näherte. Schützend hielt Peter sich Tasche und Aktenkoffer vor die Brust. Er stand jetzt inmitten des riesigen Raumes, und ihm war, als würde die drückende Luft sich um ihn herum bewegen, murmelnde Schatten strichen an ihm entlang, und er brauchte ein paar Sekunden, um die unheimliche Gesellschaft zu erkennen, die wie eine Armee von Gespenstern an ihm vorüberzog, sich als Silhouette vor die leuchtenden Gemälde schob und den sommerlichen Landschaften für einen kurzen Moment das Licht nahm.

Damen mit breitkrempigen Hüten und hochgeschlossenen Kleidern, ihre Taillen von Miedern zusammengedrückt. Die elfenbeinernen Spitzen ihrer Schirme schlugen leise wie Totenbeine auf das Parkett. Ihre männlichen Begleiter trugen Zylinder, sie echauffierten sich flüsternd. Wie in Zeitlupe schwebten sie durch den Raum, und Peter war wie verzaubert, gefangen in einer Blase jenseits der Zeit. Niemand schien ihn wahrzunehmen, und er streckte seine Hand aus, um sich zu vergewissern, dass es keine Halluzination war. Die beiden Männer direkt vor ihm traten einen Schritt zur Seite, sodass Peter mit einem Mal freie Sicht auf das Bild bekam.

Die Nackte blickte Peter direkt an.

Sie saß inmitten der Lichtung und hielt den Kopf auf eine Hand gestützt. Ihre beiden Begleiter schienen keine Notiz von ihr zu nehmen. Sie hatten es sich in ihren Gehröcken auf dem feuchten Moosboden bequem gemacht und waren in einen angeregten Disput vertieft. Vor ihnen auf dem Boden lag der Inhalt des Picknickkorbes ausgebreitet, daneben lagen in losen Bahnen die Bündel ihrer Kleidung so, als habe die junge Frau sie noch im Gehen einfach abgestreift. Das Licht, das durch die Bäume brach, verlieh ihrer nackten Haut den Schimmer hellen Marmors und eine Würde, die man von antiken Statuen kannte. Peter konnte sich ihrem Blick nicht entziehen. Es lag nichts Laszives darin. Vielmehr die stille Vertrautheit eines Geheimnisses, das nur sie beide miteinander teilten.

Die Menge vor dem Gemälde schien aufgebracht; ihr zischendes Murmeln wurde giftiger und lauter. Einige Damen hatten aus lauter Empörung ihre Fächer gezückt, mit denen sie ihre Augen vor dem offenbar Ungeheuerlichen verbargen. Als sie Peter bemerkten, der wie gebannt aus der Entfernung das Bild bestaunte, warfen sich einige der Herren in Pose, als planten sie, sich mit ihm zu duellieren. Eine hochgewachsene Gestalt baute sich vor Peter auf und nahm sein Monokel aus dem Auge; sein hagerer Zeigefinger bebte vor Peters Gesicht: »Dass das Bild nicht durchstoßen und in Stücke gerissen wird, ist wohl nur den Vorsichtsmaßregeln der Verwaltung des Salons zu danken«, schrie der Mann ihm entgegen, während die Menge zustimmend raunte. Mit Tasche und Koffer als Schutzschild versuchte Peter, die Leute von sich fernzuhalten, doch weiter hinten ereiferte sich bereits ein anderer: »Ich kann mir nicht vorstellen, was einen intelligenten und anständigen Künstler dazu veranlassen konnte, eine so absurde Komposition zu wählen.«

Mit spitzer Stimme begann eine Gruppe von Damen miteinander zu streiten, mehrere Herren gingen dazwischen. Ein dicklicher, kleiner Mann zerrte ein paar weitere Besucher zu einem Bild in der anderen Ecke des Saales und zog die Aufmerksamkeit des Hünen auf sich, der nun von Peter abließ.

Ihm wurde übel.

Es war stickig hier drinnen, und er musste dringend an die frische Luft.

»Wer hat diese Scheußlichkeit gemalt?«, kreischte das Männchen mit schriller Stimme. Die Menge begann zu toben, der ganze Pulk geriet in Bewegung, und irgendjemand schlug Peter im Vorbeigehen wie zufällig seinen Gehstock in die Kniekehlen.

Peter *spürte* den Schmerz, und langsam bekam er es mit der Angst zu tun.

Jetzt reichte es.

Peter merkte, wie das Blut in seinen Ohren rauschte und wusste, dass ihm nur noch ein kleines Zeitfenster zur Rettung blieb. Er umklammerte Tasche und Koffer so fest, dass seine Knöchel schmerzten. Das grünliche Licht eines Notausganges schimmerte am hinteren Ende des Raumes, und er taumelte darauf zu.

Plötzlich stellte sich ihm ein Mann in den Weg. Aus den Reverstaschen seines knielangen Damastmantels ragten zwei benutzte Pinsel, und er tupfte sich die Stirn mit einem Seidentaschentuch ab, das er in den flatternden Händen hielt. Sein rötlicher Haarkranz funkelte in der Dunkelheit, und sein langer, akkurat gestutzter Bart bebte vor Zorn. Wie ein Krieger stieß er mit einem Mal in Richtung der pöbelnden Besucher vor und bahnte sich mit vollem Körpereinsatz einen Weg durch die Menge: »Ich male, was ich sehe, und nicht, was andere zu sehen belieben!«

Der Tumult, der nun losbrach, war so heftig, dass der Mann von der Urgewalt der rabiaten Menge zu Boden gerissen wurde. Ein wildes Handgemenge entstand, auch mehrere der Damen kamen dabei zu Fall, und Peter fand sich inmitten eines ganzen Knäuels wild um sich schlagender Menschen wieder. Er bekam Ellenbogen ins Kreuz, Zylinder wurden platt getrampelt, und Peter ging keuchend zu Boden. Hände griffen nach der Tasche. Mit aller Kraft riss er sich und die Tasche los und kroch, die Tasche in der einen und den Aktenkoffer in der anderen Hand, auf allen vieren weg von der entfesselten Meute. Schließlich gelang es ihm, sich wieder aufzurappeln. Die Panik, die ihm die Kehle empor stieg, schnürte ihm fast die Luft ab. Was war das hier für ein beschissenes Theater?

Endlich gelang es ihm, die Ausgangstür zu erreichen. Wie ein Ertrinkender rüttelte er daran, doch die Klinke ließ sich nicht bewegen. Hinter ihm brandete ein vielstimmiger Orkan aus Gezeter, Drohungen und Verwünschungen auf, und darüber lag ein dröhnendes, höhnisches Lachen, das aus der Tiefe des Saales zu kommen schien. Er warf sich mit voller Kraft gegen die Tür, und endlich sprang sie auf.

Ein Stoß kalter Luft flutete seine Lungenflügel.

Ihm wurde schwarz vor Augen. Für einen Augenblick hatte Peter komplett die Orientierung verloren. Er kauerte zusammengesackt in einem Kellereingang, den Kopf auf seinen Aktenkoffer gestützt und den Rücken an eine Stahltür gelehnt.

Die Tasche!

In einem Moment der Panik griff er um sich und stieß einen Seufzer tiefer Erleichterung aus, als er feststellte, dass sie wie ein Polster unter seinen Schenkeln eingeklemmt war. Mühsam zog er sich an einem Mauerwerksvorsprung hoch. Ihm war noch immer ein wenig schwindelig. Über dem engen Hinterhof, in dem Müllcontainer und ein Container mit altem Bauschutt vor sich hingammelten, war ein Stück rosafarbenen Himmels zu sehen. Wie lange hatte er hier gelegen?

In irgendeiner der Wohnungen über ihm bellte sich ein Hund die Seele aus dem Leib. Es roch nach gebratenen Zwiebeln. Die grauen Hauswände warfen das Geräusch seiner Schritte zurück, als er auf den Torbogen der Einfahrt zusteuerte. Da draußen war Leben, Passanten liefen vorbei, und er konnte den Straßenverkehr hören.

Es war bereits später Nachmittag und die frühlingshaften Sonnenstrahlen tauchten die Stadt in ein fast unwirkliches, goldenes Licht. Wie ein an fernen Gestaden Gestrandeter taumelte Peter ziellos durch die Straßen, ließ sich in dem Strom von Menschen treiben, die bepackt mit Einkäufen zu Metro-Schächten hetzten, und der kakophone Lärmteppich aus Autohupen, Gesprächsfetzen, dem vielstimmigen Klingeln von Mobiltelefonen und metallischem Schlagen, das aus einer Baugrube empordrang, erzeugte in seinem Kopf ein helles Rauschen.

Unvermittelt bog er in eine kleine Seitenstraße ein und stand mit einem Mal inmitten eines kleinen Palmengartens, der zu dem Außenbereich eines Bistros gehörte. Direkt vor ihm war noch ein Platz an einem der runden Marmortische frei. Peter ließ sich dankbar in die bequemen Polster des Lounge-Sessels fallen. Der Wein beruhigte ihn, legte sich wie ein sanfter Nebel um seine Nerven, und er konnte wieder frei atmen.

Je länger er dort saß, desto mehr wuchs sein Ärger. Die Art und Weise, wie dieser Legros sich aufgeführt hatte, war offenbar reine Provokation gewesen. Peter begriff beim besten Willen nicht, was ihm dort widerfahren war. Aber, so musste er sich eingestehen, es hatte ihn auch ziemlich beeindruckt. Und ein klein wenig geängstigt, wie er zugeben musste. Andererseits, und auch das war Fakt, hatte er seinen Job nicht erledigen können. Wenn er den Aufwand, den Ferrara, Myers und auch Charlie betrieben hatten, um ihn für diese Mission zu gewinnen, mit der Tatsache abglich, dass Blumenstihl überhaupt nicht in Paris war, konnte er nicht umhin, seinen Auftraggebern für die Vorbereitung dieser Aktion das Label »Blutige Amateure« auszustellen. Seine Schuld war es jedenfalls nicht, dass das Treffen geplatzt war.

Die Nackte hatte ihn angeblickt.

Sie hatte auf eine Antwort gewartet.

Und jetzt … Erst in diesem Moment wurde Peter bewusst, dass er starrte. *Sie* anstarrte. Die junge Frau war ein paar Minuten nach ihm ins Bistro gestürmt und hatte sich am Nebentisch ihm gegenüber niedergelassen. Ihr dunkles Haar fiel unter einer runden Strickmütze hervor, und sie hatte den Kopf auf eine Hand gestützt, während sie mit der anderen unschlüssig in der Menükarte blätterte. Immer wieder blickte sie zu ihm hinüber. Er wich ihr aus, schaute dann wieder. Peter schüttelte den Kopf. Er konnte unmöglich gemeint sein – oder?

Erneut fing er ihren Blick für eine Sekunde ein und meinte, den Hauch eines Lächelns bemerkt zu haben. Geschäftig griff er nach der Speisekarte, blätterte hektisch darin herum und bemerkte voller Scham, wie er errötete.

Sie winkte dem Kellner, und Peter hatte das Bedürfnis, etwas zu tun, zu sagen – ein altes Gefühl, ein Reflex, den er schon lange kannte, der wohl etwas mit dem Duft der Alleebäume zu tun hatte, ein uraltes genetisches Programm, vielleicht das gleiche, das Zugvögel aus ihren Winterquartieren zurück nach Hause führt – etwas, das ständig Münzen in die Jukebox der Erinnerung nachwirft, um den ewig gleichen bittersüßen Song zu spielen. Ja, dachte er, er müsste jetzt aufstehen und sie fragen, ob sie ihm nicht ein wenig Gesellschaft leisten wolle. Das Gespräch könnte damit beginnen, dass er Amerikaner war und sie »très jolie«. Nein, dachte er sofort. Das klang albern. Und armselig.

Versehentlich stieß er die Menükarte vom Tisch. Er bückte sich, um sie aufzuheben, stellte sich dabei aber so ungeschickt an, dass er sich schmerzhaft den Kopf an der Kante stieß. Was für ein Tag!

Sie lächelte ihn an, strich sich eine Strähne aus dem Gesicht und fragte in fast perfektem Englisch, ob er sich wehgetan habe. Völlig verdattert stotterte er ein verlegenes Nein. Verdammt noch mal, woher um alles in der Welt wusste sie, dass er kein Franzose war? Stand es ihm auf der Stirn geschrieben? »Woher wissen Sie …?«, setzte er an, als ihr Blick auf die vor ihm liegende Menükarte wies. Natürlich. Er hatte sich die englische Menükarte geben lassen. Und auf der prangte überdeutlich die britische Flagge. Peter lachte erleichtert. »Ich dachte schon, Sie können hellsehen. Woher können Sie so gut Englisch?«

»Ich war ein Jahr in England.«

Der Kellner kam, und sie bestellte Wein und einen Vorspeisenteller – pour deux. Na klasse, das war's wohl. Natürlich ging so eine Frau nicht alleine in ein Bistro.

»Sie erwarten Ihren Freund?«

Von einem Ohr zum anderen grinsend, schüttelte sie verneinend den Kopf: »Ich dachte mir, dass es sich in Gesellschaft doch viel besser trinken lässt. Und da Ihr Glas fast leer ist und Sie bestimmt noch nie derart vortrefflichen Vorspeisen probiert haben …«

Peter fühlte sich ein wenig überrumpelt. Auf eine angenehme Weise. »Aber dann lade ich Sie ein, einverstanden?«

»Einverstanden.« Ihre Augen leuchteten. »Ich heiße übrigens Florence, und wie heißt du?« Sie nahm ihren Mantel und setzte sich zu ihm an den Tisch.

»Peter Falcon.«

Irritiert schaute sie ihn an. Hatte er etwas Falsches gesagt?

»Gefällt dir mein Name nicht?«

»Oh … ähm doch! Im Gegenteil, ich mag ihn. Er klingt nur so – ähm.« Verlegen schaute sie auf ihre Finger. »Nun ja … deutsch?«

»Ist das schlimm?«

»Natürlich nicht. Es ist nur – ich dachte, du wärst Amerikaner.«

»Bin ich ja auch. Meine Mutter hatte nur ein Faible für Deutschland.«

»Ach so. Und was machst du in Paris? Wie ein Tourist siehst du jedenfalls nicht aus.« Sie ließ ihren Blick über seinen Anzug, den Aktenkoffer und die Tasche gleiten, die er neben sich auf einen Stuhl gestellt hatte. »Entweder du bist

Börsenmakler, oder nein: Du bist bestimmt Geheimagent oder Polizist!«

Peter musste lachen. Was Kleider so alles bewirken konnten. »Ich bin quasi geschäftlich hier«, sagte er schließlich. »Eine etwas verworrene Geschichte.«

Florence hatte den Kopf auf die Hände gestützt und schaute ihn erwartungsvoll an.

Die Kopie

Peter wusste, dass es ihm fast immer gelang, einer Frau, zumindest einen Abend lang, das Gefühl zu geben, bestens unterhalten zu werden. Er konnte charmant und geistreich sein. Und er genoss es, wenn sein Gegenüber mitspielte. Florence schien sich zu amüsieren, und das beruhigte ihn mehr, als er sich hätte eingestehen wollen. Sie war jung, eine komplett andere Generation als er selbst, aber sie fand ihn offenbar – ja, was eigentlich? Interessant? Witzig? Im schlimmsten Fall wohl eher drollig. Jedenfalls lief die Unterhaltung nicht ins Leere. Es gab kein betretenes Schweigen. Wann hatte er das letzte Mal mit jemandem in ihrem Alter mehr als zwei Sätze gewechselt?

Und nun lief es wie am Schnürchen, und er hatte auf unbestimmbare Art das Gefühl, einer Vertrauten gegenüberzusitzen. Er hatte Florence sogar seine mehr als peinliche Unkenntnis über das französische Toilettendesign beichten können, ohne auch nur einen Gedanken daran zu verschwenden, sich möglicherweise der Lächerlichkeit preiszugeben – und sie hatte diese Geschichte dankenswerterweise mehr als komisch gefunden. Florence schien die Zeit, die sie mit ihm verbrachte, in keiner Weise für verschwendet zu halten. Das war ein Kompliment, welches er, ohne ein Wort darüber zu verlieren, gerne zur Kenntnis nahm. Als sie den Wein zu sich nahmen, hatte Florence sich zurückgelehnt und ihn darum gebeten, ihr ein bisschen aus seinem Leben zu erzählen. Und jetzt saßen sie beide vor einem großen Teller mit in Burgunderbutter geschwenkten Venusmuscheln, die Columbia-Jahre lagen hinter ihnen, und er stand in seinem Laden im Village. Dieses innere Skript, das er für seinen Vortrag verwendete, war über die Jahre derart perfektioniert und rund geschliffen, dass alles in der Erzählung so viel plausibler und strahlender erschien, als es im wahren Leben je gewesen war. Wahrscheinlich lag es zu einem guten Teil daran, dass in dieser Version der Geschichte all die hässlichen kleinen Plotwendungen – seine in die Binsen gegangenen Beziehungen oder sein drohender Bankrott infolge einer nur halb durchdachten Karriereplanung – entweder komplett ausgespart blieben oder derart charmant umgedeutet waren, dass sie eher wie eine Laune des Schicksals als wie das Ergebnis seines eigenen Versagens daherkamen.

»Und dieser lange, komplizierte und verschlungene Pfad hat mich nun hierher an diesen Tisch geführt«, hörte Peter sich sagen. »Ein über vier Jahrzehnte währender Prolog zu einem wundervollen Essen. Mit einer zauberhaften Begleitung. Ist das Leben nicht großartig?«

Er erhob sein Glas. Der Cabernet lag mit einer angenehmen Leichtigkeit auf der Zunge. Florences Wangen glühten, und Peter fragte sich stumm, ob er wirklich an das glaubte, was er soeben gesagt hatte.

Die Mühe eines ganzen Lebens für einen Augenblick.

Was für eine Verschwendung.

Was für eine Gnade.

Florence hatte ihm aufmerksam zugehört und immer wieder nachgehakt. Zwischendurch hatte sie etwas in ihr Smartphone getippt, aber als Peter verstummt, sie irritiert beobachtete und gefragt hatte, ob er sie langweile, hatte sie sich schnell entschuldigt und das Handy in ihre Tasche gepackt. Peter fühlte sich ein wenig geschmeichelt. Schließlich war die Jugend abhängig von diesen Dingern. Wenn sie sich extra für ihn davon löste, musste das nicht etwas bedeuten?

Ja, dachte er, sie verstanden sich prächtig. Die gegenseitige Sympathie schien sogar von Minute zu Minute stärker zu werden. Als sie erzählte, dass sie Kunststudentin sei, mit einem Faible für die Impressionisten, sah er dies als einen Wink des Schicksals. Die Pariser Sonne, der Wein, ein junges Mädchen. Spontan prahlte er damit, dass er in einer wichtigen Kunstangelegenheit in der Stadt sei. »Es geht um ein Millionengeschäft. Um den ganzen Kunstmarkt!«

Florence setzte sich unvermittelt auf und schaute ihn anerkennend an.

Peter lehnte sich entspannt zurück, nahm genüsslich einen kleinen Schluck von dem hervorragenden Wein und improvisierte fröhlich drauflos: »Ich bin für Zhang Wei, einen chinesischen Supersammler unterwegs. Genaueres darf ich dir nicht sagen. Alles top-secret.« Er zwinkerte Florence verschwörerisch zu.

Ihre Augen blitzen spöttisch, als sie mit dem Kopf nickte. »Dann bist du also so ein richtig wichtiger Mann, was?«

»Kann man so sagen.«

Wichtig.

Genau.

Die Tasche!

Wo war sie?

Panisch schaute Peter unter dem Tisch nach.

Nichts.

Dann endlich fand er sie hinter sich. Er hatte sie fast vergessen.

KON-ZEN-TRA-TION!

Das war schon immer sein Problem gewesen. Nicht den Fokus verlieren!

»Und das scheint demnach eine richtig wichtige Tasche zu sein«, stellte Florence, die seinem Blick gefolgt war, mit süffisantem Grinsen fest.

Peter wollte etwas erwidern, aber ihm fiel nichts ein.

Florence stand auf, verschwand in Richtung der Toiletten und kam erst nach einer gefühlten Ewigkeit zurück. Als es schließlich so weit war, wirkte sie nachgerade aufgekratzt und lud ihn ein, ihm die Rote Mühle zu zeigen. Peter nickte freudig und schnallte sich die Sporttasche voller Geld wie ein paranoider Tourist vor die Brust. Der Einfachheit halber hatte er zuvor auf der Herrentoilette alles, das sich noch Brauchbares in seinem Aktenfoffer befand, in die Seitenklappe der Sporttasche gestopft. Die Übergabe war geplatzt, so viel Geld im Hotelzimmer keine gute Idee, und ein unhandliches Ding, auf das es aufzupassen galt, war genug – außerdem hatte die ganze Nummer mit der Aktentasche sowieso von Anfang an nicht zu ihm gepasst, und irgendein anderer Gast würde sich sicher freuen, wenn er das nagelneue Leder-Device auf der Herrentoilette fand.

Gemeinsam schlenderten Florence und er kurz darauf durch den blütengeschwängerten Pariser Frühling, und Peter fühlte sich unverschämt gut. Er genoss es, mit dieser attraktiven jungen Frau die engen Straßen des Montmartre entlang zu flanieren. Gemeinsam bogen sie in die Rue Lepic ein und sahen von Weitem, am Ende der etwas ansteigenden Straße, die alte Mühle, die versteckt hinter Bäumen auf einer kleinen Anhöhe thronte. Am Fuße des Hügels befand sich eine schmiedeeiserne Umzäunung und in der Mitte ein Torbogen, auf dem in großen Lettern »Moulin de la Galette« geschrieben stand.

Florence drehte sich mit ausgestreckten Armen um sich selbst, sodass Peter unter ihrem geblümten Kleid ihre Oberschenkel sehen konnte: »Was du hier siehst, ist das alte Montmartre der einfachen Leute, Arbeiter und Kleinbürger. Als die Gegend noch nicht von der dekadenten Bohème in Beschlag genommen worden war, kamen sie an den Wochenenden hier herauf, um sich zu vergnügen – in der Hoffnung, ein Mädchen zu finden oder ihr Herz zu verlieren.«

Ihr spitzbübischer Seitenblick war Peter nicht entgangen. Natürlich wusste er, dass hier damals an lauen Sommerabenden in dem früheren Gartenlokal auf dem Hügel, wo zwei ausgediente Mühlen mit Schankräumen umgebaut und im Garten Gaslaternen installiert worden waren, rauschende Tanzveranstaltungen stattgefunden hatten. Hier hatte Renoir, dessen Atelier ganz in der Nähe gewesen sein musste, mit Hilfe von ein paar Freunden seine große Staffelei und Leinwand in den Restaurantgarten getragen und sein berühmtes Gemälde gleich an Ort und Stelle erschaffen. Als

Florence ihm bildreich die Geschichte des Ortes beschrieb, war es ihm, als höre er noch immer die Klänge von Akkordeons im Walzertakt und als wehe das ausgelassene Lachen der Gäste vom Hügel herunter.

Sie stiegen die steilen Stufen zum Montmartre empor. Eine Menge Menschen, überwiegend Touristen, waren unterwegs, und ließen sich durch das Viertel treiben, das von einem Zauber getragen wurde, der schwer zu beschreiben war. Auch wenn vieles nur noch musealen Charakter hatte, die Geister vergangener Epochen heutzutage lediglich in Souvenirläden heraufbeschworen wurden, und Kitsch und Kommerz Einzug gehalten hatten, konnte man – beim Blick in einen verwinkelten, mit Blumen bestandenen Hinterhof oder entlang einer efeuberankten Fassade empor, beim kurzen Blick in die dunklen Augen einer vorbeiflanierenden Schönheit, und bei diesem weichen Licht und diesem satten Duft nach Leben – den Eindruck bekommen, hier auf dem Hügel sei man den Göttern ein wenig näher. Vielleicht verstand man dann, warum es all diese melancholischen Lebenskünstler, diese trinkfesten Bonvivants, hier hinaufgezogen hatte – in dem Versuch, die Vergänglichkeit des Augenblicks am Morgen eines jeden Tages von Neuem auf ihre Leinwände zu bannen, und in der Gewissheit, ihr Scheitern bei Nacht in Wermut und Absinth ertränken zu können.

Das goldene Nachmittagslicht lag wie ein von Feen gewebter Schleier über den Dingen, und Peter verlor Florence, die nur ein paar Meter vor ihm lief, immer wieder aus den Augen. In diesen paar Sekunden, in denen sich andere Menschen, Touristen, Flaneure zwischen sie schoben, kam es ihm vor, als existierte sie schon jetzt nur noch in seiner Erinnerung, und er merkte, wie der Wein in seinen Adern die Welt um ihn herum in einen sanften Taumel verwandelte. Als Florence sich für einen kurzen Moment wartend zu ihm umdrehte, griff Peter nach ihrem Arm: »Ist es nicht ein wunderschöner Tag, meine Liebe? Sollen wir nicht noch auf ein Tänzchen zur Moulin de la Galette gehen? Dort können wir mit unserem Freund Renoir noch ein Glas Rotwein trinken. Oder möchtest du zur Badeinsel La Grenouillère fahren und dort den Ruderern zusehen?«

Statt einer Antwort schenkte sie ihm ein kurzes Lächeln.

Auf der Place du Tertre herrschte ein Gedränge wie auf einem gut besuchten Marktplatz. Gegenüber den Ladenzeilen und kleinen Cafés hatten, unter den Schatten spendenden Bäumen in der Mitte des kleinen Platzes und an den Hausfassaden entlang der schmalen Gasse, Porträtmaler und Kopisten impressionistischer Werke ihre Staffeleien aufgebaut und boten ihre Werke, unter einem Baldachin von in den Zweigen der Pappeln hängenden Regenschirmen vor Regen und Sonne geschützt, zum Kauf feil. Peter erschien es, als habe sich annähernd der komplette, auf dem europäischen Festlandssockel lebende Berufstand professioneller Souvenirmaler auf diesem Platz eingefunden. Kurz durchzuckte ihn der Gedanken, welche Folgen es wohl für die Branche hätte, wenn ein irregeleiteter Sprengstoffattentäter aufgrund einer unglücklichen Verknüpfung des Schicksals ausgerechnet diesen Ort als Bühne für seinen Akt melancholischer Verschwendung unschuldigen Lebens wählen würde.

Peter trat auf einen fremden Fuß, und der spitze, protestierende Schrei der Asiatin, die er übersehen hatte, während sie gerade inmitten der sich vorwärts walzenden Menge auf einem Hocker kauernd Modell saß, holte ihn in die Wirklichkeit zurück. Die Enge um ihn herum machte ihn langsam nervös.

Florence musste seinen gehetzten Blick bemerkt haben, denn sie zog ihn durch eine Lücke, die sich plötzlich zwischen zwei Ständen aufgetan hatte, und auf ein Areal des Platzes, das durch mehrere hohe Ginstersträucher wie eine kleine Lichtung vom übrigen, dicht bevölkerten Terrain abgeschirmt war. Einige der Maler hatten auf diesem geschützten Teil des Platzes Mopeds und Handwagen abgestellt, mit denen sie vormittags ihre schwere Ausrüstung, die Staffeleien und Leinwände den Hügel hinauf transportierten. Peter ließ sich auf einen der beiden Klappstühle sinken, die hier einander gegenüberstanden und wohl für die eine oder andere Zigarettenpause abseits des Trubels genutzt zu werden schienen, wie der Haufen Kippen auf dem Boden verriet. Florence nahm auf dem anderen Stuhl Platz. Ihr Gesicht lag im Licht der tief stehenden Sonne, die durch das noch lückenhafte Blattwerk fiel, und dessen Schatten zog sich in bläulichen Sprenkeln wie die Textur eines fein gewebten Seidenstoffes über ihre Haut.

Sie murmelte etwas, das er nicht verstand.

Es tat so gut, an diesem Ort zu sein. Peter fühlte sich wie unter einer Glocke aus feinem Glas.

In Zeitlupe beugte er sich nach vorne.

»Was hast du gesagt?«

Krachend brach jemand durch das Geäst des Buschwerks. Peter wirbelte erschrocken herum, und Florence tat es ihm gleich.

Zunächst konnte er nur die Rückseite einer großen Staffelei sehen, die unter großem Ächzen über den Boden gewuchtet wurde, dann tauchte der hochrote Kopf eines Asiaten hinter dem Rahmen auf. Das Gesicht des Mannes hatte etwas Jungenhaftes, obwohl er wahrscheinlich schon um die Dreißig war, und während er nach einer Position suchte, auf der die hölzernen Füße Halt fanden, fielen ihm die langen, schwarzen Haare immer wieder in die Stirn.

»Phantastisch. Nicht bewegen! Ein großer Moment, der schnell zerrinnt!« Verwundert blickte Peter zu dem Mann hinüber, der nun hektisch einige Tuben Ölfarbe aus einem pistolenhalfterartig um die Hüften getragenen Magazin zog und sie auf einer Palette zusammenzurühren begann. Er hielt kurz inne, als er ihre Irritation bemerkte: »Bitte, entschuldigen Sie. Fahren Sie fort, mit was auch immer Sie zu tun gedachten, ehe ich in so plumper Weise in Ihr Leben eingedrungen bin.«

»Tatsächlich macht es fast ein wenig den Eindruck, als hätten Sie uns nachgestellt. Man braucht offenbar eine gewisse Hartnäckigkeit in Ihrem Gewerbe«, erwiderte Peter mit gespieltem Vorwurf in der Stimme. Er zwinkerte Florence zu.

»Ach, die Suche nach dem Lebendigen in einem Wimpernschlag, das ist es, was mich treibt«, entgegnete der junge Maler aufgeregt.

»Ich liebe Bilder, die in mir den Wunsch erwecken, in ihnen herumzuspazieren, wenn es Landschaften sind, oder sie zu liebkosen, wenn es Frauen sind.« Kurz senkte er den Kopf über die Leinwand und hob fast entschuldigend die Hände: »Weshalb sollte Kunst nicht schön sein? Es gibt genügend hässliche Dinge in dieser Welt.« Mit einem farbbefleckten Daumen deutete er über seine Schulter.

»Sie hingegen heben sich mit Ihrem Werk natürlich in erfrischender Weise vom mittelmäßigen Portfolio Ihrer Kollegen ab«, mutmaßte Peter skeptisch.

Der Asiate nickte ernst. »Das will ich meinen! Haben Sie gesehen, wie betulich sie ihre Farben einsetzen? Ganz so, wie sie es auf meiner Akademie in China gelernt haben! Hier ein Hauch Blau, dort ein wenig Rot.« Aufgebracht strich er sein Haar aus der Stirn. »Ich möchte, dass mein Rot wie eine Glocke klingt! Wenn es mir nicht gleich gelingt, gebe ich mehr Rot hinzu und andere Farben, bis ich diesen Klang erzielt habe ... ich befolge weder Regeln noch eine bestimmte Methode. Wohlan denn, das Licht ist des Malers furchtsamer Freund, und es schwindet rasch.« Er klemmte die Zunge in den Mundwinkel und tauchte den Pinsel in die Farbe; dann hielt er inne und blickte abwartend zu Peter und Florence hinüber, als warte er auf ein Startsignal.

Florence schüttelte verneinend den Kopf. Dann erst schien sie Peters Gesichtsausdruck zu bemerken, in dem sich eine Mischung aus Hilflosigkeit und Amüsiertheit spiegelte.

»Es wird teuer sein. Wir werden uns ärgern. Du wirst dich ärgern«, raunte sie ihm zu.

»Ach was, der Preis spielt keine Rolle«, winkte Peter ab. »Lass ihn malen. Lassen wir ihm seinen Spaß.«

Peter nickte dem jungen Mann zu, der zufrieden seinen Daumen in die Höhe streckte und sich sofort ans Werk machte, während Florence mit resigniertem Seufzen die Augen schloss.

»Wissen Sie, Monsieur, ich glaube nicht, dass ich, Fälle höherer Gewalt ausgenommen, einen einzigen Tag verbracht habe, ohne zu malen!« Die Stimme des Malers drang, so erschien es Peter mit einem Mal, nun wie aus weiter Ferne an sein Ohr. »Vielleicht waren es gerade die langen, mühsamen Nächte im Schein funzeliger Öllampen, in denen ich Welten auf dünnem chinesischem Porzellan erschuf, die mir einen

Blick für die Fragilität allen Daseins verliehen. Als ich Sie hier sitzen sah, Monsieur, Mademoiselle, da wusste ich, dass die Endlichkeit schon von Ihnen Besitz ergriffen hatte, und nun …«

Florence öffnete die Augen, und Peter erschien es, als beobachte er das Aufspringen einer Blüte im Morgenlicht.

»… erlaubt mir also den verzweifelten Versuch, die fliehenden Sekunden Ihres Paradieses für Sie einzufangen. Die Erde war das Paradies der Götter, das ist es, was ich malen will …«

Peter folgte fasziniert dem bläulichen Schattenspiel des jungen Laubes auf ihrem Gesicht.

»… der Rausch des Tanzes, der Lärm, das Sonnenlicht, der Staub einer Festlichkeit im Freien …«

Peter hörte nicht. Er sah. Sie war vollkommen.

»… Erregung in den Gesichtern, Sorglosigkeit in der Haltung – ein Rhythmus, …«

Florence schloss für einen Augenblick die Augen und genoss die letzten Sonnenstrahlen auf der Haut. Peter streckte seine Hand nach ihr aus, er musste sie einfach berühren.

»… eine Bewegung der Leidenschaft, ein vorrückender Schatten, ein Lauffeuer, Vergnügen und Ermüdung …«

Als hätte sie seine nahende Berührung erahnt, sprang Florence blitzschnell auf und tippte vor ihm mit den Füßen.

Das Gequatsche des Malers setzte in der gleichen Sekunde aus.

»Alors, Mademoiselle hat es eilig«, rief der Maler. »Bien sûr, ich bin soeben fertig geworden.«

Irritiert riss sich Peter aus seinen Träumen und folgte Florence um die Staffelei, um das Werk in Augenschein zu nehmen. Doch Florence schien nur mäßig interessiert an dem Kunstwerk zu sein. »Ich möchte einfach los«, brummte sie, noch ehe sie auch nur einen Blick auf das Bild geworfen hatte. Fast klang sie jetzt ein wenig genervt.

Noch ehe Peter etwas erwidern konnte, fiel sein Blick auf die bemalte Leinwand. Für einen Moment war er sprachlos. Vor ihm stand Renoirs Darstellung des Tanzes im Garten der Moulin de la Galette – oder vielmehr eine Kopie jenes Gemäldes, die seinem Original so exakt nachempfunden schien, dass man glaubte, der junge Mann habe es aus dem Musée d'Orsay entwendet.

»Nun, Monsieur? Habe ich Ihnen zu viel versprochen?«, strahlte er, und fuhr nahtlos fort: »Der Impressionist ist ein vom Modernen angezogener, mit einer ungewöhnlichen Empfänglichkeit des Auges begabter Künstler, der sowohl die seit Jahrhunderten in den Museen aufgestapelten Gemälde wie auch seine optische Erziehung vergisst und aus dem Leben und aus der Betrachtung der leuchtenden Motive unter freiem Himmel, auf der Straße, auf dem Lande, im Zimmer schlicht und ursprünglich zu sehen gelernt hat und so seinem Auge die Natürlichkeit zurückgibt.«

»Es ist großartig«, murmelte Peter. »Was wollen Sie dafür haben?«

»Für 750 Euro ist es Ihres, Monsieur«, antwortete der Asiate. »Kreditkarten sind willkommen.« Er zog ein mobiles Lesegerät aus seinem Rucksack und lächelte breit, als Peter seine Brieftasche zückte.

Florence stemmte die Hände in die Hüften. »Das ist nicht dein Ernst, Peter. Das ist doch der totale Nepp!«

»Mademoiselle, wie können Sie so etwas nur sagen!«, protestierte der Maler mit einer Miene, in der jetzt das Leid eines ganzen Künstlerlebens abgebildet schien. »Wissen Sie überhaupt, wie sehr Sie mich beleidigen?«

»Ich weiß, Sie sind eines von ein paar Tausend unverstandenen Genies in dieser Stadt«, entgegnete Florence mit einer süffisanten Kopfbewegung. »Ich bin auch ein Mitglied dieses exklusiven Clubs.«

Peter verspürte für einen Augenblick das Bedürfnis, sich in den aufziehenden Disput einzuschalten, aber er war zu sehr gefangen von der simplen Brillanz des Einfalles: Leicht angeschnitten im linken Vordergrund platziert – so, als wäre die eine Hälfte ihrer Körper noch immer in einer anderen, fernen Dimension verhaftet –, saß ein Paar in ein scheinbar angeregtes Gespräch vertieft.

Das hübsche, in schnellem Pinselstrich gehaltene Gesicht der jungen Frau, die ihr hochgestecktes lockiges Haar unter einem voluminösen Hut verborgen hielt, hatte trotz seines sommerlichen, aus gesprenkelten Lichtflecken bestehenden Teints einen ernsthaften Zug um die Mundwinkel. Ihr kobaltfarbenes, hochgeschlossenes Kleid, das nur einen schmalen Streifen ihres weißen Halsansatzes freiließ, war übersät mit leuchtenden Sprenkeln, die großen Tropfen glichen und vom Schatten des Blattwerks der im leichten Wind zitternden Pappeln erzeugt wurde. Sie hatte einen Arm auf dem kleinen Tisch zwischen ihnen abgestützt und hielt die andere Hand leicht erhoben, wobei nicht genau zu erkennen war, ob sie das soeben Gesprochene zu unterstreichen oder abzumildern suchte.

Florence wollte ihm irgendetwas mitteilen.

»Renoir selbst hat sein Bild zum Abschuss freigegeben; ich bin nicht der einzige Kopist«, rief der Maler inzwischen in höchster Erregung. »Er hat es für einen Freund nachgepinselt, weil es sonst nicht in dessen Wohnung gepasst hätte! Und ich wage zu behaupten, dass dieser Gentleman, genau wie alle seine Nachfolger, einen sehr viel schlechteren Deal gemacht hat als Sie!«

»Immerhin wurde seines vom Meister selber produziert, oder?«, giftete Florence zurück.

»Aber es ist um Längen schlechter«, kreischte der Asiate. »Es hat ein kleineres Format. Es ist skizzenhafter, hat eher etwas von einem Entwurf.« Er zog Peters Karte mittlerweile zum wiederholten Male durch sein Lesegerät. Endlich erklang das beruhigend eichhörnchenhafte Mahlen und Röhren, das einen erfolgreichen Geldtransfer anzeigte und ihn ein wenig zu beruhigen schien.

»Bingo. Meinen Glückwunsch«, sagte Florence und meinte damit auch Peter.

»Und er hat es im Atelier nachgestellt!« Der Maler zog ein Teppichmesser aus seinem Hosenbund und ließ es aufklappen. »Ich hingegen arbeite nur unter freiem Himmel, selbst um eine Kopie zu produzieren. Ich brauche das Sonnenlicht. Und den Wind.«

Er reichte Peter den Durchschlag der Amex-Abrechnung zur Unterschrift entgegen. »Für diesen Schrott, den Renoir produziert hat – oder anders gesagt: Für diesen Gefallen an einen Freund, schnell hingerotzt, ein müder Abklatsch, ein armseliges Plagiat …«

»Wir haben es begriffen«, unterbrach Florence ihn brüsk. Und dann, an Peter gewandt: »Lass uns gehen.«

»… hat«, fuhr der Maler unbeeindruckt fort, während er seine Sachen zurück in den Rucksack packte, »ein japanischer Papierfabrikant vor zwei Jahrzehnten fast 80 Millionen Dollar bezahlt!«

Peter grinste: »Das bringt mich auf eine Idee. Könnten Sie mir das Bild noch mit einer Signatur versehen? Ich meine natürlich nicht mit Ihrer, sondern mit der von Renoir. Dann könnte ich es …«

»Oho, wo kämen wir da hin!« Der Maler hob mahnend die Hand und schwang den Pinsel wie ein Dirigent. »Das Kopieren oder Nachahmen an sich ist rechtlich zulässig. Unzulässig ist jedoch die betrügerische Absicht, Gewinn zu erzielen! Versehe ich es mit Renoirs Signatur, entstünde ja der Eindruck, es stamme von ihm, und das wäre unbenommen unerhört!«

Peter nickte geistesabwesend. Die Perfektion dieser Kopie zog ihn noch immer in ihren Bann. Vorleimung, Kreidegrund, viele Lasuren Ölfarbe, Zwischenfirnis für das Craquelé, wieder Farbe, zum Schluss eine Fixierung. Einfach makellos.

»Wo haben Sie das gelernt?«

»Na, in meiner Heimat. An der Kunstakademie von Guangzhou. Sie pflegt eine lange Tradition in der Aneignung abendländischer Malerei.«

»Aneignung?«, echote Peter.

»Ja, man beschäftigt sich schon seit über einhundert Jahren damit, gewisse europäische Malweisen zu erlernen und dabei die perfekte Kopie zu erstellen. Perfekte Kopien wollen keine Fälschung sein; deshalb übertreibt man es auch nicht mit der Originaltreue, sondern erfindet eigene Motive. Und damit die Duplikate der Alten Meister nicht von einem unbedarften Händler für bisher unentdeckte Meisterwerke gehalten werden, lässt man die Signatur des Künstlers weg und kennzeichnet die Repliken auf der Rückseite.«

Peter war beeindruckt und dachte an jene Zeit zurück, als er während seines Studiums beim Betrachten der Bilder von Van Gogh das erste Mal der Idee verfallen war, diese könnten vielleicht nicht von dem Künstler selbst stammen. An jenen Artikel über diesen Verdacht, an den Charles sich nach all den Jahren noch immer so lebhaft hatte erinnern können. Und an Blumenstihl. China also. Wollte sie darauf hinaus?

»Gute Künstler kopieren, große Künstler stehlen – sagte schon Picasso!«, stellte der Asiate zufrieden fest.

Florence nahm Peter am Arm, nickte dem Maler knapp zu und zog Peter zielsicher durch die Menschenmenge fort. Immer wieder blickte sie sich dabei um, bis Peter lachend fragte: »Sind wir auf der Flucht, oder hast du Angst, dass der schöne Künstler das Bild von mir zurückfordern möchte?«

Überrascht blieb Florence stehen und schaute ihn spöttisch an: »Du hast dich komplett übers Ohr hauen lassen und findest dich jetzt auch noch witzig? Nein, ich habe nur noch ein paar andere stadtbekannte Touristenabzocker gesehen. Und nachdem ich nun weiß, wie empfänglich du für solche Betrüger bist, wollte ich dich lediglich vor ihnen retten«, gab sie schnippisch zurück.

Peter wusste nicht, ob er beleidigt sein oder sich geschmeichelt fühlen sollte. Immerhin machte sich Florence Sorgen um ihn. Besser konnte es doch eigentlich nicht laufen. Mit einem breiten Grinsen wollte er sie an sich ziehen, als sie sich gekonnt aus seinen Armen wand, seine Hand nahm und ihn zu einem Crêpes-Stand schleifte. »Wenn du schon so auf Touristenfallen stehst, solltest du unbedingt einen hiervon probieren.«

Ohne eine Antwort abzuwarten, bestellte sie einen Crêpe mit Zimt und Zucker, bezahlte und ließ ihn abbeißen. Dabei kam sie ihm so nah, dass sich ihr Parfum in seine Nase einbrannte. Eine Mischung aus Sanddorn und irgendetwas Saurem, vielleicht Zitrone? Mit Düften hatte er sich noch nie ausgekannt. Doch was es auch immer war: Zu ihr passte es. Hundertprozentig.

Peter biss in das süße Gebäck und fühlte sich für einen Moment in seine Kindheit zurückversetzt. Es schmeckte nach Weihnachten. Anders, aber himmlisch. Er stand mitten in Paris, und eine unfassbar attraktive Frau fütterte ihn mit Kindheitserinnerungen. Sein Auftrag war meilenweit entfernt.

»Hey – träumst du?« Florence zog den Crêpe zurück und mit ihm die herrlichen Erinnerungen. Erst da bemerkte Peter, dass er die Augen geschlossen hatte und wohl so sehr in den Geschmack versunken gewesen war, dass er statt in den Crêpe fast in Florences Finger gebissen hätte. »Entschuldige bitte, das wollte ich nicht. Trotzdem: Das ist unbenommen eine sehr süße Verführung. Kann ich noch mehr davon haben?« Dabei blickte er ihr unmittelbar in die Augen.

Sie hielt seinem Blick stand und lächelte: »In welchem Hotel wohnst du eigentlich?«

»Oh là là. Möchtest du mich etwa auf mein Zimmer begleiten?« Peter hielt unwillkürlich die Luft an. Sein Herzschlag beschleunigte sich.

»Eigentlich wollte ich dich nur sicher zu deinem Hotel bringen. Nicht, dass dir noch mehr Geld abgeluchst wird.« Sie zwinkerte ihm fröhlich zu, und mit einem Schlag landete er wieder auf dem Boden der Realität. Wäre ja auch zu schön gewesen. Aber es war noch nicht vorbei. Noch hatten sie den Weg zu seinem Hotel, und er würde jede Sekunde davon genießen. »Hotel Bonséjour, in der Rue …«

»Burq«, vollendete sie die Adresse für ihn. »Das Hotel kenne ich, das ist hier gleich um die Ecke.«

Es war inzwischen dämmrig geworden, aber Peter wollte einfach nicht, dass dieser verrückte Tag endete.

Und das sollte er auch noch nicht.

Sie gingen gerade in einer schmalen Gasse auf der Fahrbahn, als Peter hörte, wie sich ihnen ein Motorrad von hinten näherte. Er drehte sich um und wunderte sich, als ihm auffiel, dass dies ein reichlich seltsames Motorrad war – mit zwei Rädern an der Vorderachse, ein bisschen wie ein umgedrehtes Dreirad. Doch dann bemerkte er, wie der Fahrer beschleunigte und geradewegs auf sie zufuhr. Florence blieb wie angewurzelt stehen, und auch Peter hielt inne. Im Vorbeifahren griff der Beifahrer des Dreiradgefährts unvermittelt mit beiden Händen nach Peters Tasche. Doch dieser hatte seine Last derart gut verschnürt, dass auch er mitgerissen wurde. Und so geriet das Motorrad ins Schlingern und fiel schließlich auf die Seite – Peter obenauf, das gerade erworbene Bild noch immer unter den rechten Arm geklemmt. Während er, noch immer perplex, seine Situation zu begreifen versuchte, rappelten sich die beiden Räuber bereits wieder auf und versuchten hektisch, ihr Motorrad wieder aufzurichten und in Schwung zu bringen. Für einen kurzen Moment standen sie einander gegenüber. Unter dem Visier des Beifahrers erkannte Peter das schweißnasse Gesicht eines Asiaten, dessen schneller Atem das Visir beschlug.

Mit einem Mal wich Peters Irritation aufrechter Empörung. »Was wollt ihr?«, brüllte er, trat gegen das Zweirad, nahm das Bild und schlug es mit voller Wucht über den Helm des Beifahrers. Die Leinwand zerriss.

Ein Auto bog in die Gasse.

Die Räuber sahen einander an, dann sprangen sie auf ihr Gefährt und flüchteten mit aufheulendem Motor. Das Bild verschwand mit ihnen.

»Alles in Ordnung? Ist dir was passiert?« Florence musterte

ihn aufgeregt, aber Peter, der erstaunlicherweise keinerlei sichtbare Blessuren an sich feststellen konnte, schüttelte den Kopf: »Mir nicht, nur dem schönen Bild! Das war es dann wohl mit meiner Geschäftsidee …«

Sie lachte, erleichtert, wie es ihm schien: »Na, immerhin war das Bild auf diese Weise noch zu etwas nutze. Mensch, Peter – die beiden hattest du ja verdammt gut im Griff! Das hätte ich dir gar nicht zugetraut.«

Er lächelte, aber seine Hände zitterten. Der Adrenalinschub ließ langsam nach. »Ich dachte ja immer, mein New York wäre gefährlich, aber so was ist mir da noch nie passiert. Hast du die beiden erkannt?«

»Nein, durch die Helme nicht. Vermutlich waren es Männer. Auch auf das Nummernschild habe ich nicht geachtet. So ein Mist! Sollen wir die Polizei rufen?«

»Polizei? Bloß nicht«, sagte Peter schnell. »Ist ja eigentlich auch nichts passiert.« Kurz hielt er inne. »Was mich wundert, ist, dass sie so gezielt meine Tasche gegriffen haben.«

»Wieso, was ist denn da drin?«

Peter überlegte. »Etwas, das nicht mir gehört und das ich jemandem überbringen sollte. Deswegen darf ich es nicht verlieren.«

Florence tat verständnisvoll. »Nun, wer seinen Rucksack oder Tasche vor die Brust schnallt, outet sich eben als Touri mit teurer Fotoausrüstung. Vermutlich haben die uns schon unten auf dem Platz ausgespäht und gesehen, wie du die lokale Tourismusbranche angekurbelt hast.«

Peter schaute noch mal in die Richtung, in die das Motorrad verschwunden war. »Liegt in dieser Richtung auch mein Hotel?«

Florence nickte.

»Na, dann los. Schauen wir mal, ob sie da auf uns warten!« Schon zog er sie mit sich, doch als sie kurz darauf das Hotel erreichten, war weit und breit kein Motorrad zu sehen. Natürlich nicht. Und jetzt?

Peter nahm all einen Mut zusammen: »Wie wär's, wollen wir nicht vielleicht noch irgendwo etwas trinken gehen?«

»Das tut mir leid, ich bin heute Abend schon verabredet.«

Peter schluckte. Sie war schon verabredet. Natürlich war sie das. Was hatte er sich bloß dabei gedacht? Ein alter Sack wie er verbrachte einen Nachmittag mit einem jungen Mädchen und glaubte gleich, da würde mehr draus. Lächerlich!

Doch als hätte Florence seine Gedanken gelesen, fuhr sie fort: »Es ist für eine Tanzperformance, da proben wir morgen in der Oper. Aber wenn du morgen Nachmittag noch nichts vorhast, können wir unsere ›Route der Impressionisten‹ fortführen. Ich habe einen Studentenjob im Garten von Monet und könnte für dich eine Karte an der Kasse zurücklegen lassen. Hättest du Lust?«

Natürlich hatte er Lust!

Florence kramte in ihrer Handtasche, dann reichte sie ihm eine Karte. Sie zeigte die japanische Brücke aus Monets Garten in Giverny. Peter hatte das Gemälde schon immer gemocht. Es war dem alten Meister wirklich exzellent gelungen, das Farbenspiel eines lichten Sommernachmittags einzufangen. Fast konnte man die Libellen hören, die knapp über der Oberfläche des mit Seerosen bedeckten Teichs schwirrten.

»Hier steht, wo es genau ist, und wie du da hinkommst. Ich muss jetzt leider los. Wir sehen uns dann morgen, so gegen 16 Uhr an der Brücke?« Peter nickte wortlos, und mit einem Küsschen rechts und links auf die Wange verabschiedete sich Florence und verschwand um die nächste Ecke. Wie in einem Traum gefangen, die Karte noch immer fest in seiner Hand, nahm Peter kurz darauf an der Rezeption seinen Schlüssel entgegen. Nur am Rande nahm er wahr, dass die alte Dame irgendetwas von einem Anruf erzählte, aber das interessierte ihn hier und jetzt nicht im Geringsten.

Florence!

Er würde sie wiedersehen.

Er konnte es kaum glauben.

Auf dem kleinen Balkon seines Zimmers blickte er kurz darauf in den klaren Abendhimmel und spürte erst jetzt die bleierne Müdigkeit in seinen Knochen. Der Jetlag. Und das rechte Bein hatte er sich doch etwas geprellt. Der versuchte Überfall. Er hatte sie in die Flucht geschlagen und Florence damit beeindruckt. Vielleicht war es ganz gut, dass er jetzt ausruhen konnte. Morgen wollte er fit sein. Fit für Florence.

Giverny lag weit außerhalb der Stadt in der Normandie, das hatte ein Blick auf seinen Stadtplan verraten. Auf der Karte von Florence stand, dass es eine Zugverbindung dorthin gebe, vom Bahnhof St. Lazare, etwa anderthalb Stunden Wegstrecke. Wenn er mittags aufbrach, könnte er abends wieder in Paris sein.

Peters Blick fiel auf den Nachttisch. Dort lag sein Handy.

Es war abgeschaltet, und als Peter es umständlich wieder in Gang gebracht hatte, zeigte es an, dass sowohl Charlie als auch Ferrara mehrfach versucht hatten, ihn zu erreichen.

Egal. Er wollte mit niemandem sprechen. Er wollte träumen. Von einem verrückten Paris voller lebendiger Bilder und bezaubernder Frauen.

Er streckte sich auf dem Bett aus und schloss die Augen, ließ die Bilder des Tages vor seinem inneren Auge Revue passieren. Die Erinnerung an Florence verdrängte zunehmend das gescheiterte Treffen mit Blumenstihl und den verrückte Legros. Ihre Ausstrahlung, und dann ihre Begeisterung für die Impressionisten …

Unwillkürlich hielt er inne und schlug die Augen wieder auf.

War das nicht alles ein bisschen viel Zufall?

Und dann ihr Blick, als er ihr von dem chinesischen Supersammler erzählt hatte! Irgendetwas irritierte ihn im Nachhinein daran. Hätte er doch besser nicht dessen Namen nennen sollen? Immerhin hatte er nicht seinen richtigen Auftraggeber Chroseby genannt, versuchte er sich zu beruhigen. Und was sollte eine junge Kunststudentin schon mit dieser Information anfangen?

Peter drehte sich auf die Seite.

Ein Motorrad mit drei Rädern.

Die Kopie von Renoir.

Die Tasche.

Hunderttausend.

Wusste sie davon? Und wenn ja: von wem?

Das Phantom

Blut zog sich in langen Sprenkeln über die kostbare Seidentapete bis hinauf zur Decke, und die herausgerissenen Schubladen des Sekretärs, die vom Bett geworfenen Matratzen und der über den gesamten Boden verteilte Inhalt eines Kleiderschrankes machten den Eindruck, als sei der Rüssel eines Tornados durch das Fenster des Hotelzimmers im dritten Arrondissement gestiegen. Ein roter Klecks Erdbeergelee tropfte aus dem Croissant in Peters Hand und klatschte genau auf den Bereich des Teppichbodens, auf dem eine dunkle Lache, auch ohne viel Phantasie aufwenden zu müssen, den Ort markierte, an dem man den Körper des Toten gefunden hatte.

Der Kellner, der an Peters Frühstückstisch getreten war, um ihm ein frisches Kännchen Kaffee zu bringen, warf einen kurzen Blick auf die Schlagzeile der Tageszeitung, die aufgeschlagen vor Peter auf dem Tisch lag.

»Ein Massaker, mon dieu.«

Peter wischte sich den Mund mit seiner Serviette ab.

»Ja, das sieht ziemlich übel aus. Wissen Sie Näheres?«

Der Kellner zuckte mit den Schultern: »Alors, die Polizei weiß noch nichts Genaues. Ein Überfall? Ein Mord aus Rache? Der Tote ist Allemand, Deutscher. Ein Business-Mann. Hat sich mit seiner Geliebten ein schönes Wochenende im Grand Hotel gemacht. Sie war gerade shoppen, als es passierte. Sagt sie jedenfalls.«

Peter schenkte sich Kaffee nach. »Im Grand-Hotel? Ich glaube, das ist der Laden, in dem ich beinahe abgestiegen wäre…«

Er hielt inne und spürte, wie Angst ihm die Kehle hinaufstieg, und schluckte trocken. Schnell trank er einen Schluck Kaffee.

»Im Radio haben sie gesagt, das Ganze trüge die Signatur der Chinesischen Mafia, wissen Sie? Die hier in Paris gerade im II. Arrondissement schon sehr aktiv ist. Mit einem Dolch in die Schlagader«, der Kellner nahm das benutzte Buttermesser von dem Tablett in seiner Hand und deutete im Fortgehen zwei schnelle Schnitte an seiner Kehle an: »Ripp. Rapp.«

»Ich verstehe.« Peters Stimme zitterte leicht, und er vermied jeglichen Gedanken daran, mit welchem Druck das Blut aus der Wunde geschossen sein musste, um eine Sauerei anzurichten, die selbst auf dem blassen Zeitungsfoto des Tatortes die dramatische Wucht eines Jackson-Pollock-Gemäldes entfaltete.

Was für ein Abgang.

Vielleicht war das Ganze ja auch ein schrecklicher Unfall gewesen. Ein morbid-erotisches Spiel mit dem Feuer, das außer Kontrolle geraten war. Hatte es vor einigen Jahren in London nicht diese sonderbare Häufung von Todesfällen gegeben, bei denen ein paar Unterhausabgeordnete nackt, gefesselt und erdrosselt in Hotelzimmern aufgefunden worden waren? Als besonders bemerkenswert hatte Peter das bizarre Detail in Erinnerung, dass man zumindest bei zwei der auf so unschöne Art und Weise aus dem Leben geschiedenen Herren – anbei allesamt Familienväter mit hervorragender Reputation – einen Zitronenschnitzer zwischen den Zähnen gefunden hatte. Ein Accessoire, das offenbar bei dieser Art von Strangulationsfetisch den entscheidenden Unterschied im Lustgewinn ausmachte. Unter Umständen barg dieses vermeintliche Verbrechen ein ähnliches Geheimnis. Ein Ritzen hier, ein Ritzen dort, als schmutziger Anheizer beim perversen Liebesakt, und dann auf dem Gipfel der Ekstase der tödliche Streich mit dem Degen. Unbeabsichtigt natürlich.

Während der Lebenssaft in hoher Fontäne aus seinem Hals rann und die Art-déco-Einrichtung ruinierte, saß sie in zitternder Schockstarre auf dem Bett, ihre kalkweißen Knöchel umschlossen noch immer den Griff ihres blutigen Dolches. Und als das letzte Röcheln verstummt war, wusste sie, dass ihr nur ein Ausweg blieb: In blinder Eile verwandelte sie das Liebesnest in die Szenerie eines erbitterten Kampfes, nahm vielleicht ein paar entbehrliche, aber wertvolle Schmuckstücke aus ihrer Schatulle und schob sie mitsamt der in ein Handtuch gewickelten Waffe in ihre Handtasche, kleidete sich an und schloss die Tür hinter dem Grauen, das sie verursacht hatte. Stundenlang trieb sie im Gedränge der Boulevards und Alleen durch die fremde Stadt, deren lasziver

Duft für sie nun auf ewig auch den Gestank der Verwesung mit sich führen würde, und warf das blutige Bündel schließlich in die Seine. Irgendwann kam sie ein bisschen zur Ruhe, sie kaufte vielleicht ein Paar lederne Handschuhe oder ein teures Parfum in einem der großen Warenhäuser und schob den Beleg sorgfältig in ihr Portemonnaie – als Beweis ihrer Unschuld. Als sie dann wenig später durch den vom rotierenden Blaulicht der vor dem Hotel parkenden Gendarmerie-Fahrzeuge erleuchteten Eingang schritt, zeigten ihre Wangen nur noch eine leichte flackernde Röte, und sie war bereit für ihr großes Schauspiel.

Peter lächelte.

Aber vielleicht war es auch ganz anders gelaufen.

Kurz verfestigte sich erneut der Gedanke, dass das alles ihm gegolten haben könnte. Sich auszumalen, welchen Lauf das eigene Leben genommen hätte, wenn man diese oder jene Entscheidung anders getroffen hätte – an der Ampel links, statt rechts abgebogen wäre, statt eine gesamte Nacht in der Bar zu versumpfen; das letzte entscheidende Gespräch geführt zu haben, das vielleicht die eigene Ehe gerettet haben könnte – … die Konsequenz all dieser Überlegungen machte Peter Angst. Man war wie der Dauergast in einem Restaurant mit ständig wechselnder Karte, auf der niemals Preise abgedruckt waren – dazu verdammt, zwischen Gerichten zu wählen, von denen man nie wissen konnte, ob sie einem schmeckten. Und die Präsentation der Rechnung war meistens schmerzhaft.

Wusste Charles wirklich mehr, als er ihm gesagt hatte? Ging es hier tatsächlich um die chinesische Mafia?

Peter wurde flau im Magen. Nur mit Mühe gelang es ihm, sich zu beruhigen und einen klaren Kopf zu behalten.

Er hatte einen Auftrag gehabt.

Dieser Auftrag war gescheitert.

Florence hatte ihn gestern Abend vor seinem Hotel abgesetzt. Sie hatte ihm zum Abschied zwei Küsschen auf die Wangen gedrückt, und obwohl er wusste, dass dies in Frankreich eine normale Verabschiedung war, leuchtete die Erinnerung an diesen Moment in ihm wie eine hell brennende Kerze. Als er nachts in seinem Bett gelegen und keinen Schlaf hatte finden können, hatte er sich mehr als einmal gefragt, ob tatsächlich die Gefahr bestand, dass er sich in dieses junge Wesen verliebte. Schließlich hatte er den Entschluss gefasst, sich einzugestehen, dass er sich in Florence verknallt hatte. Verknallt. Das klang vielleicht ein klein wenig verwegener, aber auch harmloser. Weniger dramatisch. Es war Frühling, und da war es schließlich in Ordnung, seine Hormone ein wenig von der Leine zu lassen.

Sie waren um 16 Uhr an der japanischen Brücke von Monet verabredet, dann würde Florence Feierabend haben und ihm den Garten zeigen können. Peter freute sich über die Möglichkeit, sie wiederzusehen. Er würde sie zum Essen einladen, und er hatte vor, mit ihr zu flirten. Vielleicht ließ sie sich darauf ein. Vielleicht würde sie ihn ein bisschen anhimmeln, mit ihm spielen, über seine Witze – allesamt geistreich, verstand sich – ein klein wenig kichern.

Ja, es könnte ein perfekter Abend werden.

Auf seiner Mailbox befanden sich die Nachrichten vom Vortag. Mit einem genervten Seufzer machte Peter sich daran, sie abzuhören. Charlie fragte besorgt und auch ein wenig entnervt nach, warum er nicht ans Telefon gegangen und wie das Gespräch gelaufen sei. Auch Ferrara hatte mehrfach versucht, ihn zu erreichen. Der letzte Anruf war wieder von

Charles, der um dringenden Rückruf bat. Seine Stimme klang aufgeregt. Na dann, dachte Peter, und wählte Ferraras Nummer.

»Großartig, wie es mit unserer Kommunikation funktioniert, Mr. Falcon«, flötete ihre Stimme aus dem Telefon, als sie nach mehrmaligem Klingeln abhob. Peter war sich sicher, dass ihre Hand schon am Hörer gewesen war, als sie seine Nummer auf dem Display erkannt hatte. Sie wollte ihn abstrafen, war es nicht gewohnt, auf etwas warten zu müssen. Peter hatte vollstes Verständnis für diese Haltung.

»Mrs. Ferrara, es tut mir leid. Ich habe einen sehr schlechten Empfang.«

Er merkte, dass sie zunächst auf diese erbärmliche Lüge etwas erwidern wollte, aber sie sammelte sich stattdessen für ein paar Augenblicke unangenehmen Schweigens. »Wie auch immer. Um es kurz zu machen: Wir möchten Ihnen mitteilen, dass Sie ab sofort von Ihrem Auftrag entbunden sind.«

»Wie bitte?« Peter schnappte nach Luft. Woher wusste Ferrara, dass das gestrige Gespräch nicht stattgefunden hatte?

»Das kommt ein wenig überraschend, Mrs. Ferrara. Ich konnte Blumenstihl zwar nicht erreichen, aber ich wollte mit Ihnen besprechen, wie wir weiter vorgehen wollen. Woher wissen Sie überhaupt von dem gescheiterten Treffen?«

»Es hat nichts damit zu tun, dass Sie offenbar außer Stande sind, ein Mobiltelefon zu benutzen, Mr. Falcon. Uns liegen einfach mittlerweile neue Informationen zu der gesamten Sachlage vor, die darauf hindeuten, dass jedes weitere Eingreifen Ihrerseits eher zu einem Problem als zu einem guten Ausgang führen würde.«

Peter versuchte erfolglos, den Subtext ihrer Aussage zu dechiffrieren.

»Helfen Sie mir, Mrs. Ferrara. Von welchen Informationen sprechen Sie?«

»Ich möchte das ungern mit Ihnen besprechen, Mr. Falcon; bitte haben Sie Verständnis dafür. Und schon gar nicht am Telefon. Für Sie ist lediglich die Information wichtig, dass Sie ab sofort zu keinerlei Aktivitäten im Namen Chroseby und als Charles White autorisiert sind.«

Er wurde also deaktiviert? Wie ein defektes Gerät ausgemustert?

»Also Klartext, Mrs. Ferrara. Ich bin ein einfacher Junge aus Brooklyn. Sparen Sie sich Ihre Verklausulierungen. Was ist mit meinem Treffen mit Blumenstihl?«

»Wir haben leider die Vermutung, dass ihr etwas zugestoßen ist. Es scheinen noch andere, kriminelle Kräfte dahinterzustecken. Wir möchten nicht, dass Sie in Gefahr geraten.«

»Mein Rückflug?«

»Morgen. Wir konnten Sie leider nicht eher rausbringen. Boarding beginnt um 7.30 Uhr. Ein elektronisches Ticket ist mit Ihrer Kreditkarte abrufbar. Und um eventuellen Befürchtungen Ihrerseits zuvorzukommen: Ihr Honorar erhalten Sie selbstverständlich trotzdem. Betrachten Sie es einfach als bezahlten Urlaub.« Ferraras Stimme wurde etwas milder. »Machen Sie sich einen schönen Tag in Paris, Mr. Falcon. Besuchen Sie den Louvre, machen Sie eine Dampferfahrt auf der Seine.«

»Ist das ein Befehl?«, fragte Peter mit manierierter Fröhlichkeit.

»Gehen Sie unter Menschen, genießen Sie das Leben, Mr. Falcon. Aber sprechen Sie mit niemandem über Ihren Auftrag. Und passen Sie auf sich auf. Wir wollen doch nicht, dass Ihnen etwas zustößt.«

Irritiert horchte Peter auf. »Ich versteh nicht, Mrs. Ferrara. Was soll mir denn zustoßen? Ich bin in Brooklyn aufgewachsen; Paris ist dagegen der reinste Kindergarten. Machen Sie sich um mich keine Sorgen.«

»Dann ist ja alles bestens, Mr. Falcon. Ich wünsche Ihnen eine sichere Heimreise.«

Sie hatte aufgelegt.

Er hatte einen Auftrag gehabt.

Sie hatten ihn gefeuert.

Und sie hatte ihm nicht die ganze Wahrheit sagen wollen. Warum nicht? Immerhin hatten sie ihn doch komplett ins Vertrauen gezogen, was die ursprüngliche Ausführung ihres Planes anging. Was wollten sie vor ihm verbergen? Was waren das für neue Informationen? Hatten sie herausbekommen, dass Blumenstihl nur geblufft hatte? Oder hatte Blumenstihl die Wahrheit gesagt, und die *»Sternennacht«* war tatsächlich eine Fälschung?

Der Wind.

Der Wind, der durch die Halme strich.

Peter fühlte sich behandelt wie ein dummer Schuljunge.

Er sollte ins Museum gehen. Eine Dampferfahrt machen.

Er war ein Tourist. Er war ein Tourist mit einem prall gefüllten Spesenkonto, auf dem sich abzüglich der Hotelkosten noch etwa viereinhalbtausend Dollar befanden. Er trug eine Tasche mit einer riesigen Menge Geld mit sich herum – Geld, nach dem Ferrara sich noch nicht einmal erkundigt hatte!

Er hatte ein Date mit einer Zwanzigjährigen und eine Menge Zeit.

Der Louvre konnte ihm gestohlen bleiben.

Peter lächelte.

Es gab einen neuen Auftrag – er würde shoppen gehen.

Das Taxi hielt direkt vor dem Eingang des Kaufhauses. In seinem Reiseführer war die Galerie Lafayette als dekadenter Konsumtempel angepriesen, ein Eldorado für Kaufsüchtige, ein Heiligtum hemmungslosen Kommerzes.

Peter hatte schon immer Angst vor Menschenmassen in geschlossenen Räumen gehabt, und noch ehe er das Luxuskaufhaus betrat, raste sein Herz. Aber es war nun einmal an der Zeit, sich aus der Charles-Verkleidung zu wickeln.

Entschlossen trat er ein.

Das Innere des Kaufhauses war von nahezu sakraler Anmut. Es duftete nach Parfum und Patisserie, und emsige Verkäuferinnen in dunklen Kostümen huschten hinter den langen Tresen hin und her, die alle auf den großen Lichtschacht in der Mitte des Gebäudes zuliefen. Von dort aus fuhren mit vergoldeter Ornamentik verzierte Fahrstühle in die höheren Stockwerke, deren offene Galerien von dem milchigen Tageslicht erleuchtet wurden, das durch die große, gläserne Art-déco-Kuppel fiel, die wie ein illuminiertes Auge Gottes über die Pilger des Mammons wachte.

Er beschloss, sich von oben nach unten vorzuarbeiten und ließ sich mit einem der Lifte in das letzte Stockwerk tragen: Herrenkonfektion.

Diesmal wusste er, was er wollte.

Ein lispelnder Verkäufer mit schmal geschnittenem Schnurrbart und auftoupiertem Lockenkopf, der angesichts der Unmengen an Mousse, die für seine Stabilität in das Haar hineingearbeitet waren, wie unter einer Lackschicht funkelte, schleppte einen ganzen Stapel Anzüge herbei. Der Mann war ein echter Profi. Peter entschied sich schließlich für einen sandfarbenen Anzug, der leicht tailliert daherkam und ihm einen derart eleganten Drive verlieh, dass er gleich noch einen zweiten in dunklem Nadelstreifen mit auf die Rechnung setzen ließ. Mit kundiger Hand hatte Yves – ein Name, der, wie Peter fand, so klischeebesetzt war, dass er vermutlich eine Einstellungsvoraussetzung für diesen Job dargestellt hatte – noch während sich Peter vor dem in sehr vorteilhaftes Licht getauchten Ankleidespiegel drehte, eine Auswahl farblich passender Oberhemden mit weit geschnittenen italienischen Krägen und passenden Manschettenknöpfen ausgewählt, deren Stoff schon bei einer leisen Berührung so viel Stil und Klasse ausstrahlte, dass Peter die gesamte Stafette kaufte, ohne nur ein einziges Teil anprobiert zu haben.

Er hatte dazugelernt.

Charles würde staunen, wenn er Peters neues, gut gekleidetes Ich zu Gesicht bekäme. Es war besser als seine Kopie!

In der opulenten Lebensmittelabteilung schlug Peter richtig zu und kaufte eine Wildschweinsalami, eine Büchse mit Trüffelpastete und gleich drei mit Foie Gras – Melinda würde ihm angesichts des kurzen, schmerzvollen Lebens, das hinter den Stopfgänsen lag, eine Szene machen, aber Peter könnte das Zeug löffelweise vertilgen –, englisches Ingwerkonfekt, einen Schwarzwälder Schinken, französischen Hartkäse, zwei Flaschen Cognac – eine für Mo, die andere für sich selbst – und eine kleine Kiste mit verschiedenen schweren Rotweinen aus dem Languedoc.

Auch in der Buchabteilung des Kaufhauses konnte er sich nicht zurückhalten und erwarb eine ganze Serie mit Comics eines seiner französischen Lieblingsautoren – echte Raritäten, die man in New York nur in zerfleddertem Zustand auf irgendwelchen NYC-Flohmärkten fand. Außerdem leistete er sich einen wirklich sündhaft teuren Bildband über Klassiker des Motorraddesigns. Auf seinem Weg ins Erdgeschoss entdeckte er zufällig eine mit silbernen Beschlägen versehene handbemalte Schmuckdose, auf deren Oberseite sich die geschnitzte Figur einer Ballerina drehte, die sich unter klingendem Glockenspiel in Bewegung setzte, sobald man den Deckel öffnete. Bei der Vorstellung, Florence das kleine Schmuckstück als Mitbringsel beim späteren Treffen zu präsentieren, schossen ihm Tränen der Rührung in die Augen. Folgerichtig konnte er nicht umhin, ihr diese Dose zu schenken auch auf die Gefahr hin, sich als hoffnungsloser Liebeskasper zu präsentieren.

Zu guter Letzt kaufte er einen soliden Hartschalenkoffer aus deutscher Produktion, in dem er die Ausbeute des Vormittags verstaute, und ließ den tonnenschweren Behälter an seine Hoteladresse schicken. Zweieinhalb Stunden nachdem er Lafayette betreten hatte und um knapp zweitausendfünfhundert Dollar leichter, spuckte ihn die große, messingbesetzte Drehtür schließlich zurück in den Tag.

Sein rauschhafter Exzess hatte ihn hungrig gemacht, und so verzehrte er genüsslich ein großes Stück Pizza, während er im Strom der Passanten in Richtung der Oper schlenderte. Auf der Spitze der mächtigen Kuppel des Opernhauses ragte eine von Pegasus-Figuren flankierte Statue des Apollo in den blauen Frühlingshimmel. Peter stand auf einer großen Verkehrsinsel inmitten des dicht befahrenen Kreisverkehrs und lehnte sich an die Brüstung des Metroschachtes, dem in regelmäßigen Intervallen ein nie versiegender Mahlstrom Passanten entstieg.

Touristen. Die ganze Stadt war voll davon. Und Peter fühlte sich nun erst recht ganz wie ein Baudelaire'scher Flaneur. Auf der gegenüberliegenden Seite des Platzes spuckten vollklimatisierte Reisebusse ihre Ladungen schlecht gekleideter Provinzler auf den Gehweg. Kameras surrten, Teleobjektive wurden in die Höhe gerichtet, Gruppen stellten sich auf den hellen Treppen des Hauptportals zu fröhlichen Formationen auf. Ausflugserinnerungen, deren groteske Ästhetik sich ihnen nie offenbaren würde: Blousons in schrillen Farben vor neobarocker Fassade. Von der Zuführung leerer Kohlenhydrate entstellte Körper und vom übermäßigen Fernsehkonsum verwischte Visagen vor den in die Rundpfeiler gesetzten Skulpturen der lyrischen Poesie, der Musik, des Idylls, der Deklamation, des Gesanges, Tanzes und Dramas. Pubertierende Riesenbabys fläzten sich auf den Stufen und tranken aus großen Pappbechern Cola, den Knopf ihres Smartphones im Ohr, während oberhalb der Säulenbögen hoch über ihren Köpfen die vergoldeten Bronzebüsten von Rossini, Auber, Spontini, Beethoven und Mozart mit überlegenem Blick das Elend zu ihren Füßen übersahen, als wüssten sie sich unangreifbar gegenüber dem Strudel des Banalen, in dem diese Welt versunken war. Und beschützt von den bronzenen Götzen auf der Attika – der lyrischen Poesie mit den Musen und den Genien des Ruhmes. Ach, die Pariser Oper! Jetzt konnte Peter sich endlich selbst ein Bild von ihr machen, wo er sie zuvor nur aus Büchern, Comics und Plattenaufnahmen kannte.

Napoleon der III. hatte dereinst einen jungen, ziemlich unbekannten Architekten namens Charles Garnier mit dem Bau dieses neuen Hauses beauftragt, nachdem er im Jahre 1858 gemeinsam mit der Kaiserin bei einem Besuch der damaligen Oper Salle de la rue Lepeletier nur knapp einem Attentat entgangen war. So hatte die alte Oper ihren royalen Nimbus schlicht und einfach verspielt, seit ein feiger Meuchelmörder hinter ihren Säulengängen Schutz finden konnte.

Vielleicht also hatte der Monarch seinerzeit etwas Neues, Frisches gewollt und keine Lust mehr darauf gehabt, sich jedes Mal wegen dieses lästigen Anschlags unwohl fühlen zu müssen, wenn er nach einem langen Tag in seinen Gemächern in Versailles oder nach endlosen Debatten mit den Idioten aus dem Parlament in der Oper Entspannung gesucht hatte. Neue Oper, neues Glück, und – Entschuldigung – er war der Kaiser. Da war ein neues repräsentatives Bauwerk ohnehin schon längst mal wieder fällig gewesen.

Peter grinste. Er hätte es genauso gemacht. Und wenn man schon dabei war, konnte man auch gleich den größten Theaterbau der Welt hochziehen – selbst, wenn die Wiener Staatsoper und die Scala vielleicht ein paar Sitzplätze mehr zu bieten hatten. Als schrullige kleine Besonderheit beauftragte man dann seinen Architekten damit, nicht schon wieder einen dieser nüchtern-klassizistischen Klötze aus dem Erdboden zu stampfen, mit denen bereits ganz Paris dicht gepflastert war, sondern entschied sich für die pralle, ondulierte Lebensfreude des Neobarock, womit man beim Architekten offene Türen einrannte und dieser gleich einen eigenen Baustil, der bescheidenerweise nach einem selbst benannt war, aus der Taufe hob. Ein Hoch auf die Monarchie, und schön, dass ein kleiner Rest an Absolutismus selbst hundert Jahre nach der Revolution wieder lebbar war.

Peter fiel der dunkle Wagen erst auf, als das wütende Stakkato der Hupe eines Busses den Straßenlärm durchschnitt. Der Wagen hatte sich zwischen dem rangierenden Fahrzeug hindurch in eine der freien reservierten Haltebuchten direkt vor der Oper geschoben. Der Chauffeur, der die hintere Autotür geöffnet hatte, um seinen beiden Passagieren beim Aussteigen behilflich zu sein, gab dem Busfahrer mit einer kurzen, aber bestimmten Handbewegung zu verstehen, sich einen Moment zu gedulden. Die junge Frau, die zuerst dem Wagen entstieg, war von eher zierlicher Gestalt. Sie trug einen hochgeschlossenen, dunklen Mantel mit hochgeschlagenem Kragen und verbarg ihre Augen hinter einer breiten Sonnenbrille. Offenbar fröstelte sie, und sie blickte sich immer wieder nervös um, während ihr Begleiter, der offenbar gerade ein Telefongespräch beendete, nun auch den Fond der Limousine verließ. Selbst unter dem langen Lodenmantel konnte man sein breites Kreuz erahnen, das für einen Moment die junge Frau verdeckte. Und als er sich umdrehte, um die Wagentür hinter sich zu schließen, hatte Peter für einen unangenehmen Moment lang den Eindruck, dass der Mann unter der Krempe seines Hutes, der auf dem massigen Schädel saß, statt Augen zwei dunkle Diamanten im Gesicht trug, deren funkelnder Strahl Peter für die Dauer eines Wimpernschlages streifte.

Legros.

Ein kalter Windhauch strich über Peters Gesicht, und instinktiv zog er das Revers seiner Jacke höher.

Legros drückte seinem Fahrer einen Zettel in die Hand, bevor dieser zurück in den Wagen sprang, um dem noch immer wartenden Bus Platz zu machen. Die junge Frau hingegen hakte sich bei Legros unter, und beide setzten sich schnellen Schrittes in Bewegung.

Jetzt konnte Peter das blasse Gesicht der Frau im Profil erkennen. Ihr Haar war unter einer schwarzen Baskenmütze verborgen, und sie sah unglücklich aus.

Während er sie erkannte, spürte er eine Art Stich in seinem Herzen. War das wirklich – Florence?

Dann schob sich der Bus in sein Blickfeld, und er verlor die beiden aus den Augen.

Mit quietschenden Reifen kam ein Wagen nur Zentimeter neben seiner linken Hüfte zum Stehen, und eine Kaskade an Flüchen und Beschimpfungen prasselte auf ihn ein, die er glücklicherweise nicht verstand. Mit rasendem Puls stammelte er eine Entschuldigung und stolperte aufs Geradewohl davon, hastete zwischen zwei Bussen hindurch und erreichte schließlich schwer atmend den Eingang des Opernhauses. Mit einer Hand bahnte er sich seinen Weg durch eine Gruppe japanischer Touristen, jemand schlug ihm versehentlich den Griff einer Videokamera ins Gesicht, und als Peter sich endlich aus dem Gewühl befreit hatte, sah er Legros und Florence hinter der nächsten Straßenecke verschwinden. Im Laufschritt folgte er ihnen. Er musste wissen, was vor sich ging. Gestern erst hatte sie etwas von einer Tanzprobe erzählt, und nun sah er sie hier, in scheinbarer Vertrautheit mit diesem mysteriösen Mann, dem eine morbide Aura des Bösen, Diabolischen anhaftete. Es hatte etwas Archaisches, was ihn dazu trieb, die Verfolgung aufzunehmen. Er war der Jäger, und er durfte das Rotkäppchen im dunklen Wald nicht mit diesem Wolf alleine lassen. Er durfte die Fährte nicht verlieren.

Als Peter die Ecke des Opernplatzes erreichte, waren die beiden keine hundert Meter vor ihm. Legros blickte sich um, als spüre er, dass ihm jemand auf den Fersen war, und Peter drückte sich in die Nische einer großen Säule, um nicht entdeckt zu werden. Legros und Florence liefen über eine erhöhte Einfahrt auf einen Seitenflügel der Oper und dessen Eingangstür zu, die von zwei überlebensgroßen hellenistischen Statuen flankiert war. Kurz darauf fiel die schwere Tür hinter ihnen ins Schloss, und Peter kam aus seiner Deckung hervor. Einerseits verspürte er den dringenden Impuls, ihnen zu folgen, andererseits gab es diesen leisen Warnton irgendwo in den Tiefen seines Unterbewusstseins, der ihn darauf hinwies, er könne damit eine gefährliche Linie überschreiten. In diesem Gemäuer warteten, so schien es ihm, mehr Fragen als Antworten auf ihn – und all das, vor dem Charles ihn hatte warnen wollen: Etwas, das es ihm unmöglich machte, diese Stadt zu verlassen; eine Kammer, aus der es keinen Ausweg mehr gab. Die Augen des bronzenen Adlers über dem Eingang blickten ihn warnend an, und das Tor tat sich wie ein zahnloser Mund vor ihm auf, als er allen Warnsignalen zum Trotz zögernd über die Schwelle trat.

Dunkle, geschlossene Räume.

Panik stieg in ihm hoch; nur mühsam gelang es ihm, sich zu sammeln und seine Furcht zu überwinden.

Deutlich waren sich entfernende Schritte zu vernehmen, und Peter, dessen Absätze bei jedem Schritt von dem hellen Marmorboden zurückgeworfen wurden, bemühte sich, leise aufzutreten. Am Ende des Ganges warfen kristallene Leuchter ein mattes Licht und erleichterten ihm die Orientierung. Fetzen von Musik wehten wie durch einen dichten Nebel aus den Tiefen des Gebäudes an sein Ohr – sonderbare Disharmonien; Streicher, die so verzerrt klangen, als läge er unter dem Wasserspiegel eines Ozeans begraben.

Er erreichte einen runden, hohen Raum, eine Art Foyer. Durch die kunstvoll verzierten Milchglasscheiben der hohen Schwingtüren fiel Tageslicht herein und mischte sich mit dem warmen, gelblich-flackernden Schein der Lampen, die – einer antiken Grabkammer gleich – den kleinen Saal beleuchteten. Peter fühlte sich wie in einem Zwischenreich, einer Kammer ohne Zeit. Der gedämpfte Lärm der Straße mischte sich mit dem Summen und dumpfen Pochen, das aus der Oper selbst zu kommen schien. Ein diffuses Gluckern und tiefes Grollen, wie in einer uralten Tropfsteinhöhle. Ihm war, als käme es aus den Katakomben, dem Untergrund des Gemäuers. Es klang wie ein schlafendes Ungeheuer, und als er nun die breiten Treppen emporzusteigen begann, die sich vom Foyer aus in die Höhe schraubten, erschien es ihm, als bewege er sich im Bauch eines Wales.

Die Schritte waren mittlerweile über ihm, und so beugte er sich kurz über das Geländer und sah nach oben. Er glaubte dort oben Schatten wahrzunehmen, die an der Balustrade entlangglitten. Bei seinem weiteren Aufstieg drückte er sich eng an die Wand, um nicht bemerkt zu werden. Er hatte hier nichts verloren. Zu dieser Zeit waren offenbar keine anderen Besucher im Gebäude, und er fragte sich, ob man ihn rauswerfen würde, sollte ihn irgendjemand vom Personal dabei erwischen, wie er hier umherschlich.

Ja, er fühlte sich unwohl und war zugleich aufgeregt wie ein kleiner Junge, der sich verbotenerweise in einer alten, verlassenen Villa herumtrieb. Als er die nächste Empore erreichte, hielt er für einen Moment inne und lauschte.

Nichts.

Er musste die beiden verloren haben.

Langsam bewegte er sich einen langen Korridor hinunter. War das hier die Logenetage? Die Musik war hier jedenfalls viel deutlicher zu hören. Es klang wie eine Orchesterprobe, auch wenn er die genaue Richtung, aus der sie an sein Ohr drang, nicht lokalisieren konnte.

Irgendwann stellte er fest, dass er sich verlaufen haben musste. Er hatte den Eindruck, einmal um den großen Opernsaal herum gelaufen zu sein, aber an der Stelle, an der er den Zugang zum Treppenhaus erwartet hatte, befand sich lediglich die Abzweigung in einen weiteren Korridor. Als erneut ein Anflug von Panik in ihm aufbrandete, erregte plötzlich etwas seine Aufmerksamkeit. Durch die runde Glasscheibe einer der Zugänge zu den Logenplätzen fiel ein heller, fast goldener Lichtstrahl, in dem feine Staubpartikel wie winzige Elfenwesen tanzten. Er warf einen Blick durch das Bullauge und erhaschte durch den Spalt eines schweren Samtvorhangs, der die Loge von dem großen Theaterraum trennte, einen Blick auf einen Teil der Bühne, die in ein gleißendes Licht getaucht war. Vorsichtig drehte er den Türknauf, trat leise ein und lehnte sich flach atmend mit dem Rücken an die Tür.

Auch wenn der Vorhang einen Großteil der Sicht auf die Bühne versperrte, bekam er zum ersten Mal einen Eindruck von der gewaltigen Dimension dieses Saals – einer Orgie in schweren Rottönen und prunkvoll verzierte goldene Balustraden an den Rängen und Logen, die sich über fünf Ebenen unter eine bombastische Kuppel zogen, von der ein Kristalllüster atemberaubender Schönheit und Größe in die Tiefe ragte. Peter schob sich ein kleines Stück an der Wand entlang; stets darauf bedacht, dass sein Gesicht nicht von dem Bühnenlicht erfasst werden konnte. Mittlerweile hatten die Musiker im Orchestergraben ihre Instrumente zusammengepackt und verschwanden wie geisterhafte Schatten. Stattdessen perlte der helle Lauf eines Klaviers durch den Saal. Die Musik erhob sich als ein Schwarm Schmetterlinge in die Höhe und schien die Kristalle am Firmament wie Sterne zum Funkeln zu bringen. Eine Gruppe Tänzerinnen war lautlos auf die Bühne gelaufen. Junge Mädchen in schneeweißen Ballettkleidern, die Haare hochgesteckt. Sie lachten mit heller Stimme und flüsterten hinter vorgehaltener Hand. Eine drehte eine Pirouette, die andere ging in den Spagat zu Boden. Sie dehnten ihre Muskulatur und streckten die Arme als Vorbereitung auf ihre Übungen. Die Anmut dieses Bildes überwältigte ihn. Er fühlte sich wie ein Eindringling – ein Voyeur eines intimen, kostbaren Augenblicks, zu dem er nicht eingeladen war und von dem er seine Blicke dennoch nicht abwenden konnte. Dann wurde ihm klar, warum ihm diese Szenerie so sonderbar vertraut erschien. Degas hatte sie gemalt! Wie viele Tage hatte er wohl an diesem Ort verbracht, um die richtige Perspektive zu finden? War er durch seine stete Anwesenheit zu einem Teil ihrer Gemeinschaft geworden oder hatte er sich als stiller Beobachter im Verborgenen gehalten? War er im dunklen Rachen des Saales für die Tänzerinnen als Maler unsichtbar geblieben, um nicht allein durch das Wissen um seine Anwesenheit die Reinheit des Ergebnisses zu verfälschen? Ging es nicht darum, diesen einen Moment schneller zu sein als die Wirklichkeit? Das war doch das Wesen des Impressionismus – die ganze Idee, die dahinterstand. Die sterbende Sekunde einzufangen, ehe sie sich ihrer eigenen Vergänglichkeit gewahr wurde.

Funkelnde Sterne.

Wie konnte Blumenstihl ernsthaft glauben, Vincent habe sich das alles nur ausgedacht?

Etwas weiter hinten, am linken Bühnenrand, hatte eine der Tänzerinnen ihr Bein auf einen Schemel gestellt. Sie bückte sich, um die Bänder ihrer Tanzschuhe nachzuziehen, und als sie den Kopf hob und über den Scherz eines anderen Mädchens lachte, erkannte Peter sie.

Florence.

Natürlich, sie musste es sein.

Sie war auf dem Weg zur Probe gewesen, Legros hatte sie hergebracht. Aber woher kannten die beiden einander?

Sein Herz sprang in Extrasystolen, während er sie beobachtete. Sie war wunderschön, und ein ziehender Schmerz breitete sich in ihm aus, als ihm mit voller Wucht bewusst wurde, dass er keine Zwanzig mehr war und diese Szene dort vor seinen Augen nichts als ein Trugbild, eine Illusion, das Echo seiner längst verwehten Jugend, eine Sehnsucht.

Mit einem Mal drang ein Wispern an die Oberfläche seines Bewusstseins, das sich klar aus den diffusen Störgeräuschen im Hintergrund herausschälte. Peter schob mit einer Hand die Falten des Vorhanges ein winziges Stück weit beiseite, der sein Versteck vom Balkon der Loge trennte – und zuckte jäh zusammen.

Dort, im Schatten der hohen Brüstung, kauerte eine Gestalt. Der Mann drehte ihm den Rücken zu und hob sich immer wieder ein Opernglas vor die Augen, während er in höchster Erregung vor sich hin flüsterte. Ab und zu schob der Mann den Rand seines Zylinders zurück, um sich mit einem dunklen Taschentuch verstohlen den Schweiß von der glänzenden Stirn zu wischen, und sein langer Bart hob und senkte sich mit jedem flatternden Atemzug auf den silbern schimmernden Knöpfen einer eng anliegenden Weste.

Peter war wie vom Donner gerührt. Das sah Legros, diesem alten Sack, ähnlich. Hockte sich in die Dunkelheit und ergötzte sich mit dem Geifer eines Lustgreises am Anblick jungen Fleisches. An grazilen Körpern. An Florence.

Peter wurde von einem Schwall rot rasender Wut erfasst. Seine Finger krallten sich in den Vorhangstoff, und er malte sich aus, wie er Legros mit einem heiseren Schrei aus seinem Kakerlakenloch herauszerrte, um ihn mit einem akrobatischen Schulterwurf ins Parkett hinunterzuschleudern. Nur mit Mühe konnte er sich zusammenreißen. Er zitterte am ganzen Körper. Peter ließ den Vorhang vorsichtig zurückfallen und legte ein Ohr an den schweren Samt, um etwas von dem Gebrabbel des Mannes mitzubekommen.

Dessen meckerndes Kichern ließ Peter eine Gänsehaut über den Rücken fahren. Der Mann hinter dem Vorhang keuchte, als er ein Husten unterdrückte. Peter war sich nicht sicher. Nur eines wusste er: Wer auch immer es war – dieser Vogel hatte nach seinem Geschmack mehr als nur einen veritablen Hau. Kauerte hier in der Dunkelheit und hielt maulaffenfeil. Wobei – im Grunde tat er, Peter, ja das Gleiche. Betreten wandte er sich von dem Anblick der Tänzerinnen ab und schlich rückwärts, zurück in die Dunkelheit. Mit der Hand tastete er nach dem Türknauf, doch er hatte die Schwelle nicht beachtet, über die er hinabgestiegen war. Mit der Ferse stieß er dagegen, wobei er das Gleichgewicht verlor.

Eine bleiche, langgliedrige Hand riss den Vorhang zur Seite, und zwei Augen, die wie eingetrocknete Rosinen tief in den Höhlen eines hageren Schädels lagen, fixierten ihn in der Düsternis mit totem Blick. Peter fuhr eisiges Entsetzen in die Glieder. Das war nicht Legros.

»Sie Narr! Wollen Sie ernsthaft, dass man uns entdeckt?«, zischte die Gestalt, und im Gegenlicht sah Peter, wie mit jeder Silbe ein dünner Nebel aus Speichel in den Raum davonstob. »Kommen Sie! Aber bleiben Sie vom Licht fern.«

Die knochige Hand winkte ihn herbei. Auch wenn sich alles in Peter dagegen sträubte, gehorchte er. Langsam, den Oberkörper weit nach unten geduckt, kam er näher und trat in die Loge ein. Dort blickte er in das ausgezehrte Gesicht eines Greises. Der Mann legte seine kalte Hand auf Peters

Schulter und drückte ihn mit einer Kraft, die ihn erschrecken ließ, zu Boden. Peter hockte im Schatten direkt hinter dem Balkon der Loge und musste seinen Kopf ein wenig anheben, um überhaupt noch einen Teil der Bühne überblicken zu können. Die Beine einer auf dem Parkett sitzenden Tänzerin wurden vom Lichtkegel angestrahlt.

Der Alte beugte sich zu Peter hinunter, und er konnte dessen giftigen Atem riechen: »Inspiration. Spontaneität und Temperament sind für mich unbekannte Dinge«, stieß er zischelnd hervor und bohrte den spitzen Nagel seines Zeigefingers in Peters Wange, der wie nach einem elektrischen Schlag zurückzuckte.

»Sie begreifen nicht, dass MIR die Tänzerin ausschließlich als Vorwand dazu dient, hübsche Stoffe zu malen und Bewegung zu vermitteln. Das verstehen Sie nicht, habe ich recht?«

Peter musste den Kopf zur Seite drehen, um von dem Gestank des fauligen Atems nicht den Verstand zu verlieren. Der Alte hatte sich jetzt so weit zu ihm hinuntergebeugt, dass das Ende seines Bartes über Peters Schulter fiel.

»Was ist die Wahrheit in einem Augenblick?«, wisperte er. »Es ist nie das Ganze, sondern nur das, was sie berührt hat – das Notwendigste. Wie die schlanken Beine einer Tänzerin.« Wie eine Klaue legte sich seine Hand auf Peters Arm. »Sie sind berührt vom Duft dieser jungen Blume dort unten, ihrem eigenen Gemälde, dem Produkt Ihrer Einbildungskraft. Aber sie ist nichts weiter als Luft. Und die Luft, die man in den Gemälden von Meistern sehen kann, ist keine atembare Luft, und doch ihre eigene Wahrheit.«

»Wer sind Sie? Was tun Sie hier?« entfuhr es Peter. Ihm schwanden allmählich die Sinne, denn die Luft in diesem Kabuff war tatsächlich keinesfalls atembar. Er schielte nach der Tür. Die unheimlichen Augen des Alten funkelten ihn von der Seite an. »Marcel Legros ist ein Riese mit dem Gesicht eines Kindes«, brach es plötzlich aus ihm heraus. »Ein Baum voller Vögel und Schatten, ein Hund, der sich von der Kette gerissen und auf einem Blumenbeet schlafen gelegt hat. Er ist ein Müßiggänger, ein weiser Tor, ein einsamer Fels, umwogt von Menschlichkeit.«

Peter sackten die Beine weg. »Sie kennen Legros?«

Der Alte lachte heiser auf. »Er ist ein rastloser Gaukler, des Genie eines Scharlatans. Er dringt durch das Wesen der Werke und spielt mit den längst verwehten Träumen ihrer Erschaffer. Er reißt ihre Wahrheit aus der Unendlichkeit und schmilzt sie wie Diamanten in einem Tiegel höllischen Vergnügens. Er ist ein Teufel und Verführer und hat die Kraft, Sie von den höchsten Zinnen in den tiefsten Höllenschlund zu stürzen. Ein Tor ist er, ein Zerberus, ein Cupido, ein Midas, der statt in Gold in beißendem Spott badet – er wird mit Ihnen spielen, und Sie werden der Bauer sein, doch er ist kein König, er ist das Schachbrett selbst. Ein Meister der Verstellung, des Ränkespiels, er manipuliert, er lügt und stiehlt. Er ist ein Fälscher, und Sie sind sein Meisterstück. Schon bald sind Sie ein Teil seiner Leinwand. Aber seien Sie gewarnt: Kunst ist Laster, man heiratet sie nicht legitim, man vergewaltigt sie!«

Nur schwerfällig mahlten die Gedanken in Peters Kopf. Was, zur Hölle, passierte hier? Seine Blicke irrlichterten durch den Saal und blieben an dem kleinen Ausschnitt der Bühne hängen, auf dem Florence soeben einen Pas de deux tanzte.

Der Alte beobachtete ihn, dann wisperte er: »Warum glauben Sie, dass *Sie* hier sind? Sie meinen, dass Sie Florence gefolgt sind? Aber nein: *Er* will, dass Sie hier sind! Florence ist nur sein Köder, verstehen Sie?«

»Aber was will Legros von mir? Das Geld?«

»Geld ist für ihn kein Hauptmotiv, vielmehr Rache. Er will Ihnen beweisen, dass es falsch war, seine Talente zu übersehen.«

»Seine Talente?«, echote Peter.

»Man bewunderte seine Kunstfertigkeit damals. Was er tat, verlangte einiges an Geschick und Mut. Er inszenierte sich als Robin-Hood-Gestalt, die sich gegen den geldgierigen Kunstmarkt auflehnte. Die Opfer von Fälschern, elitäre Kunstinstitutionen und reiche Sammler, bekamen weniger Sympathien ab. Viele Fälscher bauten eine Aura um ihn auf …«

»Sie meinen, Legros war mal eine Art Robin Hood und ist es heute nicht mehr?«

»Kennen Sie nicht sein dunkles Geheimnis? Die Wahrheit liegt im Wind …«

Die Wahrheit liegt im Wind. Das hatte Peter schon mal gelesen. In der Mail von Blumenstihl.

»Kennen Sie Bernardine Blumenstihl?«, presste er keuchend hervor.

»Sie meinen diese eitle, selbstherrliche Kunstkritikerin? Ja, auch sie kennt Legros, nur zu gut! Sie teilt ja sein Geheimnis!«

»Was ist sein Geheimnis?«

»Verstehen Sie denn immer noch nicht? Er hat sie hierhin gelockt, damit Sie sein Geheimnis erfahren. Indem er den Kunstmarkt hinters Licht führt, will er beweisen, wie überlegen er ist. Und nun sind Sie als dessen Vertreter da. Betrachten Sie es als Privileg, denn er würde nicht mit jedem spielen! Aber glauben Sie ja nicht, dass ein fremdes Herz Ihnen vor

Legros Zuflucht bieten kann. Sie Elender.« Der Mann zeigte auf die Bühne »Sogar das Herz hat etwas Künstliches. Und diese Tänzerin hat es in ein Säcklein aus rosa Seide eingenäht, leicht verblichene rosa Seide, wie ihre Ballettschuhe.«

Peters Gedanken rasten. Hatte der Alte recht? War seine Anwesenheit hier wirklich kein Zufall? Hatte Florence ihn zur Hilfe gerufen? Wollte Legros zeigen, dass er Macht über sie hatte? Und Legros selbst war – ein verkanntes Genie? Ha! Was, wenn *er* mit seiner Kunstfertigkeit und seinem Wissen Urheber der zur Auktion freigegebenen Bilder wäre?

Als hätte der Alte Peters Gedanken gelesen, klopfte er mit seinen Knöcheln an seine Schulter: »Ein Bild muss mit demselben Gefühl gemacht werden, mit dem ein Verbrecher seine Tat ausführt, meinen Sie nicht auch?«

Peter drehte sich zu ihm um. Das Lächeln in dem Greisengesicht erinnerte Peter an das Fletschen eines räudigen Hundes. »Jemand hat in ihrem Blut gebadet«, raunte der Alte und fuhr sich mit einer gräulichen Zungenspitze über die spuckebenetzten Lippen.

Peter schluckte trocken, und das Foto des verwüsteten Hotelzimmers erschien vor seinen Augen.

Ripp-Rapp.

»Er hat seine dunklen Armeen schon auf Sie angesetzt, Sie armseliger Narr. Doch noch haben Sie nicht das gefunden, was er in seinen Besitz bringen will. Und nun musste auch noch der Falsche dran glauben!« Immer näher kroch er an Peter heran. Sein kalter Atem roch nach Fäulnis, Seetang und Schlick. Peter musste ein Würgen unterdrücken, als der Alte ihn am Genick packte: »Nur der Falsche, nicht der Unschuldige. Denn ohne Schuld ist niemand, nicht wahr? Noch nicht einmal Legros selber.« Dann begann er zu kichern. Erst ein leises Glucksen, das immer weiter anschwoll zu einem asthmatischen Röhren, dem Gurgeln eines Ertrinkenden, dem stimmlosen Klang des Klatschens von schlammigem Wasser gegen moosbedeckte Planken.

Als Peter aufsprang, sah er Florence am Rande der Bühne stehen; ihr Blick war starr auf die Loge gerichtet, und nach kurzem Zögern stürzte er zur Tür, während das furchtbare Lachen über ihm wie Wellen zusammenbrach.

Wie ein Greifvogel, der gerade eine leichte Beute geschlagen hatte, flog das Taxi kurz darauf den Montmartre hinauf – in dessen Fond Peter, verschwitzt und gehetzt. Das helle Licht der Mittagssonne brach durch die schlecht geputzte Windschutzscheibe und die Äste der vorbeistürzenden Straßenbäume schienen sich wie gichtige Finger nach ihm auszustrecken. Er glaubt, noch immer den schwefligen Atem des gruseligen Alten auf seiner Haut spüren zu können und hatte das dringende Verlangen nach einer Dusche. Die Erinnerung an das Erlebnis in der Oper hing wie der Schatten eines bösen Traumes über ihm, und immer wieder warf er nervös einen Blick über die Schulter, als könne ihm jemand folgen. Hinter jeder Windung der Straße, bei jeder Kreuzung erwartete er die Limousine mit den getönten Scheiben, die sich mit hoher Geschwindigkeit von der Seite heranschob; konnte es hören, das funkensprühende Kreischen von Metall auf Metall, wenn der Wagen sie rammte, das Splittern von Glas. Es würde alles so schnell gehen, dass dem Fahrer noch nicht einmal die Zeit bliebe, die Kugel in seiner Schläfe zu bemerken, und es hätte diese Hauswand sein können, die sie gerade passierten, dieser Lieferwagen, der ihnen dort entgegenkam, der ihnen beiden den Tod brachte. Wie eine Stinger-Rakete sah

Peter sich selbst vor seinem geistigen Auge mit dem Kopf voran durch die geborstene Windschutzscheibe in einen hoffentlich schnellen Tod fliegen, während seine Häscher ihren Wagen in einer schnellen Drehung quer zur Fahrbahn zum Stillstand brachten, und ein Mann mit ein paar schnellen Schritten zu dem qualmenden Wrack hinübereilte, um seinen Tod festzustellen. Ein Sprung zurück in den Wagen und sie wären davon, in der Luft hinge der Gestank von verbranntem Gummi, und aus der gerissenen Tankleitung tropfte Benzin.

Doch niemand folgte ihnen. Peter schloss die Augen und atmete tief durch. Diese Stadt machte ihn allmählich mürbe. Sie war wahrscheinlich einfach ein paar Jahrhunderte zu alt für einen Amerikaner wie ihn. Er sah überall Gespenster, und dabei war vermutlich in Wahrheit alles in Ordnung. Irgendwer war von irgendwem zufälligerweise im selben Hotel abgestochen worden, in dem für ihn ein Zimmer gebucht worden war. Der sabbelnde Alte hatte die Meldung irgendwo aufgeschnappt und in seinem wirren Monolog verwurstet. Mein Gott, der Typ war ein Psycho! New York war voll von solchen Gestalten, warum machte er sich hier einen Kopf darum?

Psycho? In Peter machte sich plötzlich eine rasende Unsicherheit breit. Diese Angst kannte er, doch nicht mit dieser Wucht. Was hatte er gesehen? War das alles nur eine Projektion? Ein innerer Film, gedreht an einem historischen Originalschauplatz? Besetzung Pariser Oper: Degas, na klar! Was wäre, wenn er nicht nur Zeuge dieser Szene gewesen war, sondern auch deren Regisseur?

Jedes Bild erzählt eine Geschichte. So war es ihm immer gegangen. Er konnte in die Geschichten der Bilder wie durch eine Kinoleinwand eintreten. Doch hier in Paris hatte das eine andere, neue Dimension angenommen. Die Richtung hatte sich geändert! Was wäre, wenn die Dinge und Menschen aus den Bildern in seine Welt treten würden? Und warum ausgerechnet jetzt?

Peter zuckte zusammen und riss die Augen auf, als der Fahrer so abrupt bremste, dass das Heck des Wagens ausbrach. Mit buschigem Schwanz und gesträubtem Nackenfell löste sich der fette Kater, der mitten vor ihnen auf der Straße kauerte, aus seiner Schreckstarre und huschte unter die parkenden Autos am Gehweg, bevor er mit einem erstaunlichen Satz auf eine Mauer sprang und sich dann in das dunkle Dickicht eines angrenzenden Gartens plumpsen ließ. Sonnenblumen. In dem Garten wuchsen Sonnenblumen.

Das Taxi setzte ihn kurz darauf vor dem »Bonséjour« ab, und Peter hatte bereits das Mobiltelefon am Ohr. Nach dem ersten Klingeln hob Charles ab. »Hast du mit Ferrara gesprochen?«, blaffte er.

»Wer ist Marcel Legros?«, gab Peter ungerührt zurück.

Eine kurze Pause. »Er ist nicht dein Problem. Hast du jemandem von deinem Auftrag erzählt? Weiß jemand von deiner neuen Adresse?«

»Lass uns lieber über die alten Zeiten plaudern, Charlie.«

Charles kicherte unsicher. »Du bist sauer. Okay. Vielleicht zu recht. Nein … bestimmt sogar. Die ganze Aktion läuft ein bisschen … komplexer als geplant. Ich dachte, Ferrara hat dich bereits informiert? Es sind ein paar Chinesen in der Stadt, die uns Sorgen machen. Irgendwie hat sich rumgesprochen, dass du im Auftrag von Chroseby in der Stadt bist. Und dass du nicht ich bist. Du solltest dich am besten ruhig verhalten. Bleib in deinem Hotel. Ich lasse dich morgen früh von einem Pariser Kollegen abholen, der dich zum Flughafen bringen wird.«

»Was erzählst du mir denn da?«, fragte Peter matt. Sorgen machen? In dieser Stadt gab es *einige* Leute, die ihm in den letzten Tagen Sorgen bereitet hatten. Der Anblick des sabbernden Alten in der Oper und die Schlagzeile mit dem Mord im Grand-Hotel zum Beispiel. Und die Motorradfahrer? Die waren Asiaten gewesen. Zumindest einer von ihnen. Genauso wie der geniale Kopist, der am Montmartre das Bild von Florence und Peter angefertigt hatte. Asiaten also.

»Was Marcel Legros angeht …«, hörte er Charles wie aus weiter Ferne sagen, »er ist so etwas wie Blumenstihls dunkler Trabant. Sie waren mal ein Paar. Blumenstihl fühlte sich von Legros' dunkler Seite angezogen. Ihm wurden auch Verbindungen zu Fälscher-Kreisen nachgesagt. Natürlich reizte das Blumenstihl, auch um ihre Forschungen über eine sogenannte Kopistenwerkstatt voranzutreiben. Später wurden sie sogar Geschäftspartner, bis Legros sich irgendwann ein noch lukrativeres Betätigungsfeld suchte. Fälschungen. Brillante Fälschungen. Im großen Stil, die in den 70er- und 80er-Jahren den ganzen Markt geflutet haben. Die beiden trennten sich. Man munkelt sogar, dass ein Kind aus der Beziehung hervorgegangen sein soll.«

Peter atmete rasselnd ein. »Wer zur Hölle bist du, Charlie?«

»Ich habe zwölf Jahren für eine Spezialabteilung von Scotland Yard gearbeitet. Ich bin einer der Guten.« Scotland Yard? Peter glaubte, sich verhört zu haben. »Du hättest es mir sagen können! An unserem Abend. In New York.«

»Ganz ehrlich, Peter? Ich hatte den Eindruck, du wolltest es lieber nicht wissen. Aus welchem Grund auch immer.«

Peter schleppte sich lahmen Schrittes die schmalen Stufen zu seiner Etage hinauf. Er fühlte sich betrogen und hintergangen.

»Monsieur Falcon! Für Sie wurde eine Nachricht hinterlassen!«

Peter hielt in der Bewegung inne, während der Portier, ein junger Typ von vielleicht dreißig Jahren, hinter ihm die Treppe hinaufeilte.

»Von wem?« Peter bemühte sich um einen beiläufigen Tonfall.

Die Stimme des Portiers bekam einen samtigen Klang, etwas Konspiratives schwang darin mit, und auch wenn die kurze, aber unangenehme Anspannung bei Peter schlagartig nachließ, verlieh sie diesem Moment eine intime Note, die Peter nicht behagte. »Ein Mann hat sich nach Ihnen erkundigt.«

Peter horchte auf. »Was wollte er?«

»Er wollte wissen, ob Sie hier wohnen und ob er Sie sprechen könnte.«

Peter wurde nervös: »Was haben Sie ihm gesagt?«

Verlegen strich der Portier an dem Holzgelände der Treppe entlang. »Nun ja, der Herr sah sehr vertrauenswürdig aus, und ich habe ihm ja auch nur bestätigt, dass Sie hier wohnen. Entschuldigen Sie bitte, war das nicht in Ordnung?!«

Charles hatte also recht. Sie suchten ihn bereits. »Natürlich war das *nicht* in Ordnung, aber das lässt sich ja jetzt nicht mehr ändern – wie sah der Mann aus?«

»Mittleres Alter, Geschäftsmann, sehr gepflegt, asiatischer Typ. Er hat mir seine Visitenkarte hiergelassen, mit der Bitte, dass Sie sich dringend bei ihm melden sollen.« Peters Herz begann zu rasen. Ohne ein weiteres Wort entriss er dem Portier die Karte und verschwand auf sein Zimmer. Der schwere Koffer mit seinen Einkäufen stand bereits auf der niedrigen Kommode vor dem Ankleidespiegel. Peter öffnete hektisch die unterste Schublade. Aus Sicherheitsgründen hatte er das Geld dort versteckt. Ein armseliges Versteck, wie er sich nun eingestand, aber ein sicheres. Das Geld war noch da.

Er atmete tief ein und ließ sich aufs Bett fallen. Was wollten sie von ihm? Florence. Legros. Die Chinesen. Charles. Tausend Bilder rasten durch seinen Kopf, als plötzlich sein Handy summte. Eine Nachricht von Florence. Sie freue sich schon auf ihr Treffen.

Völlig überfordert ließ Peter sich kurz darauf im Bad eiskaltes Wasser über das Gesicht laufen. Wollte er Florence überhaupt wiedersehen? Unschlüssig ließ er sich auf sein Bett fallen, dabei fiel sein Blick auf die Karte von Florence. Die japanische Brücke auf der Rückseite zog ihn magisch an. Schließlich fasste er einen Entschluss: Er würde fahren. Und er würde Antworten bekommen.

Das Original

Vernon roch nach altem Frittierfett, und das Gebäude des kleinen Bahnhofs war offensichtlich mit diebischer Freude von Stadtplanern gestaltet worden, die glaubten, Projekten durch stilistische Elemente mit dem gewissen Augenzwinkern den Schmelz des Außerordentlichen verleihen zu können. Ein Ballhaus also. Pompös.

Peter ließ seinen Blick über den Bahnhofsplatz und die angrenzenden Häuser schweifen. Von den Fassaden blätterte der Putz und erzählte die Geschichte eines Ortes, der seine beste Zeit weit hinter sich gelassen hatte und in der Gewissheit erstarrt war, dass es keinen Weg zurück gab. Bis Giverny waren es weitere sechseinhalb Kilometer, und es sah ganz danach aus, als seien sämtliche Taxen des Ortes gerade unterwegs. Zwei Touristen mit käsigen Waden und kleinen Rucksäcken versuchten die Geheimnisse eines Busfahrplanes zu ergründen, der an einer Haltestelle an der Straße angeschlagen war. Während einer der beiden im Fünf-Sekunden-Takt ratlos mit den Schultern zuckte, zog der andere synkopisch immer wieder den Ärmel seiner Windjacke zurück, um einen prüfenden Blick auf die Armbanduhr zu werfen. Von der gegenüberliegenden Straßenseite stach Peter in diesem Moment das vor einem Straßencafé aufgestellte Schild mit dem charmant radegebrochenen Imperativ »Here rent bicycles« ins Auge. Eine großartige Idee. Er würde eine Landpartie unternehmen. Eine frische Brise würde ihn tragen. Und im Gegensatz zu New York hatte er hier die allerbesten Chancen, lebend ans Ziel zu gelangen.

Kurz hinter Vernon tauchten die grünen Hügel der Normandie aus dem trüben Zwielicht auf, und als er sich auf der Landstraße Richtung Giverny bergan kämpfte, wurde der Verkehr zunehmend dichter. In beiden Fahrtrichtungen waren Autos, Campingmobile und Reisebusse unterwegs, von denen ihn einige beim Überholen mit einem kurzen Fanfarenstoß aus ihren Hupen bedachten, was wahrscheinlich überwiegend als freundliche Geste der Unterstützung gedacht war, aber mindestens einmal auch eine diskriminierende Note aufwies, die das rhythmische Schaukeln seines Hinterns betraf, wie er dem aus einem heruntergekurbelten Autofenster abgesonderten Kommentar einer Gruppe junger Briten entnehmen konnte. Er bedankte sich mit Kusshand und wünschte den Fahrern insgeheim eine zünftige Kollision mit einem der Bäume, die die Allee säumten.

Als er die letzte Hügelkuppe mit rasselndem Atem genommen hatte und sich auf das kleine Dorf zurollen ließ, das sich unten im Tal inmitten einer pittoresken Landschaft aus

Wiesen und einzeln stehenden hohen Laubbäumen eng an die bewaldete Anhöhe schmiegte, sah er, dass das Ende des Staus bis weit die Straße hinauf reichte. Auch wenn er damit gerechnet hatte, nicht der einzige Lustwandler im Garten des alten Meisters zu sein, war er von dem Andrang überrascht. Ziel der Blechkolonne war offenbar ein riesiger Parkplatz, der so überfüllt war, dass sich die Fahrzeuge nur im Schritttempo aneinander vorbeibewegten, und gerade entstieg eine weitere Ladung Passagiere einem der Reisebusse, um sich in den breiten Strom an Menschen einzureihen, der sich die Dorfstraße entlangzog. Obwohl schon hinter dem Ortsschild die ersten Hinweisschilder den Weg in Richtung »Monets Maison et Jardins« wiesen, brauchte Peter einfach der Laufrichtung der anderen Besucher zu folgen, an denen er im Slalom vorbeiradelte. In einigen der mit grobem Stein gemauerten Häusern zu beiden Seiten der schmalen Straße, die zum Anwesen des Malers führte, hatten sich hinter mit dichtem Efeu bewachsenen Mauern Künstler mit ihren Ateliers niedergelassen und warben auf bunten Plakaten für ihre Interpretation einer Epoche, die nur noch zu kopieren war. Vielleicht hofften sie, die Brise, die an den Abenden aus dem Garten des alten Meisters hinüberstrich, trage die Essenz des Genialen in sich, die auch ihren Bildern einen rätselhaften Zauber verleihen könnte. Oder das verachtenswerte Leben als Trittbrettfahrer hatte sie schon längst dem Alkohol in die Arme getrieben.

Die beeindruckend lange Besucherschlange vor dem Eingang zum Anwesen des Künstlers machte Peter schon bei ihrem bloßen Anblick mürbe. Er schob das Fahrrad die letzten Meter die kleine Anhöhe hinauf und schloss es ordnungsgemäß an einen Laternenpfahl fest, bevor er mit seinem Taschentuch die Patina aus Schlammspritzern vom edlen Leder seiner Schuhe wischte. Gerade wollte er sich in die Schlange einreihen, als sich die großen Zufahrtstore öffneten und eine dunkle Limousine den wartenden Besuchern in gemächlichem Tempo entgegenfuhr. Peter schien es, als verlangsame der Fahrer sein Tempo, als er direkt neben ihm war. Hinter den getönten Scheiben war keinerlei Regung auszumachen, und der Motor des Wagens gurgelte jetzt im Leerlauf. Beklommenheit stieg in Peter auf, und instinktiv beugte er sich vor, um hinter den getönten Scheiben vielleicht doch etwas zu erkennen. Doch da legte der Fahrer erneut den Gang ein, und die Limousine brauste in hohem Tempo davon, wobei der Kies unter den Reifen wie das Brechen von Knochen knirschte und eine Wolke aus aufgewirbeltem Staub die nun hustenden Umstehenden umfing. Benommen blickte Peter der Limousine hinterher. War das nicht die gleiche Limousine gewesen, aus der Legros heute Mittag vor der Oper gestiegen war? In seinem Reiseführer hatte er gelesen, dass das gesamte Anwesen von den Erben Monets der in Paris ansässigen Stiftung der Schönen Künste vermacht worden war, und es fiel ihm nicht schwer zu glauben, dass einige wichtige Personen so etwas wie einen goldenen Schlüssel besaßen, der ihnen den freien Zugang zu jedem Museum und jeder Galerie dieser Stadt gewährte. Die Besucherschlange bewegte sich, sodass sein Blick auf ein Hinweisschild an einem Seiteneingang fiel: »Entrée pour des employés et pour des groupes«. Der Eingang für Angestellte oder Gruppen also. Einen Versuch war es wert. Umständlich erklärte er der Dame an der Tür sein Anliegen, und tatsächlich erwies sich der Name Florence als grandioser Türöffner.

Wie in Trance stand Peter kurze Zeit später inmitten der riesigen Halle, in die man nach dem Lösen des Eintrittsbillets gelangte. Milchiges Licht fiel durch die Oberlichter auf eine dicht gehängte Galerie mit Repliken von Monets Werken, in Vitrinen wurde Glashandwerk mit floralen Motiven feilgeboten und eine murmelnde Besucher-Masse fingerte sich durch Drehständer mit handgewebten Seidentüchern, T-Shirts und Windjacken, die mit Seerosenmotiven bedruckt waren. Peter versuchte seine Gedanken zu ordnen. Der Blick in die dunkle Leere der Limousine erfüllte ihn noch immer mit Unbehagen. Mit einem Mal fühlte er sich sehr unwillkommen an diesem Ort. Als der Wagen neben ihm hielt, hatte er etwas Kaltes, Bedrohliches gespürt und sich nicht nur beobachtet, sondern belauert gefühlt. Die verschwiegenen Blicke zwischen Ferrara und Myers und Charlies Warnung kamen ihm in den Sinn. Vielleicht bewegte er sich tatsächlich auf dünnerem Eis, als ihm bewusst war.

Doch als Peter endlich hinaus ins Freie trat, schmolzen seine düsteren Gedanken wie Vampire im Licht der aufgehenden Sonne. Obwohl die Wege des Gartens überfüllt von Menschen waren, lag über allem eine sonderbare Stille – nichts als das Zwitschern der Vögel und das Summen der Bienen. Wie in einer Kathedrale schien jeder hier den Impuls zu verspüren, seine Stimme zu senken. Peter fühlte sich wie in einem magischen Reich, während er fasziniert dem Parcours unter einem Spalier von Kletterrosen folgte.

Monet hatte das gesamte Grundstück mitsamt des geräumigen Landhauses, den zwei Hektar Obstgärten und der saftigen Wiesen im Jahr 1883 für seine große Familie angemietet. Selbst im Winter blühten hier – den botanischen Beschriftungen zufolge – Christrosen und Winterjasmin in den unzähligen Rabatten, und jetzt erstrahlte ein Feuerwerk aus Rosen in allen Farben, Gladiolen, Lavendel, Schmetterlingsflieder und Seerosen. Die große Wiese zu seiner Rechten war durchwebt von einem dichten Gänseblümchen-Teppich, und am hinteren Ende des Gartens lockten drei Gewächshäuser mit exotischen Orchideen, Begonien, Feigen und tropischen Pflanzen. Eine ganze Leinwand von Motiven, die sich im Wechsel der Jahreszeiten neu erfanden, und in jeder Minute, in der das Licht in einem neuen Winkel durch die Zweige fiel, eine andere Nuance aus dem Meer an Farben hervorkitzelte. Das Bild von Melinda erschien so abrupt in Peters Kopf, dass sich sein Magen kurz zusammenzog. Melinda, die in den fernen Catskill Mountains vielleicht noch immer auf seinen Anruf wartete. Er roch den Duft ihres Parfums und konnte sie förmlich vor sich sehen, wie sie mit entrücktem Gesicht durch die Anlage stolperte und ihre Nase in jeden Blütenkelch steckte, der ihr am Wegesrand entgegenschwang. Für einen kurzen Moment fühlte er sich wie ein erbärmlicher Verräter, der er womöglich auch war. Er vermisste sie auf eine plötzliche, fast schon schmerzhafte Art, doch der Gedanke und das Gefühl verschwanden so schnell, wie sie gekommen waren und flogen mit einem kleinen Schwarm an Staren davon, die krachend aus dem Geäst einer Eibe davonstoben.

Florence.

Peter war mittlerweile an der Südseite des Blumengartens angekommen. In der hier angelegten Wasserlandschaft herrschte eine vollkommen andere Stimmung als in der farbensprühenden Welt, der Peter gerade entstiegen war. Die Wolkendecke war ein wenig aufgerissen, Licht fiel durch das helle Grün der Bäume und spiegelte sich kühl in der ruhigen Oberfläche des Seerosenteiches, auf dem zwischen dunklen Blättern Knospen zu sehen waren. Unter einer Reihe von

Pappeln machte Peter es sich auf einer Bank bequem, von der aus man einen wunderbaren Blick über den See hatte. Die Japanische Brücke lag in seinem Blickfeld genau auf der gegenüberliegenden Seite des Teichs, und auch wenn er den schlichten Holzbogen sofort wiedererkannt hatte, zog er zum Abgleich noch einmal die Postkarte aus der Innentasche seines Jacketts hervor. Er würde sich dort nicht die Beine in den Bauch stehen und wie ein nervöser Schuljunge auf Florence warten. Eine Stunde war es noch bis zum vereinbarten Treffen mit Florence, und dies hier war ein perfekter Platz, um sich nicht allzu früh aus der Deckung wagen zu müssen. Zufrieden schloss er die Augen.

Ein fernes Rufen ließ ihn aufschrecken. Er musste für einen kurzen Moment eingenickt sein. Eine sonderbare Stille lag über dem See. Die Touristen, die er eben noch am anderen Ufer gesehen hatte, waren verschwunden, und selbst der Gesang der Vögel war verstummt. Ein Schleier aus Hochnebel hatte sich vor die Sonne geschoben, und der See lag in einem gleißenden Streulicht, sodass er seine Augen mit der Hand abdecken musste, um nicht geblendet zu werden. Er rappelte sich von der Bank hoch.

»Monsieur!«

Ein leises Rufen. Peter blickte sich um, aber da war niemand.

»Monsieur! Hier unten!«

Er machte ein paar Schritte vorwärts. Am Rande der abfallenden Uferböschung, dort, wo das Schilf begann, in einem dichten Gürtel auf das Gewässer hinauszuwachsen, lag ein Ruderkahn. Von dem Mann an Bord, der gebückt auf der kleinen Sitzbank hockte, war nur die Silhouette zu erkennen. Er trug einen weit geschnittenen Anzug und einen breitkrempigen Sonnenhut, der ihm weit ins Gesicht gerutscht war. Hilflos bewegte er die Ruder hin und her, die sich irgendwo in dem hohen Flechtwerk der Pflanzen verfangen hatten.

»Ich weiß nicht, ob Sie mich verstehen können«, rief Peter und deutete auf einen der Riemen. »Sie müssen sich damit vom Grund abstoßen!«

»Ein Amerikaner!« Erst jetzt bemerkte Peter, wie alt der Mann war, der sich nun mit zitternden Knien von der Bank zu erheben versuchte, wobei das Boot gefährlich zu schaukeln begann. Leise jammerte er dabei vor sich hin.

»Warten Sie, ich helfe Ihnen.« Nach einem kurzen Moment des Zögerns zog Peter Schuhe und Strümpfe aus und watete, seine Tasche mit einer Hand auf dem Kopf balancierend, durch das knietiefe Wasser auf das Ruderboot zu.

»Danke, Monsieur, das ist sehr freundlich von Ihnen«, sagte der ältere Herr und ließ sich ächzend auf der Damenbank im Vorschiff des Kahns niedersinken, als Peter das Boot mit einem kräftigen Schub aus seiner misslichen Lage befreite. Der Mann strich sich leise nach Luft ringend über seinen langen, weißen Bart, der wie Zuckerwatte über sein Revers fiel. In seinem derben Flanellanzug wirkte er auf Peter wie der alte Gärtner dieses Anwesens.

»So, Sie sind frei. Kommen Sie klar? Ich meine, wo wollten Sie denn hin?«

Der alte Mann rang noch immer nach Luft und deutete matt mit dem Daumen über seine Schulter. »Ach, könnten Sie mir noch einen … Gefallen tun«, japste er. »Zur … Brücke.«

»Ich …«, Peter warf einen unschlüssigen Blick auf seine Armbanduhr, aber die Lichtreflexe auf dem Wasser blendeten ihn so stark, dass er die Zeiger nicht erkennen konnte. Doch es musste noch genug Zeit übrig sein. Er konnte es spüren, auf eine Weise, die er nicht verstand. Also eine Bootspartie. Er stellte seine Schuhe und die Tasche neben die Ruderbank und schwang sich an Bord. Mit ruhigen, langsamen Ruderschlägen trieb Peter den Kahn auf den Teich hinaus, und der alte Mann kam langsam wieder zu Atem. Seine schrundige Hand, deren Haut so brüchig war wie dünnes Pergament, tastete nach Peters Tasche, die zu seinen Füßen lag.

»Sie sind ein Suchender, junger Freund?«

Überrascht schaute Peter auf. Der alte Mann lächelte und zog den Stumpen einer Zigarre aus der Brusttasche seines Jacketts. Peter unterbrach seine Ruderbewegungen und reichte ihm Feuer aus einer Streichholzschachtel, die der Mann aus der anderen Tasche hervorgenestelt hatte. Als er die Zigarre zum Glühen brachte, legte er seine Hände um Peters. Sie waren warm und erstaunlich weich.

»Vielleicht haben Sie recht. Ich bin auf der Suche nach Antworten«, erwiderte Peter. »Antworten, die hoffentlich Licht ins Dunkle bringen.«

»Das ist gut.« Der alte Mann zog an seiner Zigarre. »Licht ist ein kostbares Elixier. Es ist wie ein Bild der Welt, alles ist wandelbar, der Begriff der Zeit verbindet sich mit dem Spielen des Lichts, und das Lichtempfinden freut sich an den beweglichen Elementen der Natur, an Luft und Wasser, am zarten Wechsel der flüchtigen Stunde und der Jahreszeit…« Er beugte sich zu Peter nach vorn und ergriff seine Hand. Peter ließ die Ruder im Wasser schleifen. Das Boot trieb auf der Mitte des stillen Sees.

Der alte Mann richtete sich wieder auf. Erst jetzt fielen Peter die eingetrockneten Farbspritzer auf den Ärmelenden seiner Jacke auf. Natürlich, er war Maler.

Wie sein Vater.

»Schauen Sie sich um, was erblicken Ihre Augen?«, rief der alte Herr aufgeregt und breitete seine Arme über den See aus.

Peter verstand nicht, bis er bemerkte, dass der Mann blind war.

Da erst drehte er sich zur Seite und folgte dem Fingerzeig des Alten: »Nun, ich sehe im Hintergrund ein wenig Bambus und Schilf, das in dichter Reihung am Ufer steht. Dann ein paar große Trauerweiden, Iris und … das dürften Tamarisken sein. Dann einen großen Teich, auf dem dieses Ruderboot liegt. Ich sehe ein großes Netz aus Seerosen, deren Knospen kurz davor sind, aufzubrechen. Im Wasser spiegeln sich die wandernden Wolken am Himmel und …«

»Sehen Sie, sehen Sie« rief der Alte aufgeregt, »ist es nicht großartig?«

Das Boot schwankte bedenklich, und die hektischen Flecken im Gesicht des Mannes erblühten zu neuem Leben. Schnell sagte Peter: »Ich glaube Ihnen, ich bin ganz auf Ihrer Seite, verstehen Sie? Sie sollten sich nicht zu sehr aufregen.«

Der Mann sackte in sich zusammen und schüttelte langsam den Kopf: »Wieder habe ich mir Dinge vorgenommen, die nicht zu sehen sind. Aber diese Arbeit könnte mich den Verstand kosten.« Er seufzte unglücklich.

Peter dachte an seinen Vater. Auch der hatte den Verstand verloren. Ob es die Drogen gewesen waren? Oder die intensive Arbeit im Atelier bis zum Morgengrauen? Peter hatte seinen Vater bewundert. Ihn zu verlieren, war für Peter ein sehr schmerzhafter Prozess gewesen. »Auch mein Vater war Maler«, sagte er jetzt zu dem alten Mann. »Er war von Geburt an taubstumm. Vielleicht hat ihm genau das ermöglicht, Dinge jenseits von Sprache auszudrücken …«

»Ja, das Wort oder das Motiv an sich bedeutet nichts. Es geht darum, was zwischen ihm und mir vorgeht«, erwiderte der alte Mann.

Was zwischen dem Motiv und mir vorgeht …

Peter hörte zum ersten Mal einen Satz, der das beschrieb, was ihn beschäftigte. Das war der Dialog, der sich erstmals eingestellt hatte, als Peter als Kind vor den Leinwänden seines Vaters stand.

»Was ist aus Ihrem Vater geworden?«

»Leider kein erfolgreicher Künstler. Darüber hat er vielleicht seinen Verstand verloren. Er ist vor ein paar Jahren gestorben.«

»Wissen Sie, auch von Vincent van Gogh behauptet man, er hätte seinen Verstand verloren, vielleicht darüber, dass er zu Lebzeiten keine Anerkennung erfuhr. Sein Bruder Theo schickte ihm diesen Nervenarzt nach Südfrankreich, ich glaube Dr. Gachet hieß er. Und stellen Sie sich vor, was er feststellte: Er sah nicht die Krankheit Van Goghs, sondern sein Genie! Stundenlang unterhielt er sich mit ihm, ging mit ihm in die Natur und lernte so Van Goghs Weltsicht kennen – das, was zwischen ihm und der Natur vor sich ging. Bis der Doktor, selbst ambitionierter Hobbymaler, anfing, Bilder im Stil Van Goghs anzufertigen! Das, was Van Gogh zu Lebzeiten nicht schaffte, ging nach dessen Ableben plötzlich gut: Bilder im Malstil von … gut zu verkaufen. So gut, dass der Doktor seinen Beruf an den Nagel hängte, eine Malschule gründete und kräftig Handel mit den dort entstandenen Bildern trieb. Er wurde ein reicher Mann.«

»Denken Sie, dass Bilder aus dieser Werkstatt heute in den Museen hängen?«

Sie näherten sich langsam der Japanischen Brücke, und

der alte Mann lächelte milde, als spüre er Peters Erregung: »Das mag ich nicht zu beurteilen. Aber wissen Sie, junger Mann, zeitlebens war ich immer fasziniert von der asiatischen Kultur. Ich habe hier eine beträchtliche Sammlung japanischer Kunst zusammengetragen. Wenn Sie später Zeit haben, schauen Sie sich doch die Bilder in dem Haus an. Sie werden Sie beeindrucken. Und wissen Sie was? Es handelt sich um Kopien, denn es sind ja Holzdrucke – also Abdrucke von einem Original. In der asiatischen Kunst ist das Original kein absoluter Wert, und es gibt kein entscheidendes Gefälle innerhalb der Wertschätzung von Original und Kopie. – So, nun sind wir angekommen.«

»Ich danke Ihnen. Es war eine sehr … interessante Bootstour. Darf ich Ihnen beim Aussteigen behilflich sein?« Peter reichte dem alten Mann die Hand zum Abschied.

Er blickte in ein zahnloses Lächeln: »Ich schulde Ihnen Dank, junger Freund. Aber meine Reise geht noch ein wenig weiter.«

Peter schüttelte den Kopf. »Nein, nein, ich muss Ihnen danken. Ich weiß jetzt wieder, was Kunst ist …«

Der Alte stützte sich an Peters Schulter ab, um auf der Ruderbank Platz zu nehmen. Dann ergriff er die Riemen und Peter sprang auf den Steg. Der Alte dümpelte mit dem Boot auf den Teich zurück und wurde vom sanftem Wind allmählich unter die Brücke getrieben. Er schob seinen Hut ein Stück in den Nacken, und Peter erschrak, als er den weißen Schleier auf seinen Augen sah.

»Öffnen Sie Ihre Augen«, rief der Alte zu ihm hinüber. »Die Wahrheit liegt vor Ihnen!« Ein plötzlicher Windstoß verschluckte die letzten Silben seines Satzes und ließ den alten Mann im Schatten der Bäume verschwinden.

Peter war vom Zugang des Stegs auf die Brücke geeilt und beugte sich weit über die Balustrade. Er hatte erwartet, das Boot hier wieder ans Tageslicht kommen zu sehen, doch der alte Mann war verschwunden. Das Blut pochte in Peters Kopf, und plötzlich brandeten die Geräusche des Parks wieder in seinen Ohren auf – das Rauschen der Brise im Zweigwerk der Bäume und das Schnattern der Enten auf der Mitte des Teiches. Mit einem lauten Knacks gab die Balustrade nach. Peter verlor das Gleichgewicht und wäre kopfüber auf die verrosteten Überreste eines alten Stahlträgers gefallen, der sich genau an dieser Stelle im See befand, wenn ihn nicht im letzten Moment eine Hand zurückgezogen hätte.

»Peter, was hast du vor?«, fragte eine wohlbekannte Stimme hinter ihm.

Florence!

Er wankte herum und hielt sich für einen Augenblick an ihr fest. Sie trug einen taillierten roten Mantel, ihre dunklen Locken waren zu einem Pferdeschwanz gebunden, und in ihren rehbraunen Augen flackerte eine Mischung aus Angst und Unsicherheit.

»Jesus!«, war das Einzige, das Peter herausbrachte.

Eine fast unmerkliche Falte legte sich auf die schmale Stelle zwischen ihren Augenbrauen. Die fein geschwungenen Linien ihrer Lippen formten ein kokettes Lächeln, und schon hauchte sie ihm zur Begrüßung zwei Küsschen auf die Wange.

»Was war das denn«, stammelte Peter. »Also du … du bist mein Schutzengel.« Vorsichtig näherte er sich dem Loch in der Brüstung, wo er noch vor wenigen Sekunden gestanden hatte.

»Viele dieser Brücken sind leider inzwischen morsch und dürften eigentlich nicht mehr betreten werden«, erklärte sie und wollte ihn gerade von der Brücke ziehen, als ihm die hellen Sägespäne am Geländer auffielen. Er wollte stehen bleiben, sich das Ganze genauer anschauen und Florence darauf aufmerksam machen, aber mit einem unerwartet starken Ruck, den Peter einer so zarten Person niemals zugetraut hätte, zog sie ihn vorwärts. Er stolperte, verhedderte sich an einer der Stufen – und fiel mit voller Wucht in ihre Arme. Benommen rappelte er sich auf und suchte nach Worten der Entschuldigung, während Florence völlig entspannt etwas Schmutz von ihrer Jacke schüttelte und breit grinste: »Ihr Amerikaner habt aber eine interessante Art, Frauen den Hof zu machen.«

Peter war immer noch zu perplex für eine angemessene Entgegnung. Erst der Sturz, und nun der Stolperer. Florence musste ihn für einen lebensmüden, alten Trottel halten. »Ich hoffe, du kannst mir verzeihen wegen Legros?«, sagte sie und biss sich auf die Lippen, was wahrscheinlich süß aussehen sollte.

»Woher kennst du ihn? Ich habe euch heute Mittag zufällig bei der Oper gesehen.«

»Er ist mein Patenonkel. Manchmal fährt er mich zur Oper. Er liebt es, mich tanzen zu sehen.«

Seine Gesichtszüge entgleisten. »Dein ... dein *Patenonkel*?«

Peter erstarrte.

»Marcel hat ...« Florence unterbrach sich. »Ich glaube, du bist verletzt.« Sie zeigte auf seine Stirn. Ohne zu überlegen, fasste Peter dorthin und zuckte schmerzverzerrt zusammen. Es brannte höllisch. Ein Blick auf seine blutigen Finger genügte, damit ihm wieder flau und seine Beine wackelig wurden. »Die Wunde muss gereinigt werden«, stellte sie fest, doch er hörte ihr gar nicht mehr richtig zu. Fassungslos starrte er sie an. Dann war also alles ein perfides Spiel? In Sekundenschnelle ging er das gestrige Kennenlernen durch. Sie war ein paar Minuten nach ihm ins Bistro gekommen und hatte sich selbstbewusst eingeladen. Was für ein Esel er war! Florence hatte ihm im Auftrag von Legros aufgelauert, um ihm Informationen zu entlocken.

Peter fühlte sich gedemütigt und vorgeführt. Aber noch hatte er nichts von Chroseby und seinem eigentlichen Auftrag erzählt. Seine Tarnung als Charles war natürlich zunichte, aber was nützte das schon Legros? Mühsam richtete Peter sich auf und versuchte sich vergebens an einem bitteren Lächeln und um einen freundlichen, aber distanzierten Tonfall: »Du bist also die ganze Zeit im Auftrag deines Patenonkels unterwegs, um zu erfahren, was ich von Blumenstihl will? Ich bin doch nicht quer über den Atlantik geflogen, um mir von dir etwas vorspielen zu lassen! Bezahlt dich dein Patenonkel wenigstens gut dafür, dass du mit fremden Männern flirtest?«

Doch Florence ging nicht darauf ein; stattdessen standen mit einem Mal Tränen in ihren Augen: »Peter, es ist etwas Schreckliches passiert! Sie haben *Maman* entführt …«

»Deine Mutter?«

»Ja, meine Mutter. Bernardine … Blumenstihl ist meine Mutter.«

Peter traute seinen Ohren nicht.

»Ich habe solche Angst, dass sie ihr etwas antun werden. Ja, ich weiß, wir kennen einander erst seit Kurzem. Aber ich vertraue dir. Bitte, bitte hilf mir!«

Peter hatte es die Sprache verschlagen. Er stand im Blumengarten zu Giverny, blutend, mit dem Verdacht einer ganzen Fälschungsreihe, die möglicherweise über das Wohl und

Wehe eines millionenschweren Kunstmarktes entscheiden konnte, und war kurz davor, sich von der Tochter einer weltberühmten Kritikerin erweichen zu lassen, eben diese Kritikerin zu suchen – weil sie entführt worden, und er scharf auf ihre Tochter war. Umständlich räusperte er sich: »Wann hattest du das letzte Mal Kontakt zu ihr? Wann ist sie verschwunden?«

»Vor etwa zehn Tagen, glaube ich. Wir haben telefoniert. Da sprach sie auch davon, dass sie auf ganz neue Erkenntnisse für ihre Forschung gestoßen wäre. Seitdem ist sie verschwunden.«

Peter kombinierte, dass dies ein Zeitpunkt nach dem Eingang der Mail bei Chroseby gewesen sein musste.

»Glaubst du, dass ihre neuen Erkenntnisse vielleicht etwas mit der Entführung zu tun haben könnten? Hast du die Polizei informiert?«

»Nein, ich würde es besser finden, wenn *du* dich erst mal der Sache annehmen könntest. Es gibt da ein paar Dinge, über die ich jetzt nicht reden kann.«

Peter wurde misstrauisch. Was sollte das denn bedeuten? Er war doch kein Agent, und falls Blumenstihl tatsächlich in Gefahr war, konnte er unmöglich für ihre Sicherheit garantieren. »Wer könnte denn deiner Mutter etwas antun wollen?«, brachte er schließlich hervor.

»Die Chinesen!«

»Welche Chinesen?«

»Na, du hast mir doch selbst von den Zhang Weis erzählt! Weißt du eigentlich, mit wem es du da zu tun hast?« Ohne Peter zu Wort kommen zu lassen, fuhr Florence fort: »Zhang Wei hat als Taxiunternehmer angefangen, hat dann aber bald sein Geld in zwei Dinge investiert, die ihm sein Vermögen bescherten – das Shanghaier Nachtleben und die Kunst! Für Letztere ist seine Frau zuständig. Sie sind dabei, die größte Sammlung europäischer Kunst in China aufzubauen.«

»Und was hat deine Mutter damit zu tun?«

»Sie könnte ihnen mit ihren Forschungsergebnissen ungemütlich werden! Stell dir vor, es kommt raus, dass ein paar Schlüsselwerke ihrer Sammlung …«

»… auch bei deiner Frau Mama auf der Liste stehen«, schloss Peter.

»Richtig, Mister Detective!« Kurz kehrte das bezaubernde, spitzbübische Lächeln in ihr Gesicht zurück, doch sofort wurde sie wieder ernst: »Wirst du mir nun helfen, meine Mutter wiederzufinden?«

Er zögerte kurz, und Florence stemmte die Arme in ihre Hüfte wie ein trotziges Kind: »Komm, entspann dich, Peter. Schau mal, Legros ist mein Onkel, auch er wird uns helfen! Er hätte sicher nichts dagegen, wenn du mir alles erzählst.«

Erstaunt stellte Peter fest, dass er – trotz oder wegen der Offenbarung ihres falschen Spiels – noch immer nicht weniger Gefallen an ihr fand. Wie weit würde sie wohl mit ihm gemeinsam gehen?

»Du bist viel zu verspannt, Peter. Lass doch einfach mal los.« Sie begann zu lachen. Hatte sie gerade nicht noch geweint? Peter war irritiert. Ganz unvermittelt begann sie, ihn am Bauch zu kitzeln. Er wand sich aus ihrem Griff und biss die Zähne zusammen. Sie lachte sich halbtot, und jetzt konnte auch er ein Prusten nicht mehr unterdrücken. Seine vermeintlich zufällige Bekanntschaft war die Tochter der verschwundenen Blumenstihl. Diese war auch *tatsächlich* verschwunden. Der Kerl, der ihm, Peter, erzählt hatte, Blumenstihl sei nur verreist, war Florences Onkel. Und eben jene Florence, die ihm soeben erst vom Verschwinden ihrer Mutter erzählt hatte, wollte nicht nur partout keine Polizei einschalten, sondern rangelte jetzt – wenige Sekunden nach der Offenbarung über ihre mutmaßlich entführte Mutter – kichernd mit ihm auf der Wiese herum, statt in Tränen aufgelöst und krank vor Sorge in, na ja, zum Beispiel seine Arme zu sinken. Es war wirklich zu absurd.

Er bemerkte die indignierten Blicke eines älteren Ehepaares, das vorüberschritt, und dachte an Myers, den alten Sitzriesen, und Ferrara mit ihrem altbackenen Halstuch. Florence kitzelte ihn immer noch, er sah Melinda in einem mittlerweile mit Laub und leeren Getränkebechern zugemüllten Yankee-Stadion hocken, und er stieß jetzt spitze Schreie aus. Sie fielen beide ins nasse Gras, und das Lachen brach so laut aus ihm heraus, wie es seit Jahren nicht mehr geschehen war.

Er hatte sich gehen gelassen, aber es hatte ihm gutgetan, und er war standhaft geblieben. Peter wischte sich noch Lachtränen aus den Augen, als sie gemeinsam die letzten Meter zum Eingang von Monets Villa zurücklegten.

Die düsteren Wolken waren verschwunden.

Einfach weggelacht.

An der zum Garten gewandten Seite des Wohnhauses hatte man Spaliere für Klematis, Kletterrosen und wilden Wein befestigt, und die hölzernen Fensterläden waren, wie auch Türen und die Veranda, in dem gleichen Grünton wie die Japanische Brücke gestrichen. In einer großen, komplett gekachelten Küche griff Florence zu einem Notfallkoffer in einem der Küchenschränke. Gekonnt desinfizierte sie seine Wunde mit ihren zarten Fingern und klebte ein Pflaster auf seine Stirn. Trotz allem genoss Peter jede ihrer Berührungen.

Er dachte an das Foto, auf dem er Bernardine Blumenstihl in New York gesehen hatte. Eine schöne Frau. Florences Mutter? Ja, er würde ihr helfen. Sollte sie doch Legros' Patentochter sein und ihn aushorchen! Hatte der blinde Maler nicht gemeint, er solle den Augenblick genießen? Genau. Und den würde er jetzt auch einfach mal genießen. Schließlich gelangten sie in die Wohnräume des ehemaligen Besitzers, an deren Wänden Hunderte japanischer Farbholzschnitte hingen. Sie waren die letzten Besucher, und die Dielen unter ihren Füßen knarrten bei jedem ihrer Schritte. Vor einer der Grafiken blieb Florence stehen. »Ich glaube, heute hätte Monet Mangas gesammelt.«

Aus der Nähe musterte Peter fasziniert eine der Grafiken, die einen Drachen über dem heiligen Mount Fujiyama abbildete. »Du magst Comics?«

Florence trat neben ihn. »Oh, ich liebe sie.«

Peter deutete auf ein Detail der Grafik: »Der Mann, der diese zauberhaften kleinen Kunstwerke geschaffen hat, heißt Hokusai. Er hat sein ganzes Leben damit zugebracht, sein Handwerk zu perfektionieren. Siehst du, wie er hier den Vorder- und Hintergrund gestaltet? Hier vorne sind die Silhouetten der Landschaft einfach nur angerissen, wie man es von Scherenschnitten her kennt, und im Zentrum des Bildes dann diese unglaubliche Farbexplosion. Mit der gleichen Bildästhetik arbeiten die japanischen Zeichner heute noch. Von daher stimmt deine Beobachtung. Wenn du so willst, war Hokusai der Urvater der Manga-Kultur.«

Florence nickte anerkennend. »Und Monet der Pionier aller Comic-Sammler …«

Das Bild daneben war ein bekannter Druck des Künstlers Hiroshige: Abendregen über der großen Brücke von Atake.

Peter deutete darauf: »Schau mal. Das hier stammt aus einem Bilderzyklus, der einhundert verschiedene Ansichten des alten Tokios zeigt. Von diesem Motiv gibt es verschiedene Auflagen. Van Gogh gehörte eine davon. Es existiert sogar eine von ihm gemalte Kopie.«

»Also war auch Van Gogh ein Kopist!«, grinste Florence, und Peter nickte langsam: »Irgendwie schon … Hm. Also: Ja, japanische Kunst war unter den französischen Impressionisten unglaublich populär. Monet, Degas, Gauguin, Van Gogh. Allesamt begeisterte Fans. Auf der anderen Seite waren die Japaner vollkommen verrückt nach allem, was zu dieser Zeit aus Europa kam. Das war für beide Seiten ein ziemlicher Rausch; man hat sich gegenseitig beeinflusst, auch abgekupfert, voneinander gelernt. Es wurde in riesigen Stückzahlen produziert, ein totaler, früher Pop-Art-Hype, eine interkontinentale *Factory*-Version.«

»Da kommt mir so ein Gedanke, Peter. Wenn doch diese Kopie von Van Gogh heute als Original in einem Museum hängt – ich glaube, in Amsterdam –, können dann nicht alle Kopien *auch* Kunst sein? Verstehst du? Wo fängt die Geschichte überhaupt an? In Asien, in Europa? Wer bestimmt denn überhaupt, was ›echte‹ Kunst ist?«

»Picasso hat mal gesagt: Ein guter Künstler kopiert nicht, er stiehlt. – Vielleicht liegt hier der Unterschied. Es gibt jedoch auch diejenigen, die *Ideen* stehlen und daraus Profit schlagen. Wie sieht es denn da mit deinem lieben Onkel Marci aus?«

»Er ist ein großer Künstler«, entgegnete sie prompt, wechselte dann jedoch schnell das Thema: »Und du, lieber Peter, bist auf jeden Fall ein echtes Original!« Lachend knuffte sie ihn in die Seite.

F for Fake. Plötzlich musste Peter an einen seiner Lieblingsfilme denken: F wie Fälschung. Der Film von Orson Welles, der sich auf ironische Weise mit den Themen Kunst, Fälschung und Authentizität auseinandersetzte.

Florence wie Fälschung.

»Und du bist echt ...«

»Ja?« Florence strahlte ihn jetzt an. In diesem Licht war ihr Gesicht von einer makellosen, klaren Schönheit. Sie trat einen Schritt zurück und drehte sich langsam um die eigene Achse; dann hielt sie inne und betrachtete erneut aufmerksam die Drucke an der Wand: »Also: Was hat Monet denn nun so an diesem Hokusai fasziniert?«

Peter blickte aus dem Fenster hinaus in den Garten. Das weiche Nachmittagslicht lag wie ein glühender Flor über den Hecken. Er dachte an den alten Maler auf dem Teich.

Florence war vor einem Bild stehen geblieben, das ein schwankendes Fischerboot in schäumender See darstellte. Peter trat neben sie. »Ukiyo-e«, sagte er dann. »Bilder der fließenden Welt. So haben es die Japaner genannt. Das gleiche Thema, verstehst du? Wie bei den Impressionisten. Die Flüchtigkeit des Moments.« Er zeigte auf die bedrohlich aufgetürmte Schaumkrone der Woge, die das Heck des kleinen Fischerboots zudeckte: »Siehst du? Der makellos schöne Augenblick, kurz bevor die Welle bricht.«

Peter versuchte ein Lächeln. Ihre Augen trafen sich für einen Moment inmitten des stillen Raumes, und Peter bemerkte erleichtert, dass es ihr nicht unangenehm zu sein schien.

»Kann ich dich mit zurücknehmen in die Stadt?«, fragte Florence unvermittelt.

Peter dachte an das Fahrrad draußen an der Laterne.

»Sehr gerne«, sagte er.

Der Parkplatz des kleinen Ortes hatte sich inzwischen merklich geleert. Sie standen vor einem weißen Toyota, der am Unterboden bereits massive Roststellen aufwies. Florence bemerkte Peters skeptischen Gesichtsausdruck.

»Er ist alt, aber er fährt tadellos.«

»Bei dieser Baureihe funktionieren wenigstens noch die Bremsen.«

Florence lachte: »Für die Flüchtigkeit eines Augenblicks. Wie bei allen alten Japanern.«

Noch während Peter mit seligem Schaudern der perfekten Wahl dieser Pointe nachhing, schlich sich plötzlich und ohne Vorwarnung ein dunkler Misston in das jubilierende Crescendo seiner Gedanken. Wie der Schatten einer schnell vorbeiziehenden Wolke über einem Feld voller Sonnenblumen.

Ein Artikel in der Ausgabe des »Student's Observers« vom November 1987.

Sein *Artikel*.

Der Titel: Yasuda – Die schlampige Arbeit eines berühmten Auktionshauses. Im November 1987 war für den Rekordpreis von rund 40 Millionen Dollar im Auktionshaus Christie's ein Kunstwerk versteigert worden, das mit an Sicherheit grenzender Wahrscheinlichkeit eine Fälschung ist: das sogenannte *»Sonnenblumen«-Bild* von Vincent van Gogh. Peter hatte gleich gespürt, dass etwas damit nicht gestimmt hatte. Er war zeitlebens dem Werk von Van Gogh besonders verbunden gewesen. Die Flamme der Phantasie! Ja, es war wie bei den Bildern seines taubstummen Vaters, wenn er in dessen Atelier Zeuge wurde, wie auf der leeren Leinwand etwas zu entstehen begann, etwas Eigenes, etwas Einmaliges, was auf urtümliche Weise nur von seinem Vater stammen konnte. Es lag jenseits von Sprache, doch war es seine Art, mit der

Welt zu kommunizieren. Ein Leuchten, ein Scheinen, was Peter auf immer mit seinem Vater und Van Gogh verbinden sollte – denn wo war die Flamme stärker als bei ihnen?

Als er dann damals, als junger Student, kurz vor der Auktion im Showroom gestanden hatte, hatte er es gleich gesehen: Da war kein Leuchten. Ja, das *»Sonnenblumen«-Bild* stand im Werkverzeichnis von Van Gogh, aber was hieß das schon? Vielmehr hatte Peter bei einer ganzen Reihe von Bildern, die Van Gogh zugeschrieben werden, das Gefühl, dass es sich um Fälschungen handelte. Doch wann und wo auch immer er seinen Verdacht äußerte, nahm man ihn nicht ernst. »Bilderflüsterer«, so hatte man ihn spöttisch an der Uni genannt, und es war nicht als Kompliment gedacht gewesen.

Erstaunlicherweise fielen kurz nach der Versteigerung auch Experten des Amsterdamer Van Gogh Museums und nicht zuletzt dem Käufer des Gemäldes, der japanischen Versicherungsgesellschaft Yasuda, eklatante Fehler und Unterlassungen bei der Expertise von Christie's auf. Und so hatte das renommierte Auktionshaus nach der Versteigerung seine Angaben über die Provenienz des *»Sonnenblumen«-Bildes* entscheidend korrigieren müssen: Als ersten sicher nachweisbaren Besitzer des Werkes reichten sie einen Maler und bekannten Kopisten gleichsam nach. Und damit hatte man eine der gefährlichsten Provenienzen, die man sich für ein Van Gogh zugeschriebenes Bild vorstellen konnte, genannt. Kopisten. Im Jahr 1890 soll ein gewisser Emil Schuffenecker eine Anzahl Gemälde von Vincent van Gogh bei dessen Bruder Theo gekauft und einige dann im Süden Frankreichs in einer Werkstatt kopiert haben. Mehrere Kopien kamen in der Folge auf den Markt. Als Originale?

»Van Goghs Zusammenbruch zum Jahresende 1888. Kurz darauf, im Januar 1889, wurde das vorliegende Bild gemalt.« Mit dieser kurzen Bemerkung wurden die *»Sonnenblumen«* 1916 von dem fast erblindeten Kunsthistoriker Théodore Duret in das Werkverzeichnis Van Goghs als echte Arbeiten des Niederländers eingeführt. Und damit waren sie »legalisiert«. Eine frei erfundene Geschichte? Mitnichten!

Vielmehr eine Geschichte, die sich gerade zu wiederholen begann. Im Grunde, so dachte Peter, machte Charlie das Gleiche. Doch sein eigenes Auge war weitaus schärfer. Hatte er sich diesmal geirrt?

Was, wenn Blumenstihl recht hatte? Was, wenn er selbst recht gehabt hatte? Wo fing die Geschichte an?

Mit einem Seufzen ließ er sich neben Florence in die Sitze plumpsen. Die Rückbank des Wagens war übersät mit leeren Burger-Schachteln, und aus dem übervollen Aschenbecher am Armaturenbrett fielen ein paar Kippen, als Peter mit der Tasche dagegen stieß.

»Entschuldige, ich bin ein Messie.« Florence hatte den Regler der Musikanlage aufgedreht und das synthetische Blubbern von Stereolab flutete das Wageninnere. Das Fenster war ein Stück heruntergekurbelt; Peter blickte ab und an verstohlen herüber und beobachtete ihr im Fahrtwind flatterndes Haar. Der Fluss lag in seinem Bett jenseits der Straße, und der Nachmittagshimmel ließ das Wasser in einem tiefen Blau erstrahlen. Die tief stehende Sonne brach sich auf der Oberfläche und schickte kleine Blitze in die flirrende Luft, die wie eine diamantene Tiara auf Florences Haar funkelten. Die Welle brach noch immer nicht.

Es ging ihm gut.

Es war wirklich alles eine Frage des richtigen Lichts.

Die Flucht

Florence hatte ihn zu seinem Hotel gefahren, und bereits von Weitem sah Peter die schwarze Limousine vor dessen Eingang. Irritiert wandte er sich an Florence: »Was will denn dein Onkel hier? Hast du ihm gesagt, wo ich wohne?«

Florence schaute erst ihn und dann die Limousine an. »Natürlich nicht, warum sollte ich? Außerdem ist das nicht der Wagen von Onkel Marci. Vielleicht erwarten dich ja deine wichtigen Geschäftspartner?«, stichelte sie spöttisch.

Er verzog unwillkürlich das Gesicht, und sie warf ihm einen besorgten Seitenblick zu: »Pass auf dich auf, okay?«

Peter hatte es ihr versprochen, doch schon, als er die Lobby des »Bonséjour« betrat, beschlich ihn ein ungutes Gefühl. Er schaute sich um und entdeckte in der Nische am Fenster einen Mann, der offenbar auf ihn wartete. Jedenfalls erhob er sich in dem Moment, als sich ihre Blicke trafen, und ging schnellen Schrittes auf ihn zu. Peter erschrak, drehte sich auf dem Absatz um und verließ im Laufschritt das Hotel.

Die Chinesen hatten ihn gefunden!

Er erreichte einen kleinen Souvenirladen, wo er sich hinter einem Postkartenstand versteckte. Das Foto in der Zeitung. Die Blutspritzer auf der Seidentapete. Waren das die Leute, die Charles Sorgen bereiteten? Hatten *sie* Blumenstihl in ihre Gewalt gebracht?

Peter wurde übel.

Durchatmen.

Er wartete einige Minuten, bis er sich sicher war, dass sein Verfolger ihn andernorts suchte. Oder war dieser ihm nicht gefolgt und wartete weiterhin im Hotel? Hastig suchte Peter in seiner Jackentasche nach dem Handy und Charlies Nummer. Er war ihm einige Antworten schuldig.

Ungeduldig trat Peter von einem Fuß auf den anderen, während er dem Freizeichen nachhörte. Doch Charles ging nicht dran. Natürlich nicht. Nervös fasste Peter sich an die Stirn. In sein Hotel wollte er erst mal nicht zurück. Kurz entschlossen tippte er Florences Nummer, und sie hob ab. Bereits nach dem ersten Ton.

»… ist Florence, hallo?«, ratterte sie atemlos.

Peter gab sich betont unaufgeregt und legte eine sonore Brooklyn-Modulation in jedes seiner Worte: »Florence, hier ist Peter, ich wollte …«

»Hast du was vergessen?« Sie war kaum zu verstehen und schien nicht ganz bei der Sache zu sein. »Ich muss kurz einparken, entschuldige bitte.« Mit einem raschelnden Schaben landete das Handy offenbar auf dem Beifahrersitz. Peter hörte gedämpften Straßenlärm, jemand hupte, Florence fluchte. Ein kurzes Streitgespräch durch heruntergekurbelte Autofenster, im Hintergrund das gleichmäßige Klicken des Blinkers. Peter hörte, wie sie nervös probierte, sich eine Zigarette anzuzünden, das Feuerzeug funktionierte nicht richtig.

»Peter?«

Ihre Stimme war mit einem Mal so laut in seinem Ohr, dass er erschrocken zusammenzuckte.

»Was gibt's?« Peter hörte, wie die Autotür zugeschlagen wurde und Florence mit klackernden Schritten über die Straße lief.

»Ich wollte dich nicht stören, es ist nur …«

»Ah.« Florence schnaufte genervt. »Ich bin gerade erst zur Tür rein, kann ich dich gleich wieder anrufen? Marcel will irgendwas von mir, es scheint wichtig zu sein!«

Ohne Peters Antwort abzuwarten, legte sie auf.

Peter schaute irritiert auf sein Handy. Was war das denn für eine Reaktion? Hatte er etwas Falsches gesagt? Die Verkäuferin blickte schon genervt zu ihm rüber, und so zupfte er eine ziemlich kitschige Karte mit dem Eiffelturm aus dem Ständer und bezahlte. Das wäre das Richtige für Melinda.

Das Handy klingelte überlaut. Florence, überlaut diesmal: »Peter? Wir können uns sofort treffen. Ich komme zu dir!« Sie wirkte beunruhigt. Aber er hatte ihr noch gar nichts von seiner Verfolgungsszene erzählt!

»Ist alles in Ordnung?«, fragte Peter besorgt.

Ihr Tonfall klang bemüht fröhlich, doch ihre Stimme flatterte. »Alles bestens. Bin nur ein wenig … bei dir alles in Ordnung?«

Und Peter verstand: »Ist irgendetwas mit deiner Mutter?«

»Ich erzähl's dir später. Lass uns einfach etwas essen. In einer halben Stunde, bei dir irgendwo?«

Peter konnte ihre Gedanken hören, die wie ein Schwarm nervöser Mücken in ihrem Kopf tanzten, während er mit einer Hand hektisch nach einem Pariser Reiseführer griff und darin blätterte, bis sein Blick auf ein Szenenfoto aus einem Woody-Allen-Film fiel. Ein schönes Restaurant. Mit einem wirklich netten Kolorit, und Kolorit war etwas, das heute Abend dringend gefragt war, das konnte er spüren: »Kennst du das ›Ambassade de Savoie‹ hier auf dem Hügel?«

»Bien sûr, ich fahre sofort los. À bientôt.«

Sie klang müde.

Aber auch ein wenig erleichtert – zumindest glaubte Peter, das herauszuhören. Oder hoffte er es?

Auch, als sie bereits aufgelegt hatte, hielt Peter das Handy noch einen Moment am Ohr, während er sein Spiegelbild im Fenster betrachtete. *Es sind ein paar Chinesen in der Stadt, die uns Sorgen machen.* Charlie hatte diesmal nicht übertrieben.

Nachdenklich drehte Peter die eben erst gekaufte Karte des Eiffelturms in seinen Händen. Charlie wollte, dass er, Peter, morgen in einem Zivilwagen der Nationalgendarmerie zum Flughafen gekarrt wurde. Gestern noch hatte Peter das auch gewollt. Jetzt aber musste er bleiben. Hier, in Paris – und auf der Hut. Er musste Florence helfen, ihre Mutter zu finden – und sich selbst, damit er nicht verloren ging.

Vorsichtig verließ er den Souvenirladen und machte sich auf dem schnellsten Weg in die Rue Burq. Dabei drehte er sich immer wieder um und hielt nach etwaigen Verfolgern Ausschau. Aber da war niemand. Einer Eingebung folgend, kaufte er in einem Blumenladen spontan einige Sonnenblumen für Florence. Sein kleines Geschenk für sie lag meilenweit entfernt in seinem Koffer im Hotelzimmer.

Das »Ambassade de Savoie« lag an einer Straßenecke am Rande eines kleinen Platzes in direkter Nähe zum Sacré-Cœur. Vor der dunkelrot getünchten Fassade standen eine Reihe grüner Plastiktische und -stühle auf dem zur mit Kopfstein gepflasterten Straße, und Peter nahm an einem freien Tisch unter der bunten Markise Platz, von wo aus man, von der tiefstehenden Sonne geschützt, die vorbeiflanierenden Spaziergänger beobachten konnte, ohne selbst sofort gesehen zu werden. Unschlüssig, wohin er die Blumen stecken sollte, blickte er sich suchend um.

Die Kellner, die an den Nachbartischen entlangwuselten, trugen alle die gleichen gestreiften Hemden und auf dem Kopf eine schwarze Baskenmütze. Eines dieser Exemplare kam jetzt mit zwei Speisekarten auf ihn zu, sah mit einem Grinsen die Sonnenblumen in Peters Hand, drehte ab und kam mit einer Vase zurück.

Peter erblickte Florence in dem Moment, als sie aus dem Schatten der Bäume auf der anderen Seite des Platzes hervortrat. Sie ging schnell, die Hände in den Taschen ihres kurzen Mantels verborgen und den Blick nach unten gerichtet. Mit einer gewissen Ernsthaftigkeit schaufelte sie mit jedem ihrer Schritte eine dünne Schicht alten Herbstlaubs zur Seite, und je näher sie kam, je detaillierter sich ihre Konturen von den blauen Schattierungen des Hintergrundes abhoben, desto kleiner und zerbrechlicher wirkte sie. Sie war bestimmt eine von den Frauen, die immer froren. Ihren marinefarbenen Schal hatte sie fast bis unter die Nase geschoben, und Peter ahnte, dass sie früher oder später darum bitten würde, ob man sich nicht reinsetzen könne. An der Art, wie sie sich bewegte, versuchte er, ihre Stimmung abzulesen – eine Übung, bei der er bei Frauen generell immer wieder versagte. Am Handy hatte sie merkwürdig geklungen, und auch jetzt schien sie ein kaum zu lösendes Problem mit sich herumzutragen. Hatte sie ein Lebenszeichen von ihrer Mutter erhalten? Spontan entschloss er sich, ihr vorerst nicht von den Chinesen zu erzählen. Das würde sie nur weiter unnötig beunruhigen.

Ein kurzes Lächeln huschte über ihr Gesicht, als sie ihn erkannte, und sie drückte ihm einen Begrüßungskuss auf die Wange, während sie die andere Hand sanft auf seine Schulter legte. Der Hauch von Parfum, der ihrem Nacken entströmte, bestand aus Veilchen und einem dahinterliegenden Reich flüsternder Träume, die für Peter so unerreichbar waren wie der äußere Asteroidengürtel. Diese Erkenntnis schoss im Bruchteil einer Sekunde in sein Bewusstsein und hinterließ einen Stich, samt schalem Nachgeschmack.

»Bonsoir Peter, so schnell sieht man sich wieder!« Sie schenkte ihm ein halbwegs keckes Lächeln und ließ sich auf den Stuhl plumpsen, den Peter ihr zurechtgeschoben hatte. Mit elegantem Hüftschwung nahm Peter ihr gegenüber Platz. Hoffte er.

Sie sah abgekämpft aus, und Peter rückte die Sonnenblumen direkt vor ihre Nase.

»Für mich?« Erstaunen stand in ihrem Blick.

»Nur ein kleines Geschenk. Als Dankeschön für deine Lebensrettung heute Nachmittag.«

Florence lächelte. »Ich liebe Sonnenblumen – danke! Hast du schon bestellt?« Sie griff zur Karte.

Peter blickte sie besorgt an. »Du machst den Eindruck, als wäre dir ein Gespenst begegnet. Was ist passiert? Hast du was von deiner Mutter gehört?«

Sie schüttelte den Kopf

»Hatte dein Onkel schlechte Nachrichten?«

Nach einem kurzen Moment des Schweigens sog Florence abrupt Luft durch die Nase ein, schwieg aber.

»Magst du mir davon erzählen?«

Sie musterte ihn kurz. »Ich glaube nicht.«

Peter hob eine Augenbraue und nahm die Weinkarte zur Hand.

Sie klemmte sich eine lockige Haarsträhne hinter das Ohr. »Es tut mir leid. Ich weiß, ich hatte etwas anderes …«

Doch Peter unterbrach sie: »Wir eröffnen mit einem Glas

Champagner und schwenken dann schnell um auf Rotwein, einverstanden?«

Florence nickte, ein wenig überrascht, dann legte sich ein breiter werdendes Grinsen auf ihr Gesicht. »Ich bin mir sicher, diese Strategie stammt noch aus High-School-Zeiten, oder?«

Als könne er kein Wässerchen trüben, schenkte Peter ihr sein entwaffnendstes Lächeln: »Florence, was du mir offenbar zu unterstellen versuchst, ist ein besonders plumper Plan. Jenen zum Beispiel, dich als Folge der durchaus höflich gemeinten Einladung zum gemeinsamen Verzehr alkoholischer Getränke dahingehend zu manipulieren, etwas von dir preiszugeben, das du wahrscheinlich mit gutem Recht lieber für dich behalten möchtest. Etwas derartig vordergründig Durchschaubares als eine von mir in Erwägung gezogene Strategie zu bezeichnen, gibt mir das ungute Gefühl, dass du meine Intelligenz infrage stellst.« In gespielter Empörung runzelte er die Brauen und sah sie auffordernd an. »Und? Was hast du zu deiner Rechtfertigung vorzubringen?«

Florence warf den Kopf zurück und lachte. Mit der Serviette wischte sie sich eine Träne aus dem Augenwinkel. Kam die Träne vom Lachen oder hatte sie vorher geweint?

»Okay, ich habe verstanden. Verzeih mir meine finsteren Befürchtungen«, sagte sie treuherzig und rollte mit den Augen. »Denn um ehrlich zu sein, ist Alkohol jetzt tatsächlich genau das, was ich gebrauchen könnte.«

Peter winkte dem Garçon; es entstand ein Moment der Stille. Verzweifelt durchforstete Peter sein Gehirn nach irgendetwas Witzigem, das er hätte sagen können, aber es fiel ihm einfach nichts mehr ein. Er lehnte sich zurück, horchte in sich hinein – und lächelte. Im Grunde, so stellte er fest, war es schön, so schweigend beieinander zu sitzen. Er beobachtete Florence, die versonnen die Sonnenblumen betrachtete, und musste schmunzeln. So weit waren sie also schon, dass es keine peinliche Stille mehr gab, sondern nur ein gemeinsames Atmen.

Die Sonnenblumen auf dem Tisch wiegten sich in einer Windböe.

Paris.

Florence.

Plötzlich wehte eine starke Windböe die Vase mit den Sonnenblumen um, und das Wasser aus der Vase ergoss sich über Florences Schal. Gleichzeitig griffen sie danach, um den Schal aus der Pfütze zu heben. Dabei berührten sich ihre Hände. Florence lächelte, als er die Hand verlegen zurückzog und die Blumen wieder hinstellte. Mit wesentlich weniger Wasser in der Vase.

»Weißt du, Florence, der Wind berührt mich. Er kennt die Wahrheit, und wenn wir gut zuhören, erzählt er uns Geschichten aus der Vergangenheit, verändert unsere Gegenwart und trägt uns in die Zukunft.«

Sie schaute ihn an. Mit einem Blick, den er zuvor noch nicht an ihr gesehen hatte. Sie schien ihn das erste Mal richtig wahrzunehmen.

Ihr Blick wirkte jetzt viel klarer als noch vor fünf Minuten. Die Falte auf ihrer Nasenwurzel war verschwunden. Florence nestelte eine Zigarette aus dem silbernen Etui, das vor ihr auf dem Tisch lag. »Ich habe mich mit meinem Patenonkel gestritten. Er kann manchmal ein richtiges Ekel sein. Aber egal. An dir hat er ja irgendwie einen Narren gefressen …«

Legros. Natürlich.

»Ach ja? Wie komme ich denn zu der Ehre?«

Er gab ihr Feuer; nachdenklich blies sie den Rauch in die Luft: »Ich weiß ja nicht, was ihr da für ein komisches Spiel spielt. Hast du ihn provoziert?«

Peter zuckte mit den Schultern. »Keine Ahnung. Ich weiß nichts von einem Spiel, und ehrlich gesagt hatte ich nicht den Eindruck, dass er eine allzu hohe Meinung von mir hat.«

»Ach, das ist nur, weil du Amerikaner bist. Er gibt euch gerne das Gefühl, es nicht besser verdient zu haben.« Sie kicherte.

»Verstehe.« Peter lächelte sie milde an. »Allerdings glaube ich, dass er, was mich angeht, einem großen Missverständnis aufsitzt. Das Einzige, wozu ich ihn herausgefordert habe, war, mir dabei zu helfen, deine Mutter zu treffen. Wie wir alle wissen und bedauern, ist es bis heute nicht dazu gekommen. Glaubst du, er hat wirklich nichts mit ihrem Verschwinden zu tun?«

Florence schlug für einen Moment die Augen nieder. Als sie wieder aufsah, war ihr Blick fest und klar. »Mein Onkel meint es bestimmt gut mit dir. Sonst hätte er mir ja nicht gesagt, dass die Chinesen auch hinter dir her sind und du dich besser in Acht nehmen solltest. Für das, was auch immer du meiner Mutter anzubieten hast, interessieren sich offenbar auch andere Leute, Peter.«

Erschrocken horchte er auf. Erst warnte Charles ihn, dann die Sache im Hotel, und jetzt auch noch eine Warnung von Legros? Das konnte kein Zufall mehr sein. Oder spielte sie wieder einmal eines ihrer Spielchen mit ihm? Forschend sah er sie an, konnte aber nur ernsthafte Besorgnis in ihren Zügen lesen. Vielleicht sollte er einfach nicht mehr in sein Hotel zurückkehren. Auf ein Gespräch mit den Chinesen jedenfalls konnte er gut verzichten.

Noch während er darüber nachdachte, hielt eine schwarze Limousine unmittelbar vor dem Restaurant und zwei Chinesen stiegen aus. Suchend sahen sie sich auf der Terrasse um.

Florence schaltete sofort: »Lass uns abhauen!«, zischte sie, packte mit einem Griff ihre Sachen zusammen und zog Peter am Arm hinter sich her. Sie rief dem Garçon etwas auf Französisch zu, dieser nickte verständnisvoll und ließ sie ohne ein Wort verschwinden.

Florence zog ihn durch einen Seiteneingang auf eine Nebenstraße und begann zu laufen. Peter kam sich vor wie ein Schuljunge auf einem Ausflug, der Mühe hatte, mit seiner Klassenlehrerin Schritt zu halten. Während er keuchend hinter ihr herstolperte, fuhren die Gedanken Karussell in seinem Kopf, aber es gelang ihm nicht, auch nur eine einzige der tausend Fragen, die ihm auf der Zunge brannten, in Worte zu fassen. Vielleicht war das auch besser so. Jetzt war nicht die Zeit, um zu reden. Jetzt war die Zeit, um unterzutauchen.

Zunächst schien ihnen das auch zu gelingen. Immer wieder warf er einen Blick über die Schulter, sah jedoch nichts, das seine Aufmerksamkeit erweckte. Doch dann bemerkte er, dass sich inmitten des Menschenstroms etwas schneller bewegte als der Rest – zwei Männer, und einer von ihnen hatte ihn in just diesem Augenblick erspäht. Auch aus den rund dreihundert Meter Entfernung, die sie mittlerweile voneinander trennten, erkannte Peter den dunklen Anzug, die schwarze Sonnenbrille und den Finger des Asiaten, der in seine, Peters Richtung deutete, während er seinen Begleitern, die sich nun ebenfalls aus der Menge schälten, etwas zurief. Dann setzte sich das Duo in Bewegung – und der gewonnene Abstand zwischen ihnen verringerte sich rasend schnell. Viel zu schnell, um genau zu sein.

Als Kind hatte Peter seine großen Ferien ein paar Jahre lang in einem Pfadfinderlager im Hudson Valley verbracht – einer Gegend voller saftiger Weiden, auf denen im Sommer die Kühe grasten. Eines Tages war er mit ein paar Jungs über eines der vielen Gatter in der Nähe des Camps geklettert, um an einem Teich Forellen zu angeln. Zu spät hatten sie erkannt, dass sie die Wiese nicht mit friedlich wiederkäuenden Milchkühen, sondern mit einer Horde hochgradig ungehaltener Jungbullen teilten, die in Angriffsformation und mit gesenkten Hörnern auf sie zu galoppierten, als der rettende Zaun bereits eine gute Viertel Meile von ihnen entfernt lag.

Genau wie damals gab es auch jetzt in Peters Kopf dieses Gefühl absoluter Ruhe. Ihm war, als dümpele er auf einem spiegelglatten Ozean dahin, während ringsum am Horizont hinter einer klar abgegrenzten Regenwand ein Orkan aus Adrenalin tobte, der seinen Körper vergessen ließ, dass er keine Kondition besaß und noch nicht einmal einem Bus hinterherlaufen konnte, ohne einen minutenlangen Anfall von Kurzatmigkeit zu bekommen. Jetzt rannten seine Beine, als hätten sie sich in den letzten vier Jahrzehnten nur für diese besondere Aufgabe geschont – jetzt, wo es darauf ankam zu funktionieren und dem archaischen Programm zu folgen, das einzig und allein zu dem Zweck abgerufen wurde, ihn am Leben zu erhalten.

Am unteren Ende der Straße wartete Florence auf ihn, und Peter musste sich an einer Laterne festhalten, um seine zitternden Beine unter Kontrolle zu bringen. Während er nach Luft rang, drangen ihre Worte dumpf durch das Rauschen seines eigenen Blutstromes in sein Ohr: »Barbès! Da werden sie uns nicht finden!« Florence deutete auf die andere Seite des breiten Boulevards, der um diese Zeit dicht befahren war, und ehe Peter auch nur einen Laut des Protests von sich geben konnte, hatte sie ihn an der Hand genommen und führte ihn mitten hinauf auf die Fahrbahn. Wie ein zorniger Fischschwarm in der Gischt schäumte der Verkehr um sie herum, und als Peter sich am rettenden Ufer umzublicken wagte, sah er, wie ein vorbeiziehender Sattelschlepper mit röhrendem Hupen ihren fluchenden Verfolgern den Weg abschnitt – als bräche die von Florence geschlagene Schneise nun wie die Wogen des roten Meeres über dem Anzugträger und seinen Begleitern zusammen.

Sie hasteten weiter, während es immer dunkler wurde. Peter folgte Florence durch die engen Gassen des Viertels, in dem ausschließlich Einwanderer zu wohnen schienen und in dem eine sonderbar entschleunigte Gelassenheit herrschte. Junge Männer lehnten palavernd in Hauseingängen oder an den Motorhauben ihrer Autos, auf denen sie aus Pappkartons heraus Imitate italienischer Markenhandtaschen, kreischend bunte Tücher und Dessous verhökerten. Verschleierte Frauen schoben sich mit prall gefüllten Einkaufstüten vorbei und musterten ihn mit Blicken, die Peter nicht zu deuten verstand. In der Luft hing ein Geruch nach gegrilltem Mais und Fisch. Von den Tischen der fliegenden Händler glotzten ihn Bonitos, Zackenbarsche und Barrakudas an; daneben gab es Kochbananen, Maniok und Süßkartoffeln, und irgendwo über dem aus unzähligen Radios klirrenden Melodienbrei wehte über den mit Taubendreck verkrusteten Dächern die lockende Stimme eines Muezzins.

Es schien, als seien sie plötzlich in einer anderen Welt gelandet – einer dunkleren, aber auch bunteren, wilderen Kopie von Paris; einem unter vielstimmigem Gemurmel verborgenen Labyrinth, das wie ein verstörender Traum einen geheimnisvollen Teil der Seele dieser Stadt abbildete. Das hier war der Maghreb und Schwarzafrika, zusammengepfercht in einem steinernen Kessel. Das schlechte Gewissen der Grande Nation. Ein auf kleiner Flamme brodelnder Sud, der auf jedem Herd hinter den abblätternden Hausfassaden und hektisch zugezogenen Fensterläden, in jedem Topf der zahlreichen Garküchen seit Jahrzehnten auf Hitze gehalten wurde.

Atemlos trabte Peter hinter Florence her, die nun in die Rue Poulet einbog und auf den Eingang eines heruntergekommenen Hauses zusteuerte, an dessen Fassade der abgeblätterte Schriftzug »Bar du Nord« zu lesen war.

»Zeit für einen Drink?«, keuchte Peter atemlos.

»Ich bin dabei.« Florence wischte sich eine Haarsträhne aus der verschwitzten Stirn. »Wir sollten hier unser Nachtquartier aufschlagen. Bis die Luft rein ist.« Als sie seinen irritierten Blick auffing, sah sie ihm fest in die Augen: »Du möchtest doch wohl nicht in dein Hotel zurück und dort auf sie warten, habe ich recht?«

Er nickte. Natürlich hatte sie das.

In der schlecht beleuchteten Bar schaufelte ein Deckenventilator abgestandene Luft, aus einer antiken Musiktruhe dudelte Calypso, und ein müder alter Mann fütterte einen Spielautomaten, während neben ihm im Aschenbecher seine Zigarette verqualmte. An den Wänden hingen gerahmte Fotografien mit farbstichigen, tropischen Landschaften. Madagaskar, wie Peter einem großformatigen Jubelposter zu dessen Unabhängigkeitserklärung entnehmen konnte.

Florence lehnte erschöpft am Tresen und verhandelte in gedämpfter Lautstärke mit der voluminösen Wirtin, die gerade ein loses Ende des goldenen Turbans auf ihrem Kopf mit einer Klammer neu justierte – und zugleich tunlichst darauf bedacht war, sich dabei keinen ihrer entsetzlich langen, falschen Fingernägel abzubrechen. Peter selbst kauerte ein wenig verloren abseits auf einem Hocker. Kurz blickten die beiden Frauen zu ihm herüber, und die Wirtin rief ihm etwas zu, das er natürlich nicht verstand. Entschuldigend hob er die Schultern, was sie in schallendes Lachen ausbrechen ließ, das ihre perlweißen Zähne hervorragend zur Geltung brachte. Sie nahm einen der Zimmerschlüssel vom Bord neben dem riesigen, blind gewordenen Spiegel und ließ ihn über den Tresen gleiten: »Alors, Mademoiselle Morceli.«

Florence wedelte mit dem Schlüssel kokett zu Peter hinüber. Sie schien sich blendend zu amüsieren, doch Peter war nicht zum Lachen zumute. Mit gemischten Gefühlen stapfte er hinter ihr die schmalen Treppen zu den im oberen Stockwerk gelegenen Gästezimmern hinauf.

»Mademoiselle Morceli? Warum denn das?«

Florence sah sich zu ihm um und verdrehte entnervt die Augen: »Hätte ich unter deinem richtigen Namen einchecken sollen? Steht dir der Sinn nach nächtlichen Überraschungsbesuchen? Du bist wirklich witzig.«

»Schon gut«, sagte Peter.

»Sieht doch ganz gemütlich aus«, kommentierte Florence kurz darauf das enge Zimmer und schleuderte ihre Sachen auf das Bett.

Tatsächlich, so dachte Peter, müffelte es nach kaltem Rauch und Schimmel.

Da riss Florences fröhliche Stimme ihn aus seinen düsteren olfaktorischen Betrachtungen: »Ich bin völlig veschwitzt. Du hast doch nichts dagegen, wenn ich mich kurz dusche?« Und noch ehe Peter begriff, was geschah, hatte sie eines der eingeschweißten Handtücher vom Bett gegriffen und war im Badezimmer verschwunden.

Ungläubig sah er ihr nach, legte die Tasche auf den Tisch und machte dann unsicher einen Schritt auf die Tür zum Duschraum zu. »Brauchst du … irgendwie Hilfe?«

»Beim Duschen? Ne, das kann ich schon alleine.« Sie gluckste.

Peinlich berührt drehte er sich zu den vergilbten Vorhängen am Fenster und blickte hinunter auf die Gasse. Es war spät geworden, und er war müde. Erschöpft ließ er sich auf den mit einem Plastikschutz bezogenen Sessel neben dem Fenster nieder und starrte das alte Bett an, das einen Großteil des Raumes ausmachte. Die antike Klimaanlage ächzte asthmatisch, und irgendwo aus einem der Zimmer neben ihnen drang ein gedämpftes Stöhnen und das rhythmische Quietschen von Bettfedern. Während er versonnen dem Plätschern der Dusche lauschte, klingelte es plötzlich. Florences Handy zeigte eine Nachricht an. Neugierig beugte Peter sich über das Bett, um sie besser lesen zu können:

Onkel Marci: *Wo bist Du? Mach keine Dummheiten.*
Es steht mehr auf dem Spiel, als du ahnst. Auch für Nardine.
Du willst doch nicht, dass etwas passiert?

Noch ehe Peter zu Ende gelesen hatte, ging die Hintergrundbeleuchtung des Handys aus. Hektisch drückte er auf dem Display herum, doch statt der Nachricht leuchtete die Frage auf, ob die Nachricht wirklich gelöscht werden solle. Panisch versuchte Peter auf Nein zu drücken, wischte dabei aber unglücklich über das Display. Die Nachricht war gelöscht. Mist, verdammter!

Erschrocken schmiss er das Handy wieder auf das Bett. Da flog auch schon die Tür des Badezimmers auf, und Florence betrat tropfend das Zimmer. Sie trug den Einweg-Bademantel und hatte ein Frotteehandtuch um ihr nasses Haar geschlungen. Peter blickte zu ihr hinüber, als sie sich auf das Bett fallen ließ, die Beine übereinanderschlug und mit ihrem nackten Fuß wippte. Ihre Nägel waren schwarz lackiert. Florence stützte sich mit den Ellenbogen auf und sah ihn an: »Du guckst wie ein Kaninchen auf die Schlange.« Mit der Handfläche klopfte sie auf die Matratze. »Es ist nur ein Bett. Kein wildes Raubtier.«

Florence streckte sich und knipste die plüschige Lampe auf dem Nachttisch an, wobei sich der Saum ihres Bademantels öffnete und einen kurzen Blick auf ihre gebräunten Oberschenkel freigab. Mit Schwung schleuderte sie den zweiten, noch abgepackten Bademantel in seine Richtung. Der Mantel touchierte Peters Schläfe und landete auf dem abgewetzten Teppichboden.

»Ich habe mir überlegt, dass ich besser heute Nacht hierbleibe«, verkündete sie. »Nach dem Streit mit Marci und um dich vor den Chinesen zu beschützen. Was meinst du, Peter?«

Peter war hin- und hergerissen. Einerseits dachte er an die Nachricht auf Florences Handy. Er musste sie warnen. Aber dann müsste er zugeben, dass er an ihrem Handy gewesen war. Und da war die aufregende Vorstellung einer gemeinsamen Übernachtung. »Klar, du kannst hierbleiben. Das Bett ist ja groß genug.«

Florence Gesichtszüge entspannten sich: »Prima. Los, alter Mann. Ich mag keine Stinker neben mir.«

Peter nickte und trollte sich, den Bademantel unter den Arm geklemmt, in Richtung Bad. Während er mit geschlossenen Augen das warme Wasser über sein Gesicht plätschern ließ, rasten die Gedanken in seinem Kopf. Müsste er nicht die Polizei anrufen? Vielleicht sogar die amerikanische Botschaft? Außerdem musste er vor dem Abflug an sein Gepäck kommen. An die Einkäufe etwa, die von Lafayette. Warteten die Chinesen womöglich in der Dunkelheit seines Hotelzimmers auf ihn und nagten dabei an seiner teuren Wildschweinsalami? Und was zur Hölle war überhaupt das Problem? Warum musste er ihretwegen in diesem abgerissenen Stundenhotel untertauchen?

Als Erstes würde er Charlie anrufen. Ihm durch das Handy ins Gesicht schreien. Der gottverdammte Charles hatte ihn betrogen und belogen, und wie schon damals, zu Studienzeiten, war er, Peter, ihm dabei voll auf den Leim gegangen. Und weil er Charles schon so lange kannte, wusste Peter auch ganz genau, was dieser ihm auf seine Schimpftirade antworten würde: Du hast dich nicht an meine Anweisungen gehalten, mein Freund.

Peter dachte an Florence, die im Zimmer auf ihn wartete. An Legros und die Nachricht. Nardine? Sicherlich ein Kürzel für Bernardine. Wie nah waren sich die beiden? Legros hatte Florence gedroht. Er wusste offensichtlich mehr. Arbeitete er mit den Chinesen? Lukrative Kundschaft.

Peter drehte das Wasser ab und schlüpfte in den Bademantel und drückte vorsichtig die Klinke herunter. Florence lag mit angewinkelten Beinen auf dem Bett, hatte die Augen geschlossen und zeigte keine Reaktion, als er das Zimmer betrat. Die Tasche lag noch immer auf ihrem Platz am Fenster. Peter hatte sich den Winkel eingeprägt, in dem sie zur Tischkante hin abstand.

Sie hatte sie nicht berührt.

Peter zog Luft zwischen die Zähne ein, und Florence drehte sich langsam zu ihm um und musterte ihn amüsiert. Der Bademantel spannte ein wenig um seinen Bauch. Peter zog den Gürtel straff: »Und? Wie geht es jetzt weiter?«

Florence setzte sich auf. Sie löste das Handtuch vom Kopf und knetete die noch feuchten Haare zwischen ihren Fingern. »Was meinst du damit?«

Peter stand unschlüssig im Zimmer und blickte auf die Lampe. Die *rote* Lampe. Das hier war tatsächlich ein Stundenhotel. »Willst du die ganze Nacht neben dem Bett stehen bleiben?« Florence rückte ein Stück zur Seite und schlug die Decke auf Peters Betthälfte auf. Unschlüssig setzte er sich auf den äußersten Rand des Bettes und massierte seine Schläfen. Er fühlte eine tiefe Erschöpfung.

»Die letzten Tage waren einfach anstrengend. Alles ist so verworren. Paris ist so …«

»… voller Leidenschaft?«

Als Peter ihren erwartungsvollen Blick sah, musste er lächeln. »Das war es zwar nicht, was ich sagen wollte, aber du hast natürlich recht.«

»Was wolltest du denn sagen?«

»Ich frage mich schon die ganze Zeit, wie deine Mutter auf Legros als Patenonkel gekommen ist. Er scheint mir jetzt nicht unbedingt die erste Wahl als seriöses Familienmitglied zu sein.«

Florence wehrte ab: »Was ist schon seriös? Weißt du, ich habe ja meinen leiblichen Vater nie kennengelernt. Und ich habe Onkel Marci so viel zu verdanken. Er hat mir vieles beigebracht. Für ihn ist die menschliche Phantasie das Entscheidende. Sie ist für ihn das Mittel, um der tristen Realität ein Schnippchen zu schlagen.«

Der Salon der Abgelehnten. Die Flamme der Phantasie.

»Aber manchmal scheint ja die Phantasie mit ihm durchzugehen, oder?«

»Ich denke, die Phantasie hat ihn gerettet.«

»Gerettet? Wovor?«

»Vor dem Verrücktwerden – nach seinem Schicksalsschlag.«

Stimmen im Wind. Ein Luftzug kam durch das offene Fenster. Eine Frage stand im Raum, und Peter spürte, er sollte sie nicht stellen.

»Ist schon okay. Ich komme damit klar«, sagte Florence plötzlich. »Ja, vielleicht ist er ein bisschen schräg, aber ich habe ihn gern. Aber willst du jetzt wirklich über meinen Patenonkel reden?«

Peter lächelte. Das war eine mehr als berechtigte Frage. »Nicht unbedingt. Neben mir liegt eine wunderschöne Frau im Bademantel. Da …«

»Du findest mich schön?« unterbracht sie ihn und zupfte kokett lächelnd an seinem Bademantel.

»Atemberaubend schön, wenn du es genau wissen willst.« Peter umfasste Florences Taille und zog sie an sich.

Als er sie küsste, gab es nur noch die Gegenwart.

Peters Armbanduhr zeigte halb zwei. Florence lag schlafend neben ihm und hatte den Kopf in seine Armbeuge gelegt. Ihr Atem ging gleichmäßig. Sie sah sehr zerbrechlich aus.

Er würde morgen nicht nach New York fliegen.

Die defekte Neonreklame am Haus gegenüber tauchte Florences Gesicht alle paar Sekunden in einen samtigen Lichtkranz. Peter berührte vorsichtig ihre Wange, und erneut verschwand ihr Gesicht in der Dunkelheit.

Ukiyo-E. Das Fließen der Welt. Der Wind bauschte die Vorhänge auf. Peter lehnte den Kopf zurück und starrte in die Nacht. Wann immer das defekte Neonlicht erstarb, blitzten am Himmel Sterne auf. Für einen kurzen Moment schien es ihm, als läge über dem süßlichen Geruch nach Mülltonnen und Fisch, der ins Zimmer geweht kam, ein Hauch von Lavendel.

Der Tanz

Die Nacht war voller wirrer Träume. Er öffnete die Augen, aber auch ohne sich umdrehen zu müssen, wusste er, dass sie weg war.

Auf dem Nachttisch lag ein Zettel.

Peter, es ist etwas Schreckliches passiert.
Ich muss los!
Es tut mir leid, pass auf dich auf!
Bisous, Florence

Rücklings ließ Peter sich auf das Bett fallen und starrte die Decke an. Was tat ihr leid? Dass sie die Nacht zusammen verbracht hatten? Oder, dass sie ihm so viel anvertraut hatte? Wer war sie? Und – noch viel wichtiger: Was bedeutete

»Etwas Schreckliches ist passiert?« Etwas Schreckliches, das Florence betraf? Ihre Mutter? Oder ihn selbst?

Sein Handy lag noch in seiner Tasche. Er kramte es heraus und wählte Florences Nummer. Kein Signal, nicht mal eine Mailbox. Komplett tot. Peter versuchte, sich zu erinnern. Hatte sie irgendwann erwähnt, wo sie wohnte? Ihre Mutter! Jemand wie Blumenstihl musste doch im Telefonbuch stehen.

Rasch setzte er sich auf und zog den verschwitzten Anzug des Vortages an. Er musste dringend an seine Sachen aus dem anderen Hotel.

Zehn Minuten später hatte Peter das Zimmer für einen weiteren Tag bezahlt, und die mit einem Mal überraschend hilfsbereite Dame am Empfang gab ihm ein Telefonbuch von Paris. Mit dem schweren Telefonbuch in der Hand setzte er sich, bestellte ein Café Crème. Er war der einzige Gast, und unter anderen Umständen hätte ihn das vielleicht stutzig gemacht. Aber er hatte andere Sorgen. Während er durch die Seiten des Wälzers blätterte, wurde ihm bewusst, wie antiquiert der Anblick in Zeiten des Internet sein musste. Aber Blumenstihl wirkte auf ihn wie eine Frau mit Hang zu Traditionen. Vielleicht also pflegte sie alte Gewohnheiten und ließ sich noch immer in ein Telefonverzeichnis eintragen. Und tatsächlich: B. Blumenstihl ohne Adresse, nur eine Telefonnummer. Das musste sie sein!

Sein Handy zeigte einen roten Balken in der oberen Ecke an. Für einen Anruf musste es noch reichen.

Nachdem es bereits sieben Mal geklingelt hatte und Peter schon fast die Hoffnung aufgeben wollte, hörte er die kratzige Stimme von Legros: »Oui?«

Fassungslos hakte Peter nach »Legros, sind Sie das?«

»Wer will das wissen?«

»Ähm … ein Freund von Florence.«

Stille. Nun schien bei Legros der Groschen gefallen zu sein: »Ah, Monsieur Falcon! Haben Sie etwa Ihren Flieger verpasst? Non, Florence ist nicht im Haus. Kann ich ihr etwas ausrichten?« Der lauernde Unterton in Legros' Stimme erschreckte Peter ebenso sehr wie die Tatsache, dass dieser ihn erkannt hatte. Was sollte er denn jetzt sagen. War Florence wegen Legros in Gefahr? Florence vertraute ihm, er war ihr Onkel, und natürlich kannte Peter selbst Legros kaum, hatte nur dieses ungute Gefühl. Das reichte natürlich nicht, um den Mann unter Generalverdacht zu stellen – aber ganz sicher, um ihm nicht über den Weg zu trauen. »Tatsächlich?«, fragte Peter schließlich. »Das ist komisch, denn Florence und ich, wir sind in einer halben Stunde verabredet. Ich habe nur dummerweise vergessen, mir ihre Adresse aufzuschreiben. An ihr Handy geht sie nicht.« Das war natürlich gelogen, aber etwas Besseres fiel ihm auf die Schnelle nicht ein.

»Da kann ich Ihnen leider auch nicht weiterhelfen. Ich richte ihr gerne aus, dass sie Sie anrufen soll.«

»Aber können Sie mir nicht einfach ihre Adresse geben?«

»Ihre Adresse? Florence ist wie ein Vogel, sie fliegt von Baum zu Baum. Stellen Sie sich vor, ich weiß gar nicht, wo sie aktuell wohnt.« Raffiniert war er, dieser Legros, das musste Peter neidlos anerkennen. So kam er nicht weiter. Er musste seine Strategie ändern, und zwar schnell. Einer plötzlichen Eingebung folgend, sagte er ruhig: »Sie stecken hinter Blumenstihls Entführung, und jetzt bedrohen Sie auch ihre Tochter.«

»Ach … wirklich? Ich könnte Florence nie etwas antun. Aber wissen Sie was? Falls Sie Florence vorher nicht mehr treffen sollten – kommen Sie einfach heute Abend ins Moulin Rouge, und ich verspreche Ihnen: Sie werden Florence von einer ganz neuen Seite kennenlernen!« Das beunruhigende Gekicher Legros' klang noch in Peters Ohren, als dieser schon längst aufgelegt hatte.

Das war gehörig in die Hose gegangen. Nicht nur, dass er Florences Adresse nicht herausbekommen hatte, nein: Legros wusste jetzt obendrein, dass er, Peter, noch in Paris war. Jedwedes Überraschungsmoment, falls er denn Legros gegenüber ein solches brauchen würde, war dahin. Stirnrunzelnd sah Peter auf seine Uhr. Tatsächlich: Sein Flug nach New York war mittlerweile in der Luft. Zwar hatte er nicht vorgehabt, diesen Flug auch anzutreten, doch Legros hatte den Nagel auf den Kopf getroffen: Theoretisch hatte er, Peter, seinen Flug verpasst. Aber woher wusste Legros überhaupt, dass er heute zurückfliegen sollte? Jemand musste es ihm verraten haben, und zwar jemand von Chroseby. Was genau wurde hier eigentlich gespielt?

Er schaute in den blauen Pariser Himmel und atmete die noch kühle Morgenluft ein. So leicht würde er nicht aufgeben. Ob Florence wirklich in Gefahr schwebte? Oder ging es doch um Bernardine? Warum nur ging Florence nicht an ihr Handy und hatte ihm diese kryptische Nachricht hinterlassen? Er musste unbedingt mehr über Legros herausfinden! Sein Blick wanderte über die alten Fassaden des kleinen Gässchens hinüber zu einer Metrostation. Schwarz gekleidete Massen quollen aus dem ewig geöffneten Höllenschlund und eilten in alle Richtungen davon.

Er wollte gerade zurück in sein Hotel schleichen, als er in einem vor Dreck fast blinden Schaufenster ein unscheinbares, rotes Schild las: »Cybercafé«.

Peter trat ein. An einem Computerplatz saß ein afrikanischer Mann mittleren Alters, in der einen Hand ein belegtes Baguette, die andere Hand auf der Tastatur. Als er zu Peter hochblickte, lächelte er mit weißen Zähnen, stand auf und bot ihm seinen Platz an. Dabei wischte er mit seinem Ärmel über die Tastatur und den Tisch. Als Peter sich an dem Mann vorbei zu dem angebotenen Sitz zwängte, klopfte dieser ihm verbrüdernd auf die Schulter und verschwand hinter einem bunt gestreiften Vorhang. Peter rief eine Suchmaschine auf und gab Legros' Namen ein:

***Marcel Legros** (eigentlich Marcel Gachet, *14. April 1949 in Arles) ist ein französischer Maler und Kunstfälscher. Er studierte Kunst und Kunstgeschichte an der Sorbonne, feierte in den 70er- und 80er-Jahren große Erfolge als Kunsthändler. Am Ende seiner »Karriere« rühmte er sich damit, weltweit mehrere Tausend Fälschungen verkauft zu haben. Tatsächlich haben seine Fälschungen inzwischen eigenständigen Ruhm erlangt. 1995 wegen Betrugs verurteilt. Lebt seit seiner Entlassung zurückgezogen in Paris.*

Legros war ein verurteilter Verbrecher. Peter las die letzte Zeile noch einmal, nur, um sich einzugestehen, dass es zu seinem Bild von Legros passte. Er klickte auf den Link in der Fußnote. Ein kurzer Zeitungsartikel aus dem Jahre 1995 öffnete sich.

Berühmter Fälscher verhaftet. Junge stirbt.
Port-Saint-Louis-du-Rhône: Trotz des starken Mistrals konnte nach einer abenteuerlichen Flucht gestern auf dem Meer der berühmte Kunsthändler Marcel Legros als Fälscher überführt werden. Wie aus Polizeikreisen zu hören war, kam es aufgrund des

stürmischen Wetters zu einer Verkettung unglücklicher Umstände, in deren Konsequenz der zwölfjährige Sohn Legros' ertrank.

Stimmen im Wind – Legros hatte seinen Sohn verloren.

Peter suchte, fand jedoch nichts Weiterführendes zu der Verhaftung und dem Tod des Jungen. Er erfuhr nur, dass Legros sich wohl zunächst als Künstler versucht und dann als Kunsthändler einen sehr extrovertierten Lebensstil gepflegt hatte. Mit seinen Eskapaden und Frauengeschichten hatte er anderen berühmten Künstlern offensichtlich in nichts nachgestanden, wie etliche Fotos im Internet zweifelsfrei dokumentierten: ein sichtbar jüngerer Legros, meist braungebrannt, im weißem Hemd – und stets umgeben von schönen Frauen. Und dort ein Empfang auf der Pariser Kunstmesse Anfang der 90er-Jahre. Da stand eine Frau an Legros' Seite, wunderschön wie Florence. Bernardine Blumenstihl! Sie müssen ein Paar gewesen sein!, schoss es Peter durch den Kopf. Hatte sie von seinen Fälschungen gewusst? Steckten die beiden vielleicht noch heute unter einer Decke? Peter wusste es nicht, aber er würde es herausfinden. Doch dazu brauchte er erst einmal sein Ladekabel und frische Kleidung. Kurz entschlossen beauftragte er einen Taxifahrer, an seiner Statt seine Habseligkeiten von einem Hotel in das andere umzuziehen, und so hing sein Handy kurz darauf tatsächlich an seinem Ladekabel und frische Anzüge hingen im Schrank. Jetzt, so dachte Peter, musste er Charlie sprechen. Sein alter Studienfreund hatte ihm nicht alles über Legros erzählt. Warum nur hatte er ihn nicht vor Legros gewarnt und ihn wissen lassen, dass dieser im Gefängnis gesessen hatte? Irgendetwas war an der ganzen Sache falsch.

Da sein Handy erst langsam wieder zum Leben erwachte, nahm Peter eine kurze Dusche, rasierte sich ausgiebig, zog sich einen Anzug an. Dann schaltete er das Smartphone ein: fünf Anrufe. Zwei von Chroseby und drei von Charles. Peter seufzte, nahm einen großen Schluck Wein und rief Charles an.

»Sag mal, wo steckst du eigentlich? Die ganze Stadt sucht dich! Bist du verrückt geworden? Mein Kollege hat dich nicht in deinem Hotel gefunden, und nachdem ich dich auch nicht erreichen konnte, wollten wir dich gerade bei der Polizei als vermisst melden! Und jetzt ...«

Peter unterbrach den wütenden Redestrom: »Weißt du, man sieht es mir vielleicht nicht immer an, aber ich bin doch tatsächlich schon erwachsen. Und deshalb habe ich beschlossen, heute nicht zu fliegen. Ich habe hier noch ein paar Dinge zu klären. Die Geschichte fängt nämlich langsam an, mich zu interessieren! Aber um dich zu beruhigen: Mir geht es hervorragend. Ich sitze hier in der Sonne, trinke ein gutes Gläschen Rotwein ...«

»Peter, du kommst sofort ...«

Erneut schnitt Peter ihm das Wort ab: »Warum hast du mir nicht erzählt, dass Legros im Knast saß? Ich denke, du warst bei Interpool? Weißt du, Charles, irgendwie werde ich das Gefühl nicht los, dass du mir etwas verheimlichst.«

»Quatsch! Ich wollte dich lediglich beschützen. Wenn es dir gut geht, bin ich beruhigt. Aber du musst sofort zurückkommen. Es ist gefährlich! Dass Legros im Knast war, wusste ich nicht, oder ich hatte es vergessen. Was weiß ich. Ist ja auch schon zwanzig Jahre her.«

»Zwanzig Jahre? Woher weißt du denn, dass er vor zwanzig Jahren verhaftet wurde, wenn du dich angeblich nicht an die Sache erinnern kannst?«

»Hast du doch gerade gesagt!«

»Nein, habe ich nicht, Charles!«

Womit die Sache mit Charles' Heimlichtuerei bewiesen wäre, dachte Peter. Nur zugeben würde Charlie natürlich kein Wort davon. Na, großartig. Peter zögerte. Sollte er ihm davon erzählen, dass er, Peter, heute Abend vermutlich auf Legros treffen würde – so als Absicherung, falls ihm etwas passieren sollte? Peter überlegte kurz, entschied sich dann doch dagegen. Stattdessen wechselte er das Thema: »Wie war eigentlich dein Gespräch mit den Chinesen?«

Charles dachte nach, ehe er schließlich sagte: »Um ehrlich zu sein: Nicht gut. Irgendwer hat ihnen gesteckt, dass es bei den Bildern einen Fälschungsverdacht gibt. Deshalb haben sie die Gespräche abgebrochen. Alles ziemlich schiefgelaufen, das Ganze ...«

»Und was heißt das für eure Auktion?«

»Keine Ahnung. Wenn ich sie nicht wieder einfangen kann, müssen wir neue Käufer suchen.«

»Tut mir leid.«

»Ich besorge dir jetzt einen neuen Flug, und den nimmst du dann, okay? Sonst komm ich dich holen, verstehst du?«

»Okay«, sagte Peter betreten, während sich in seinem Kopf die Puzzleteile zu einem Bild formten: Florence. Sie hatte Legros alles weitererzählt. Nein, er, Peter selbst, hatte nicht nur seinen Auftrag vergeigt, sondern Chroseby auch um ein Millionengeschäft gebracht. Und das nur, weil er seine Hormone nicht im Griff hatte. Er würde Florence diesbezüglich zur Rede stellen. Ein letztes Mal noch würde er nach ihr suchen und dann Paris verlassen. Natürlich – er hatte Florence versprochen, ihr bei der Suche nach ihrer Mutter zu helfen, und er sorgte sich auch um sie. Aber wie sollte er ihr helfen, wenn er ihr nicht vertrauen konnte? Woher wusste er denn, ob nicht auch die Sache mit Bernardines Verschwinden nur ein Teil irgendeines perfiden Planes war, dessen Gesamtbild sich ihm noch nicht erschloss. Vielleicht kam er der Sache ja heute Abend auf den Grund.

Peter war zu Fuß zum Moulin Rouge gelaufen. Entlang der Seine, mit den alten Brücken und Bücherständen, dann hoch nach Pigalle, jenem als Touristenfalle verschrienen Vergnügungsviertel, in dem sich auch das Haus mit der berühmten Roten Mühle befand. Im Hintergrund erhoben sich die weißen Kuppeln der Sacré-Cœur, die Lichter blinkten, und die sich drehenden Flügel der Roten Mühle lockten die vorbeiziehenden Touristen in die bevorstehende Abendshow. Wie bereits unzähligen Generationen zuvor, versprach dieser Ort den Menschen auch heute Abwechslung, kurzweilige Unterhaltung und jede Menge nackte Brüste.

Von einer Bank aus hatte Peter sowohl den Haupt- als auch den Seiteneingang im Blick, und an den Abendkassen bildeten sich erste Schlangen. War es wirklich eine gute Idee gewesen, Legros' Einladung zu folgen? Nach alldem, was er über ihn gelesen hatte, verspürte er wenig Lust, sich auf ein weiteres Treffen mit ihm einzulassen. Auf der anderen Seite wollte er Florence wiedersehen – und so blieb ihm wohl keine andere Wahl. Sein Plan, sie vorher auf der Straße abzupassen, war jedenfalls schon einmal nicht aufgegangen, denn inzwischen war es 20:45 Uhr, und die Menschenschlange hatte sich aufgelöst. Also erhob er sich und schlenderte auf den Seiteneingang zu. Dabei beobachtete er zwei Männer, die einen kleinen weißen Laster entluden. Junge, hübsche Frauen und Männer liefen aufgeregt schnatternd an ihm vorbei Richtung Seiteneingang.

»Man ist hässlich, aber das Leben ist schön!«, sagte plötzlich eine Stimme neben ihm. Der Mann, zu dem die Stimme gehörte, zog geräuschvoll den Zigarettenqualm tief in seine Lunge. Hielt inne. Und dann, mit dem Ausblasen: »Sind Sie Mr. Falcon?«

Irritiert betrachtete Peter den jungen Mann, der sich nun unmittelbar vor ihm aufgebaut hatte und ihm so den Weg versperrte. Er roch unangenehm nach einer Mischung aus Zigaretten, Alkohol und einem billigen Aftershave. »Wer sind Sie?«, stellte Peter die naheliegendste Frage, doch der Fremde trat lediglich einen Schritt beiseite und öffnete mit einem angedeuteten Diener die Seitentür: »Wenn Sie mir bitte folgen würden.«

Peter musterte den Mann genauer. Wie ein Angestellter sah er nicht aus in seiner schlecht sitzenden Samtjacke, den Chucks und abgetragenen Jeans. Sollte er, Peter, der Einladung des Unbekannten folgen? Hatte Legros ihm eine Falle gestellt?

»Man findet hier zugleich den größten Luxus, die größten Schweinereien, Lärm, Geschrei, Krach und Dreck – mehr als man sich vorstellen kann. Man verschwindet in diesem Paris – und das ist bequem, weil sich niemand für das Leben interessiert, das man führt. Ach, und übrigens, Mr. Falcon: Man erwartet Sie bereits.«

Unruhig folgte Peter dem Mann durch eine ganze Reihe dunkler Gänge. Überall eilten Tänzerinnen und Tänzer umher, dehnten ihre grazilen Körper, zupften gegenseitig an ihren Kostümen, und plötzlich stand Peter gemeinsam mit dem Fremden in einem kolossalen Saal. Wie ein riesiges Zirkuszelt wölbte sich die Decke über ihnen, und über verschiedene Etagen hinweg ergoss sich ein Meer aus weiß gedeckten

Tischen mit kleinen roten Laternen bis direkt vor die Bühne. Die Show lief bereits. Junge Frauen sangen und tanzten mit nur wenigen roten Federn bekleidet. »Du kannst dich hier amüsieren, du kannst hier lachen – alles, was dir Freude macht. Und niemand wirft dir einen bösen Blick zu. Denn hier macht jeder, was ihm gefällt.« Mit warmem Atem zischelte der Mann in Peters Ohr und schob ihn in ein Separee, in dem Peter in der Dunkelheit drei Personen ausmachen konnte. Zwei Männer und eine Frau, die mit dem Rücken zu ihm saß. Zögernd näherte Peter sich ihnen und hoffte, die Frau würde sich als Florence erweisen – doch dann traf ihn die Erkenntnis wie ein Blitz. Es waren zwei Chinesen, die ihm entgegensahen, und als sich die dritte Person erhob und ihn mit einem falschen Lächeln begrüßte, erkannte Peter, wer ihn in diese Lage gebracht hatte. Es war Legros: »Bonjour, Mr. Falcon – oder sollte ich Sie besser als Charles White vorstellen? Schön, dass Sie es einrichten konnten, zu kommen! Bitte, setzten Sie sich doch.«

Peter schlug das Herz bis zum Hals, und es schien ihm, als bekäme er keine Luft mehr. Die Chinesen hatten ihn gefunden, sie steckten mit Legros unter einer Decke!

Peter fuhr herum und wollte fort, als Legros ihn sanft aber bestimmt in einen der Sessel schob und ihm ein Glas Champagner in die Hand drückte. »Sie sind also Mr. Falcon, der Mann mit dem bestimmten Gespür für die Bilder. Darf ich Ihnen Mrs. und Mr. Zhang Wei vorstellen? Die beiden sind extra aus den Staaten eingeflogen, um Sie kennenzulernen«, stellte Legros freundlich fest, und nun folgte Peter doch Legros' Fingerzeig – und staunte. In seinem ganzen Leben hatte er noch nie eine derart attraktive und elegante Asiatin gesehen. Sie trug ihre langen, schwarzen Haare zu einem kunstvoll verdrehten Dutt, die blasse Haut war dezent geschminkt, und lediglich der rote Lippenstift verriet eine gewisse Extravaganz. Mit einem höflichen Lächeln und einem Timbre, das einem glasklaren Wasserfall glich, wandte sie sich nun selbst an ihn: »Wie schön, dass wir Sie endlich kennenlernen! Sie sind doch Mr. Falcon? Entschuldigen Sie bitte, wenn ich noch einmal nachfrage, aber ich konnte Mr. Legros' Vorstellung nicht ganz folgen. Was genau haben Sie mit Herrn White zu tun?«

Peter lief rot an. Er saß in der Falle, ihm wurde heiß. »Ich, also, ähm, ich bin Peter Falcon.«

Frau Zhang Wei schaute ihn aufmunternd an.

»Mr. Legros muss da etwas falsch verstanden haben«, brachte Peter mühsam hervor und versuchte ein Lächeln.

»Ach, so ist das. Wir hatten schon im Vorfeld versucht, Sie durch unsere Mitarbeiter zu kontaktieren, aber letztlich konnten diese Sie nicht antreffen. Sie scheinen ein viel beschäftigter Mann zu sein, Mr. Falcon. Aber wie dem auch sei – jetzt hat Mr. Legros ja den Kontakt heute Abend endlich herstellen können.« Sie zwinkerte ihm aus ihren großen mandelförmigen Augen zu, und Peter wusste nicht, ob er lachen oder erleichtert aufatmen sollte. Man hatte ihn nur *sprechen* wollen! Niemand war hinter ihm her gewesen. Die Flucht, die permanente Angst waren vollkommen sinnlos gewesen. Und dann gesellte sich zu der Peinlichkeit des Augenblicks ein zweites Gefühl: Wut. Beherrscht schluckte Peter beides hinunter: »Sie haben recht, ich hatte die letzten Tage furchtbar viel zu tun. Allerdings wüsste ich jetzt und hier auch nicht, wie ich Ihnen helfen könnte.«

»Vielleicht erkläre ich erst einmal, warum wir hier sind. Sie müssen wissen, dass wir ein Museum in Shanghai eröffnen werden, das die größte Sammlung europäischer Kunst in China beherbergen soll. Ja, wir wollen dem großen chinesischen Volk etwas zurückgeben und ihm ein neues Fenster öffnen. Wissen Sie, die Sicht gewisser Künstler, hier aus Europa, dem 19. Jahrhundert, ... das ist ja keine Sache, die sich auf Europa beschränken soll. Auch China soll es sehen!«

Waren es denn nicht genau die Asiaten, die damals die Impressionisten beeinflussten, dachte Peter. Die Flamme der Phantasie, sie war weitergewandert.

»Wir sind dabei immer auf der Suche nach allen impressionistischen Kunstwerken, die überhaupt noch auf dem Markt verfügbar sind! Sie wissen ja, die Nachfrage ist riesengroß, das Angebot klein und selten. Und da stellt die kommende Auktion bei Chroseby eine kleine Sensation dar. Doch noch während wir uns vor zwei Tagen die Bilder von Herrn White zeigen lassen, erreichte uns eine E-Mail von Herrn Legros, der uns freundlicherweise darauf hingewiesen hat, dass es Zweifel an der Echtheit der Bilder gibt – und dass Sie, Mr. Falcon hier in Paris über die Provenienz dieser Bilder forschen. Stimmt das? Mr. Legros hat uns ja schon viel von Ihnen und Ihren Fähigkeiten erzählt. Können Sie uns schon etwas zu den Bildern sagen? Sind es Fälschungen?« Nur ein leichtes Rot auf den Wangen Zhang Weis verriet ihre Aufregung.

Die Herbstauktion war gestorben.

Peters Gesichtszüge entgleisten für den Bruchteil einer Sekunde, und er nahm einen großen Schluck aus seinem Glas.

Mrs. Zhang Whei musterte ihn erwartungsvoll, doch die Gedanken überschlugen sich in Peters Kopf. Er fühlte sich entlarvt, überrumpelt und vorgeführt.

»Nun, Herrn Falcon hat es offenbar die Sprache verschlagen. Dann fang ich mal an«, erlöste Legros ihn schließlich.

»Der Marktanteil an nicht authentischen impressionistischen Gemälden ist sehr hoch, und die Ablehnung funktionierender, wissenschaftlicher Methoden ist für den Handel eine ökonomische Notwendigkeit. Im Falle eines negativen Ergebnisses einer Untersuchung behauptet der Verkäufer – heute ebenso wie in der Vergangenheit –, dass nicht das Kunstobjekt, sondern die wissenschaftliche Messung falsch und die Methode unbekannt sei. Entscheidend sind die persönlichen Meinungen sogenannter Experten. Und diese Meinungen sind ebenso käuflich wie die Bilder selbst.«

Peter wusste, wovon Legros sprach – natürlich. Aber er konnte ihm nicht zustimmen, nicht hier und jetzt. Legros hatte ihn wie eine Marionette manipuliert, indem er ihn durch Florence vor der angeblichen Bedrohung irgendwelcher Chinesen warnen ließ. Und jetzt sollte es so aussehen, als ob er, Peter, den Verdacht der Fälschung vor der Welt geheim halten sollte?

Ein Blick zu Legros bestätigte dessen Vergnügen an dieser Charade. Genüsslich hatte dieser sich zurückgelehnt, nippte an seinem Glas Champagner und beobachtete Peters Reaktion.

Peter richtete sich auf. »Ich … also, hier liegt eine Verwechselung vor. Ich bin kein Kunstexperte und ich habe auch keine Informationen für Sie. Ich bin … ich wollte … ich bin – nur als Tourist …«

Legros unterbrach Peters Gestottere: »Was Mr. Falcon Ihnen erklären möchte ist, dass er sich hier in Paris im Auftrag von Chroseby als Charles White ausgibt, um ebenfalls an Informationen über die Bilder der kommenden Herbstauktion zu gelangen, habe ich recht?«

»Stimmt das, Mr. Falcon?«, echote die Asiatin. Doch Peter

betrachtete weiterhin stumm seine Schuhspitze. Das lief hier alles aus dem Ruder.

»Da Sie also nun mal alle die gleichen Informationen suchen, dachte ich mir, es wäre doch eine gute Idee, Ihnen allen zusammen die gewünschten Informationen zukommen zu lassen. Der Kunstexperte, den Sie beide suchen, sitzt nämlich zu Ihrem Glück ebenfalls an diesem Tisch.«

Peter und Mrs. Zhang Wei sahen Legros, der sich unwillkürlich in Pose gesetzt hatte, verwundert an und schienen noch immer auf eine Antwort zu warten, doch Peter war noch immer viel zu sehr mit sich selbst und seinen eigenen Gedanken beschäftigt. Hinter der ganzen Geschichte steckte Legros! Wie Puzzleteile fügte sich alles, was geschehen war, zu einem logischen Bild zusammen. Legros hatte erst Peter und dann die Chinesen nach Paris gelockt, um den Kunstmarkt zu erschüttern! Charles konnte nicht nur seine Auktion vergessen – auch sein Ruf war hinüber. Garantiert würde Legros jetzt die Bilder als Fälschung bestätigen. Aber was hatte der Mann bloß davon?

»Sie haben die Informationen für uns?« Mrs. Zhang Wei klang jetzt erbost. »Und Sie lassen uns Mr. Falcon völlig umsonst suchen? Was bezwecken Sie damit?«

»Beruhigen Sie sich«, wandte Legros sich an Mrs. und Mr. Zhang Wei. »Zugegebenermaßen hatte ich Charles White die Informationen exklusiv angeboten, ehe ich von Ihrem Interesse an den Bildern wusste. Allerdings hatte Mr. White so wenig Interesse daran, dass er Mr. Falcon als eine ziemlich schlechte Kopie seiner selbst zu unserem diesbezüglichen Treffen schickte. Nur dank meiner Patentochter habe ich überhaupt davon erfahren, dass ich Sie direkt ansprechen könnte. Ich weiß zwar nicht, welche schöne Summe Schweigegeld Mr. Falcon als Chroseby-Beauftragter in seiner Tasche durch Paris trägt, aber als unbestechlicher Mensch sah ich es als meine Pflicht, alle Parteien an einen Tisch zu bringen, um das falsche Spiel Chrosebys aufdecken zu können. Vielleicht möchte jetzt auch Mr. Falcon endlich seine Maskerade fallen lassen …«

Süffisant lächelnd und unübersehbar zufrieden lehnte er sich in seinem Sessel zurück und blickte erwartungsvoll in die Runde.

Peter war fassungslos. Hatte er eben noch gedacht, er hätte Legros' Spiel durchschaut, liefen ihm nun Schweißperlen in die Augen, die schmerzhaft brannten. Leise hauchte er: »Entschuldigen Sie mich bitte kurz.« Dann griff er nach seiner Tasche und wankte in Richtung der Toiletten, wo er hastig seine Krawatte lockerte und sich kaltes Wasser ins Gesicht schöpfte. Die Erfrischung tat ihm gut, brachte ihn einem Verständnis für die Gesamtsituation aber dennoch nur bedingt näher. Sicher war nur eins: Er hätte Florence nichts von seinem Auftrag sagen dürfen. Wie naiv er doch gewesen war! Wenn Charles herausfinden würde, dass der Deal seinetwegen geplatzt war, dann … Nein, dachte Peter, er trug diese Schuld nicht allein. Charles hätte ihn nicht so einfach ins offene Messer laufen lassen dürfen. Schließlich war sein alter Studienfreund der mit der Agentenkarriere. Auf der anderen Seite … Was, wenn Legros recht hatte, und Charles ihn absichtlich nach Paris geschickt hatte, anstatt selbst zu fliegen? Doch warum hätte Charles das tun sollen?

Peter schwirrte der Kopf; er brauchte frische Luft. Vorsichtig öffnete er die Tür und lief dann geduckt um die nächste Ecke und einen langen Flur entlang. In der Revue schien es gerade einen Szenenwechsel zu geben. Ein Dutzend barbusiger Mädchen drängte an ihm vorbei und verschwand in einem Seitenaufgang. Ohne zu überlegen, folgte er ihnen. Irgendwo musste ein Künstlerausgang sein, und der würde ihn ungesehen an Legros und dem Mann vom Eingang, der ihn sicherlich im Blick behalten sollte, vorbeibugsieren.

Er folgte den Mädchen über eine enge Eisenstiege und stand unerwartet auf der Bühne hinter einem der vielen Vorhänge. Erschrocken wich er zurück – und erstarrte, als er einen kurzen Blick auf das laufende Bühnenprogramm warf.

Eine der Tänzerinnen sah aus wie Florence.

Nein, sie war Florence.

Sie trug eine rote, hochtoupierte Perücke und in den Haaren zwei riesige, rosafarbene Mohnblüten, die bei jeder ihrer Tanzbewegungen vom Kopf zu fallen drohten. Als einzige Tänzerin hatte sie ein altmodisch wirkendes, weites schwarzes Kleid nach spanischer Mode an, dessen Oberteil viel Brust zeigte, aber gleichzeitig bis zum Boden reichte. Sie tanzte einen wilden Bolero. Peter musste ein paarmal mit den Augen zwinkern, zu sehr vermischten sich die umherwirbelnden Tänzerinnen mit dem bunten Bühnenbild.

Er schlich zwei, drei Meter am Seitenvorhang entlang, um besser sehen zu können, als jemand leise an ihn herantrat und murmelte: »Wahnsinns-Frau, was? Ich komme nur, um den Rücken {…} zu sehen. Schau ihn dir gut an, du wirst kaum etwas so Herrliches sehen. Komm, hier sieht man besser.« Mit diesen Worten zog der Mann Peter hinter einen riesigen Pfeiler, auf dem die Lichtorgel angebracht war. Verstohlen schaute Peter zur Seite, konnte aber in der Dunkelheit nicht erkennen, wer da neben ihm stand. Nur der Geruch des Fremden stach ihm unangenehm in die Nase. Wildes Tier im Käfig. Er versuchte, ein Stück wegzurücken.

»Das ist *mein* Mädchen.« Der Typ grinste und drehte sich zu ihm um. Es war der Clochard, der für Legros arbeitete. »Ich bin übrigens Alain. Aber wir hatten ja schon das Vergnügen …«

»Florence?«, flüsterte Peter tonlos.

»Woher kennst du sie?« Alain funkelte ihn böse an, aber Peter war mit einem Mal vollkommen ruhig. Es war alles nur ein Spiel. Nichts war echt und er der Narr in einer Posse. Ihm reichte es. Langsam und deutlich antworte er: »Seltsam, Alain. Davon hat sie mir gestern Nacht nichts erzählt. Aber nun gut. Geredet haben wir nicht viel …«

Alains Faust sauste auf sein Gesicht zu. Peter erkannte die eintätowierten Buchstaben H.A.T.E auf seinen Fingern.

Dann wurde alles schwarz.

Der Sturm

Mistral-Wind, du Wolken-Jäger,
Trübsal-Mörder, Himmels-Feger,
Brausender, wie lieb' ich dich!
Sind wir zwei nicht
Eines Schoßes Erstlingsgabe,
Eines Loses Vorbestimmte ewiglich?

Stimmen im Wind. Schmerzen im Kopf.

Ein gewaltiger Knall weckte Peter, und völlig orientierungslos dauerte es, bis er begriff, dass um ihn herum ein Sturm tobte. Wie ein Derwisch wirbelte dieser über das Dach, brach Ziegel ab und tanzte mit ihnen einen teuflischen Tanz, dass sich die Dachbalken bogen.

Das Pfeifen und Knarren bohrte sich in Peters Kopf.

Alles schien sich zu drehen.
Fieberwahn.

Kaum erwacht, hört ich dein Rufen,
Stürmte zu den Felsenstufen,
Hin zur gelben Wand am Meer.
Heil! Da kamst du schon gleich hellen
Diamant'nen Stromesschnellen
Sieghaft von den Bergen her.

Er hatte keine Ahnung, wo er war. Ein winziges Fenster an der gegenüberliegenden Wand ließ nur Fetzen des Mondlichts, das die Silhouette einer Bergkette abbildete, in ein kleines Zimmer. Er lag auf einer hölzernen Pritsche, und als er sich mühsam aufzurichten versuchte, um einen Blick aus dem Fenster zu werfen, bohrte sich das Rauschen und Sausen um ihn herum mit zermürbender Penetranz in sein Gehirn. Auch der Boden schien sich zu drehen, sodass Peter sich zurück auf die Pritsche fallen ließ. Durch das geöffnete Fenster strömte die vom Sturm aufgewirbelte Luft, die er wie ein Ertrinkender einsog.
Husten.
Atemnot.

Wirbeln wir den Staub der Straßen
Allen Kranken in die Nasen,
Scheuchen wir die Kranken-Brut!
Lösen wir die ganze Küste
Von dem Odem dürrer Brüste,
Von den Augen ohne Mut!

Die Gedanken ließen sich nicht einfangen. Der Sturm wälzte sich wie eine einzige, stundenlang anhaltende, gnadenlose Böenwalze. Dröhnend durchzog er die Landschaft und mit sich lose Äste, ganze Bäume und Dachziegeln. Und irgendwann riss er auch Peter mit sich, hinab in einen tiefen, traumlosen Schlaf.

Es war bereits Morgen, als Peter erneut geweckt wurde; diesmal allerdings von dem kräftigen Gezwitscher eines ganzen Bataillons von Staren. Mühsam blinzelte er sich wach. Er konnte sich an nichts mehr erinnern. Als er sich mit der Hand übers Gesicht rieb, blieb er an etwas Klebrigem, Hartem hängen. Irritiert schaute er auf seine Finger und erschrak. Sie waren voller Blut!

Er tastete sein Gesicht ab, konnte aber keine offene Verletzung feststellen. Nur die Nase schmerzte höllisch.

Der Schlag.

Der Sturm.

Langsam kamen die Bilder zurück, und mit ihnen kam die Angst.

Wo war er?

Die weißen Steinwände verstärkten die ersten Sonnenstrahlen, so dass er geblendet die Augen zusammenkniff und sich die stechenden Schläfen rieb.

Den Schmerzen in seinem Körper zum Trotz rappelte er sich auf und tastete in seinen Hosentaschen nach seinem Handy.

Es war weg.

Natürlich.

Suchend wanderte sein Blick umher. Noch etwas fehlte … das Geld!

Verdammt; das war übel.

Vorsichtig schlich er zu der alten Holztür, die sich entgegen seiner Erwartung mühelos öffnen ließ, betrat einen dunklen Flur und folgte ihm, bis er unvermittelt im Freien stand. Geblendet von der Sonne schirmte er seine Augen ab – niemand war zu sehen. Er befand sich irgendwo in den Bergen. Inmitten eines parkähnlichen Gartens, voller Platanen, Akazienbäume und blühendem Oleander. Die Sonne war mittlerweile voll aufgegangen, und ein samtig-weicher Sommerwind kündete einen heißen Tag an. Rote Erde, hellgrüne Weinberge, blauschwarze Zypressen.

Unwirklich.

Die Sonnenstrahlen reflektierten von einem weißen Bergmassiv, das in ein paar Kilometer Entfernung in den Himmel emporragte. Dessen spitze Form erinnerte an den Querschnitt einer Pyramide.

Peter atmete tief ein.

Stille.

Als er unvermittelt hinter sich eine warme Frauenstimme vernahm, zuckte Peter erschrocken zusammen. »Ah, bonjour! Ich habe also Besuch. Sind Sie schon lange hier? Eine phantastische Aussicht, nicht wahr? Diese Ruhe und dieses Farbenspiel sind einzigartig, wenn Sie mich fragen.«

Peter erkannte sie sofort, denn er erkannte Florence in ihr – dichte, graublonde Haare und die gleichen langen, dünnen Arme wie Florence. Bernardine, mit einer Staffelei und Farben unter dem Arm. Die langen Haare unter einem Strohhut zusammengesteckt, reichte sie Peter sanft ihre Hand: »Bernardine Blumenstihl, mit wem habe ich die Ehre?« Ihre wachen, hellblauen Augen waren umrahmt von einer gewissen Melancholie, und Peter spürte eine Vertrautheit zu ihr, die er – das war ihm bewusst – nicht erwidern konnte. Daher schluckte er trocken und tat das Naheliegendste: Er stellte sich vor. »Peter Falcon. Ich bin ein Freund von Florence, wenn man das so sagen kann.«

Als der Name ihrer Tochter fiel, musterte Blumenstihl ihn erstaunt: »So, so … Florence also. Wie geht es ihr denn?« Ohne seine Antwort abzuwarten, fügte sie hinzu: »Sie sind Amerikaner, nicht wahr? Darf ich fragen, was Sie hierhergeführt hat?«

Wie vom Donner gerührt starrte Peter sie an: »Ich dachte, *Sie* könnten mir sagen, was ich hier mache! Oder wo ich hier bin. Oder wie ich hierhergekommen bin. Das Letzte, an das ich mich erinnern kann, ist, dass ich im Moulin Rouge Legros traf, Florence tanzen sah und ihr komischer Freund mich k. o. geschlagen hat.«

»Ach, Sie meinen Alain, den Versager? Keine Ahnung, was Florence an ihm findet. Aber kommen Sie, setzen wir uns ein wenig.« Sie ging zu einer kleinen Terrasse neben dem Eingang, wo auf alten Holzmöbeln ein kleines Frühstück bereitstand. Vorsichtig platzierte Bernardine ihre Staffelei und die Farben auf einem Stuhl und bot Peter, der ihr hinterhergetrabt war, einen Kaffee an. Dankbar griff er nach einem Baguette, brach sich ein Stück ab und steckte es sich in den Mund.

»Also sind Sie auch unfreiwillig hier?«, nahm Bernardine das Gespräch wieder auf und musterte ihn neugierig.

Unfreiwillig?! Peter nickte. »Zumindest hat mich niemand gefragt, ob ich hierher kommen möchte – oder es für nötig befunden, mir im Vorfeld zu sagen, wohin die Reise geht. Und Sie … Sie sind auch nicht freiwillig hier? Stecken Sie denn nicht mit Legros unter einer Decke?«

Bernardine runzelte die Stirn: »Legros? Was hat denn Marcel damit zu tun?«

Peter schlang Kaffee und ein zweites Stück Brot hinunter, ehe er antwortete: »Eigentlich bin ich nur wegen Ihrer E-Mail nach Paris gereist, aber dann waren Sie nicht da. Ihr Freund Legros hat dann zunächst behauptet, Sie seien in Ihrem Landhaus, um sich zu erholen. Später aber hat er Ihrer Tochter gedroht und behauptet, Sie seien in Gefahr!«, sprudelte es aus ihm heraus.

Bernardine hatte sich eine Zigarette angezündet. Sie war immer noch eine sehr schöne Frau. »Mein liebster Marcel droht Florence?« Sie schüttelte den Kopf. »Aber um auf Ihre erste Frage zu antworten: Nein, ich bin nicht freiwillig hier, auch wenn ich die Umstände nutze und die Ruhe und Abgeschiedenheit schätze. Stellen Sie sich vor: Ich habe angefangen zu malen!«

»Von wem werden wir denn hier gefangen gehalten?« Beklommen sah Peter sich um. Natürlich, die Tür war offen gewesen, und er konnte sich theoretisch frei bewegen. Aber wohin hätte er gehen sollen, wenn er noch nicht einmal seinen Standort kannte – geschweige denn, das nächstlohnende Ziel, das ihn zurück in die Zivilisation würde bringen können.

Als hätte Bernardine seine Gedanken gelesen, lächelte sie: »Man kann auf viele Arten gefangen sein, mein junger Freund. In meinem Fall bin ich zwar unfreiwillig hergekommen, aber nun lediglich Gefangene der örtlichen Gegebenheiten und meines Alters. Schauen Sie um sich! Die nächsten Häuser sind etliche Kilometer entfernt, und ich habe einfach nicht die Kraft, bis dorthin zu laufen. Oder besser gesagt: Nicht das Bedürfnis. Wenn ich ehrlich bin, ist dieser Ort, ist diese Situation hier die Pause, die ich mir im Grunde seit Langem ersehne. Eine Pause, um über alles nachzudenken.

Um über die eigene Rolle …« Sie schaute in die Ferne, dann zu Peter: »Tatsächlich glaube ich, Chroseby hat mich aus dem Verkehr gezogen – aber sie behandeln mich gut. Und wenn ich ehrlich bin, kann ich Chroseby sogar auch ein bisschen verstehen.«

Hatte Peter sich gerade verhört? »Was hat Chroseby mit Ihrer Entführung zu tun?«

»Nun, nicht direkt das Auktionshaus. Aber gewisse Kräfte, die von den Verkäufen profitieren. Also die, die Provisionen kassieren … Sie wissen vielleicht, dass ich schon lange an einer Geschichte über eine Kopistenwerkstatt forsche. Aber nicht so ein Fälscherring, der dann nach ein paar Jahren auffliegt, weil sie die falschen Farben verwendet haben. Nein, ein richtiges Familienunternehmen, das hier im Süden Frankreichs schon seit über hundert Jahren existiert. Eine regelrechte Manufaktur. Ausgestattet mit den besten Handwerkern, lieferten sie die besten Kopien impressionistischer Gemälde in alle Welt. Wissen Sie, was meine Entdeckung bedeutet? Was wäre, wenn die Hälfte aller Bilder in den Sammlungen der Welt sich als schlichte Kopien erweisen? Dass gewisse Leute daher etwas gegen meine Forschungen haben, ist doch klar. Offensichtlich wollte einer von denen mit mir sprechen. Am vereinbarten Treffpunkt wurde ich dann gebeten, in einen Wagen zu steigen. In diesem fuhr man mich, ohne viel zu erklären, hierher. Erst dachte ich, es handelt sich um einen Scherz, doch als ich an diesen Ort gebracht wurde, teilte man mir mit, dass ich hier warten müsse. Auf Sie, Peter? Haben Sie mir etwas mitzuteilen?«

Peter schüttelte den Kopf. Nichts von alldem ergab einen Sinn. Bernardine Blumenstihl forschte tatsächlich über die Bilder. Doch warum war sie hier? Und was hatte das Auktionshaus damit zu tun? »Ich bin von Chroseby nach Paris geschickt worden, um herauszufinden, was Sie mit ihrer kryptischen E-Mail erreichen wollten. Um genau zu sein, sollte ich in Erfahrung bringen, ob Sie Chroseby tatsächlich mit Ihrem Fälschungsverdacht erpressen wollten, und –«

»Ich soll Chroseby erpressen wollen?«, unterbrach Bernardine ihn brüsk. »Mit einer E-Mail? Jetzt hört es aber auf! Was soll ich denn geschrieben haben?«

»Angeblich haben Sie Informationen, welche die Echtheit einiger berühmter Bilder, die in der kommenden Herbstauktion bei Chroseby versteigert werden sollen, infrage stellen …«

»Das ist wohl richtig, aber jemanden zu erpressen, soweit würde ich nie gehen!«

»Wer auch immer mich heute Nacht hierhergebracht hat, wollte offenbar, dass ich mit Ihnen rede. Also, was wollen Sie von mir? Wollen Sie mir etwas über die Bilder der kommenden Auktion erzählen, oder wollten Sie einfach nur Geld? Ich habe gehört, Sie haben Geldprobleme und keine Professur mehr? Ihr Ruf ist seit der damaligen Fehleinschätzung der sogenannten ›*Mondzeichnungen*‹ von Galileo, die Sie für echt hielten und die sich als plumpe Fälschungen erwiesen, ramponiert, und deshalb …« Peter verstummte. Langsam zweifelte er an seinen eigenen Worten. Wenn Blumenstihl diese Mail nicht geschrieben hatte … was dann? Und wer hatte ihn hierhergebracht?

»Nun, ich gebe zu, dass ich bei den ›*Mondzeichnungen*‹ wesentliche Dinge übersehen habe – ja, übersehen *wollte*. Es war mein absoluter Wunsch, etwas Einmaliges zu finden. Meine Eitelkeit, mein Ego ist damals … implodiert, und ich habe aus diesem Fehler gelernt. Und glauben Sie mir: auch mehr als dafür bezahlt, denn von meinen sogenannten Kollegen regnete es Hohn und Schadenfreude. Rückblickend allerdings war es sogar ein Glücksfall, denn mir wurde bewusst, dass ich schon viel zu lange das Spiel in der Kunstwelt mitgespielt hatte. Geldsorgen hat mir das Ganze allerdings nicht beschert; vielmehr ist aus meiner, nennen wir es mal ›Niederlage‹, die Idee entstanden, mehr über unser Verständnis und der Idee vom Original zu forschen. Dabei bewegt mich eine simple Frage: Ist die ›*Sternennacht*‹ in dem Moment, in dem wir wissen, dass sie *nicht* von Van Gogh ist, eigentlich tatsächlich weniger faszinierend als zuvor?«

Eine berechtigte Frage, dachte Peter. Machte das überhaupt einen Unterschied? Aber warum war es dann so, dass er in gewisse Bilder fiel, während andere ihm verschlossen blieben? Peter wollte etwas fragen, aber Bernardine hatte das Thema gewechselt und war nun wieder bei der Erpressung, die er ihr – wider besseren Wissens – unterstellt hatte: »Also, wie war das jetzt genau mit dieser E-Mail? Wer behauptet also so einen Unsinn? Oder sind Sie einfach nur hier, um mich zu verärgern? Sie tun gerade so, als hätte *ich* sie entführt – aber *Sie* sind doch im Auftrag von Chroseby hier, um mich über meine Arbeit auszuhorchen!«

›Schrödingers Katze‹ kam Peter in den Sinn. Wenn niemand von Außen eingreifen würde, würden er und Blumenstihl einander bis in alle Ewigkeiten misstrauen. Nein, sein Gefühl sagte ihm, dass jemand Drittes sie beide entführt und zusammengebracht hatte. Nur, wer war dieser Unbekannte? Legros? Und warum hatte Charles ihn angelogen? Peter sah jedenfalls keinen Grund, aus dem Blumenstihl ihn anlügen sollte. Er straffte die Schultern und legte alle Offenheit in seinen Blick, die er aufzubringen vermochte: »So kommen wir nicht weiter. Ich jedenfalls wurde definitiv *nicht* von Chroseby hier in dieses Haus geschickt. Sehen Sie sich meine Nase an: Freiwillig habe ich mir das nicht zugefügt. Wenn Sie keine Informationen für mich haben und von Geld nichts wissen wollen, glaube ich Ihnen. Sie machen auf mich nicht den Eindruck eines hinterlistigen Entführers.« Er hielt inne, sah sie weiterhin an und wartete, bis es in ihren Zügen zu arbeiten begann. Dann fügte er hinzu: »Ich schlage vor, wir bekämpfen einander nicht weiter, sondern verlassen diesen Ort stattdessen gemeinsam. Was halten Sie davon?«

Langsam nickte sie: »Schön, Sie haben recht. Sie können natürlich jederzeit gehen. Problemlos, vermute ich. Auch wenn ich mir nicht sicher bin, ob wir beobachtet werden. Manchmal hatte ich so ein Gefühl, hier nicht allein zu sein. Florence meint allerdings, ich sehe überall Gespenster.«

Florence!, dachte Peter, laut aber fragte er: »Und was ist mit Ihnen? Kämen Sie nicht mit?«

»Ach, wissen Sie – mir gefällt es hier. Es wäre vielleicht ganz schön, wieder ein Telefon zu haben, so für alle Fälle. Wenn Sie bitte so freundlich sein könnten, meiner Tochter zu sagen, wo ich mich befinde und dass ich zurzeit nicht erreichbar bin?«

»Wissen Sie denn, wo wir sind?«, fragte Peter.

»Nicht sicher. Aber ich habe in einer Schublade ein altes Foto gefunden. Es zeigt Marcel Legros mit seiner damaligen Familie. Entweder hat das jemand extra hier deponiert, damit ich es finde, oder wir sind hier tatsächlich in Marcels altem Landhaus. Er hat es vor Jahrzehnten für seine Familie gekauft, und wenn ich mich recht erinnere, liegt es irgendwo nördlich der Stadt Aix-en-Provence. Das Bergmassiv, das Sie dort sehen, müsste demnach der Mont Sainte-Victoire sein. Ich kannte ihn bisher nur von den Bildern Cézannes. Und hier«, sie deutete gen Himmel, »sehen Sie einen rosafarbenen Sonnenuntergang mit Zirruswolken. Bald wird er also da sein, der Mistral. Der Druckausgleich beginnt harmlos. Aus großer Höhe gesehen liegt ein riesiger Violinschlüssel über Zentralfrankreich, mit einer im Uhrzeigersinn aus dem Hoch wehenden Brise, beschleunigt zum gefürchteten Wahnsinnswind.« Bernardine ergriff ihre Staffelei. »Wenn ich heute noch etwas schaffen will, muss ich mich beeilen. Bleiben Sie doch noch, wir können uns auch gerne heute Abend weiterunterhalten. Gegen Nachmittag bin ich spätestens zurück.« Und mit diesen Worten wandte sie sich ab, lief einen schmalen Pfad entlang und verschwand bald darauf hinter einem Pinienwäldchen.

Perplex sah Peter ihr nach und beschloss, zunächst noch eine Tasse Kaffee zu trinken. Sollte er versuchen, wieder nach Paris zu kommen? Aber warum? Sein Auftrag hatte sich erledigt. Die Chinesen würden keines der Bilder kaufen, jetzt, wo Legros Chrosebys Bestechungsversuch offengelegt und Beweise einer möglichen Fälschung der Bilder vorgelegt hatte – so viel war sicher. Und Florence? Peter lehnte sich zurück, schob den Gedanken an sie weit von sich und schaute in den tiefblauen Himmel. Nur eine einzige Wolke war zu sehen. Ein solches Wolkengebilde hatte er noch nie gesehen.

Schließlich kehrte er zurück in das buttergelb gestrichene Haus mit den grünen Fensterläden und inspizierte es dieses Mal ausführlicher: drei Zimmer, Küche, Bad. Alles weiß getüncht mit roten Bodenfliesen und sehr spartanisch, aber zweckmäßig eingerichtet. An den Wänden standen gemalte Landschaftsbilder, offenbar zum Trocknen.

Eine winzige alte Fotographie lag auf einem kleinen Regal. Peter hob sie an und betrachtete sie. Das musste das Foto sein, von dem Blumenstihl gesprochen hatte. Florence hatte mit keinem Wort erwähnt, dass Legros eine Familie hatte. Auf dem Foto war ein etwa siebenjähriger Junge mit – so vermutete Peter – seiner Mutter und Legros, seinem Vater, auf einem Segelboot zu sehen. Alle schauten glücklich in die Kamera. Der Junge hatte strohblondes Haar, sein Gesicht war voller Sommersprossen. Er sah aus wie sein Vater: Das musste Vincent gewesen sein, Legros Sohn, der bei seiner Verhaftung ums Leben gekommen war.

Stimmen im Wind.

Peter wurde unwohl. Die Hitze, die sich mittlerweile im Inneren des Hauses gebildet hatte, erschlug ihn fast und stand greifbar vor ihm wie eine Wand. Er musste raus.

Peter folgte dem schmalen Pfad in die Berge. Sanfte Hügel in hellen Gelb- bis satten Grüntönen wurden unterbrochen von kleinen weißen Häusern mit hellroten Dächern. Zypressen und Korkeichen bildeten einen dunkelgrünen Kontrast zu den hellen, nahezu vertrockneten Blättern der Birkenbäume, und über allem thronte, vor dunkelblauem Himmel weißlich glänzend, die Montagne Sainte-Victoire.

Peter ließ seinen Gedanken freien Lauf. Er hatte sein Hemd ausgezogen und band es sich um seinen Kopf. Danach folgte er weiter dem Pfad bis er eine Steintreppe erreichte. Die Treppe führte ihn hinauf auf einen großen Felsvorsprung, von wo sich die ganze Pracht der Landschaft vor seinen Augen ausbreitete. Von hier hatte er einen phantastischen Blick auf das Massiv. Weiß leuchteten die Felsen in der Sonne. Jetzt wurde ihm bewusst, dass er sich vielleicht an genau jener Stelle befand, an der Cézanne seine berühmten Bilder dieses majestätischen Bergmassivs gemalt hatte, und er konnte die Energie spüren, die Cézanne in seinen Bildern einzufangen versucht hatte. Obwohl Peter noch nie zuvor an diesem Ort gewesen war, kam ihm dieser Platz auf merkwürdige Weise vertraut vor.

Wieder lief er durch eine Bildsequenz eines französischen Impressionisten, und es erschien ihm wie ein Déjà-vu. Die Nackte von Manet hatte ihn direkt angeschaut. Die asiatische Kopie von Renoir, auch eine perfekte Kopie von Licht und Schatten. Die tanzenden Mädchen und der sabbernde Alte in der Oper – das war Degas gewesen. Der erblindete Mann unter der japanischen Brücke, Claude Monet. Zuletzt die tanzende Florence im Moulin Rouge oder: Madame Lender tanzt den Bolero von Toulouse-Lautrec. Mit einem Stock schrieb er die Namen der Künstler in den Sandstaub. Das war die Starbesetzung.

Lediglich Van Gogh fehlte. Die Schlusszene? Doch wer schrieb das Drehbuch zu diesem Film mit offenem Ausgang?

Peter lief weiter und stieß unerwartet unter einer tief gekrümmten Korkeiche neben einer klaren Quelle auf Blumenstihl, die eine Staffelei vor sich aufgebaut hatte und in ihre Arbeit vertieft zu sein schien. Als sie Peter neben sich bemerkte, murmelte sie: »Ich versuche, die Perspektive nur durch die Farbe darzustellen. Das Wichtigste auf einem Bild ist, den Raum zu schaffen, daran erkennt man die Begabung eines Malers. Aber heute will es mir irgendwie nicht recht gelingen. Wissen Sie, der Maler muss sich ganz dem Studium der Natur widmen und Bilder schaffen zu suchen, die ein Vorbild sind. Das Reden über Kunst ist zwecklos!«

Peter betrachtete das im Entstehen befindliche Bild. Wie bereits die Bilder in dem gelben Haus, war es ein Ölbild des Berges vor ihm, in kräftigen Farben. »Malen Sie immer das gleiche Motiv? Ich habe im Haus ähnliche Bilder gesehen.«

Sie strahlte eine große innere Zufriedenheit aus, während sie ihm antwortete; ihren Blick noch immer auf das Bild vor sich auf der Staffelei gerichtet: »Die Natur ist immer dieselbe, aber von ihrer sichtbaren Erscheinung bleibt nichts bestehen. Unsere Kunst muss ihr das Erhabene der Dauer geben, mit den Elementen und der Erscheinung all ihrer Veränderungen. Die Kunst muss ihr in unserer Vorstellung Ewigkeit verleihen. Was ist hinter der Natur? Nichts, vielleicht. Vielleicht alles.«

Während er ihr zuhörte, hatte Peter seinen bloßen Oberkörper in der Quelle gekühlt, einige Schlucke getrunken, und zog nun die Schuhe aus, um den heiß gelaufenen Füßen eine Abkühlung zu gönnen. Bernardine gesellte sich zu ihm, und kurz darauf funkelten ihrer beider Füße nebeneinander im Wasser.

Sie nahm seine Hand: »Und Sie, Peter, was verbindet Sie mit der Kunst?«

Peter lächelte: »Nun, mein Vater war Maler. Ich wuchs bei ihm auf, meine Mutter habe ich nie kennengelernt. Ich half ihm oft in seinem Atelier. Wissen Sie, mein Vater war taubstumm, und ich hatte immer das Gefühl, dass ich ihm bei seiner Arbeit am nächsten war. Ich denke, das Malen war seine Art, mit mir zu kommunizieren.«

»Was hat er gemalt?«

»Große abstrakte Gemälde, sehr expressiv, wie das in der Zeit so üblich war. Dennoch würde ich behaupten, dass ich seine Bilder immer von anderen, und seien es noch so gute Kopien, unterscheiden könnte. Das ist eine Frage, die ich Ihnen vorhin schon stellen wollte …« Peter blickte Bernardine jetzt direkt an, weil er das Gefühl hatte, sie könnte ihn vielleicht missverstehen. »Glauben Sie …«, begann er vorsichtig, »... dass man Bilder auch ... anders wahrnehmen kann? Ich meine, wenn ich Sie hier so sehe, dann setzt sich das zu einem Bild zusammen, und dann ... Ich ... also, ich habe manchmal das Gefühl, dass die Dinge ... aus dem ... Rahmen treten. Verstehen Sie? Cézanne sieht den Berg, die Natur und hält sie in seinem Bild fest. Bei mir ist es umgekehrt: Ich sehe ein Bild, und es tritt in meine Welt!« Peter wusste nicht, ob Bernardine ihn verstand, aber jetzt, einmal in Fahrt gekommen, konnte er nicht mehr innehalten. Er wollte all diese Dinge, die ihm geschahen, ja, mit anderen teilen. Wollte, doch wusste nicht, wie er beginnen sollte. Wenn er ehrlich mit sich selbst war, redete er auch ein Stück weit, um seine eigenen Gedanken zu sortieren. Ob Blumenstihl ihn für verrückt halten würde? Vielleicht. Einen Versuch war es wert: »Ich habe manchmal das Gefühl, dass sich in meinem Leben Dinge abspielen, die es eigentlich gar nicht gibt. Weil es nur ... Gedanken sind.« So. Jetzt war es heraus.

»Nur Gedanken?«, wiederholte sie.

»Ja, ich sehe Ihnen beim Malen zu und weiß nicht, ob ich gerade nur Sie sehe oder vielleicht auch den Geist von Cézanne höre ...«

Bernardine öffnete eine Papiertüte und bot Peter französisches Gebäck an. »Kennen Sie den Madeleine-Effekt?«, fragte sie. Peter griff nach dem muschelförmigen Kleingebäck und drehte es in seiner Hand.

»Madeleine-Effekt?«

»Ja, er beschreibt jenes Phänomen des menschlichen Geruchs- oder Geschmackssinns, das Erinnerungen mit nur einem einzigen Duft wachrufen und so lebendig erscheinen lassen kann.«

Peter schaute Blumenstihl fragend an.

»In seinem Roman ›Auf der Suche nach der verlorenen Zeit‹ schildert Marcel Proust, wie der Protagonist Swann von Erinnerungen übermannt wird, als er frische Madeleines mit Tee riecht …«, führte sie weiter aus. »Der Geschmack dieses Gebäcks vergegenwärtigte ihm die Fülle seiner Kindheitserlebnisse mit allen Bildern, Klängen, Geschmäckern und Gerüchen wieder! Es ist eine unwillkürliche Erinnerung, eine Art Déjà-vu, das bei ihm eine Assoziationskette auslöste. Vielleicht verhält es sich ja bei Ihnen ähnlich!? Verstehen Sie?«

Peter betrachtete sein Madeleine, bevor er hineinbiss.

Er schloss die Augen.

Plötzlich und ohne Vorwarnung blies ein Windstoß das Bild von der Staffelei, und Blumenstihl musste von einem Augenblick auf den nächsten schreien, damit er verstand, was sie sagte: »Wir müssen uns beeilen!«

Er nickte, half ihr auf die Beine, und sie kämpften sich gemeinsam gegen den stärker werdenden Sturm zurück zum gelben Haus. Kaum hatten sie ihre Jacken abgelegt, wollte Peter es genauer wissen: »Erinnerungen? Sie meinen, meine Erlebnisse seien Erinnerungen aus der Kindheit? Aber ich war noch nie in meinem Leben in Frankreich und –«

»Bei Proust geht es um das unbewusste, unwillkürliche Gedächtnis – um den Zauber einer unerwarteten Rückkehr in eine Vergangenheit, der man machtlos ausgeliefert ist.« Peter starrte Blumenstihl mit offenem Mund an. »Wie ist das möglich?«

»Ja, manchmal genügt schon ein Wort, eine Form, eine Farbe, der Duft, der Fetzen einer Melodie oder ein gewisses Licht aus, um in die Phantasieströme des eigenen Märchenreichs einzutauchen.

Peter, Sie sind ein sensibler Mensch, haben sich viel mit Kunst beschäftigt. So, wie ich Sie einschätze – warum sollte es Ihnen hier nicht so ergehen! Sie sind am Originalschauplatz! Sie riechen die Pinien, sehen das Licht. Warum sollte das in Ihnen denn nicht starke Emotionen wachrufen? Und es ist doch auch eine tolle Sache, dass Sie eine derart starke Verbindung eingehen können ...«

»Das suche ich mir aber nicht aus, und das macht mir auch Angst. Woher kommen denn diese Erinnerungen, wenn ich doch noch nie zuvor hier gewesen bin?«

»Das weiß ich auch nicht. Das ist ein Teil des Rätsels. Nennen wir es doch vielleicht – ... kollektives Bewusstsein?« Sie nickte, als wolle sie ihrer soeben aufgestellten Theorie Nachdruck verleihen. »Und diese Frage betrifft ja auch meine Forschungen über Original und Kopie! Ich habe die These entwickelt, dass Kunst eine kollektive Idee ist. Ja, dass sie einem kollektiven Gedächtnis entspringt. Der exponierte Künstler ist derjenige, der eine Idee zum Vortrag, sie vielleicht zum Durchbruch bringen kann. Ja, es gibt die Meister. Aber sie entspringen immer einer Zeit kollektiver Gedanken. Anders gesagt: Ich halte diese Idee vom originären Genie – nennen wir ihn den Übermenschen oder den Erlöser –, nach dem der Mensch so oft sucht, für überholt. Die Idee von Original und Fälschung ist eine Erfindung des Marktes!

Ich glaube, derjenige, der das immer schon gespürt hat, war Marcel Legros. Dafür habe ich ihn bewundert. Was er daraus gemacht hat – na ja, dafür habe ich ihn weniger bewundert.«

Peter nickte geistesabwesend, dann wandte er sich ab. Er musste kurz allein sein, musste sich ablenken und seine Gedanken ordnen.

In der Küche fand er eine Flasche Wein und zwei staubblinde Gläser. Als er damit zu Blumenstihl zurückkehrte, stießen sie an. Peter ergiff das Wort: »Legros. Sie meinten heute Morgen, wir wären hier in Legros' Haus, aber dass Chroseby Sie aus dem Verkehr gezogen habe. Ich habe den ganzen Tag versucht, einen Zusammenhang zwischen meinem Auftrag und Legros zu finden, aber es gelingt mir nicht. Wissen Sie, ob Legros und Chroseby zusammenarbeiten?«

»Darüber mache ich mir auch meine Gedanken, und ich komme einfach nicht dahinter. Marcel und ich waren lange befreundet. Aber während ich meine Karriere als Kunstexpertin und Professorin an der Sorbonne begann, hat es ihn zu der anderen Seite hingezogen. Der Seite der eigentlichen, der wahren Kunst, wie er es immer formulierte. Er war ein ewiger Kritiker des Kunstmarktes, müssen Sie wissen. Besonders tragisch deshalb, dass ausgerechnet der Kunstmarkt ihm zugleich so viel Erfolg und Verderben beschert hat. Er ist in vielerlei Hinsicht eine tragische Figur. Ein verbrannter Stern am ewigen Firmament des Kunstmarktes. Eigentlich ein begnadeter Künstler, der nur mit seinen Bildern keinen Erfolg hatte: Erfolg hatte er erst mit seinen gefälschten Bildern. Dabei hatte er längst begriffen, was ich erst jetzt langsam verstehe, vielleicht erst hier begreife: Ich habe mein ganzes Leben herauszufinden versucht, ob ein Bild Orignal oder Fälschung ist, während sich für ihn diese Frage nie stellte. Für Marcel war Kunst immer auch Inszenierung.«

»Seine Inszenierungen habe ich auch schon kennengelernt«, brummte Peter.

Bernardine schaute ihn fragend an, dann lachte sie. »Vielleicht ein Tableau Vivant? Passt gut zu Marcel. Sie kennen doch den Begriff ›Tableau Vivant‹? Nein? Tableau Vivant bezeichnete die Darstellung einer Kunstszene mit lebenden Menschen. Im 19. Jahrhundert entwickelte es sich zum szenischen Gestaltungsmittel auf Festen und im Theater, wo dann mit dem passenden Licht und Musik die Wirkung noch verstärkt wurde. Wie auch immer, der Verlust seines Sohnes Vincent, die Zeit im Gefängnis – all das hat Marcel stark verändert. Wir beide hatten jedenfalls kaum noch Kontakt. Bis letztens …«

Draußen begann es zu dämmern. Bernardine erhob sich, um ein paar Kerzen und den Kamin anzuzünden. Es wirkte auf ihn wie ein Ritual, das sie offensichtlich allabendlich vollzog, und das trockene Pinienholz begann sofort zu knistern. »Sie waren gerade dabei zu erzählen, warum Sie wieder Kontakt zu Legros haben«, nahm Peter den Gesprächsfaden wieder auf.

»Ach ja. Marcel. Ich arbeite doch seit einiger Zeit über Gachet und sein Erbe. Sie kennen Dr. Gachet?«

»Der Nervenarzt von Van Gogh?«

»Ja, genau der. Er war ein Kunstliebhaber und verehrte insbesondere die Impressionisten. Durch die Vermittlung von Pissaros lernte er Renoir, Monet, Cézanne und andere kennen und war mit einigen von ihnen befreundet. Gachet malte ebenfalls und stellte auch mit ihnen gemeinsam aus. Er kaufte aber auch einige ihrer Bilder und ließ sich manchmal die Behandlung mit Bildern bezahlen. Aus den Briefen von Van Gogh wissen wir, dass er nach seinem Zusammenbruch im Februar 1890 und seinem Aufenthalt in der Nervenheilanstalt in St. Remy nach Auvers-sur-Oise zog, um sich dort von Dr. Gachet behandeln zu lassen. Nachweislich drei Gemälde überließ Van Gogh Dr. Gachet, als Entgelt für seine Behandlung.

Nach Vincent van Goghs Tod überließ sein Bruder Theo Gachet nochmal ungefähr zehn Bilder. Aus diesen dreizehn Bildern van Goghs entstand in den nächsten Jahrzehnten eine gewaltige Sammlung. Wenn Sie jetzt glauben, die Gachets hätten ihre Sammlung nur durch Kauf vergrößert, muss ich Sie enttäuschen. Dr. Gachet erschuf seine private Fälscherwerkstatt, indem er einen Kontakt zu einer chinesischen Kunstakademie ausbaute und von dort die besten Talente anwarb. Viele ihrer Bilder hängen bis heute als Van Goghs in den Museen, da bin ich mir sicher!«

»Gibt es diese Kopistenwerkstatt noch immer?«

Blumenstihls Augen blitzen schelmisch auf. »Nun ja. In gewisser Weise lebt das Gen in seinen Nachfahren fort und findet ähnliche Ausprägungen.«

Peter verstand kein Wort.

»Ich bin bei meinen Recherchen zufällig darauf gestoßen, dass tatsächlich noch Nachfahren des berühmten Psychiaters leben. Sie können sich nicht vorstellen, wie überrascht ich war, dass einer von ihnen Marcel ist.«

Peter war sprachlos. Wieder eine Wendung, mit der er im Leben nicht gerechnet hätte. »Dann hat Legros' Handel mit Fälschungen also, sagen wir mal, Tradition? Seine … kriminelle Energie ist … genetisch?«

»Na ja, genetisch ist das Talent zu malen. Dass er, statt seine eigenen Werke zu erschaffen, lieber fälscht, hat aber tatsächlich traurige Tradition. Nun hat er seit seiner Entlassung ja wieder den Kontakt zu Florence gesucht, was mir sehr missfällt. Er hat keinen guten Einfluss auf sie. Sie lässt sich so leicht manipulieren, und Marcel ist darin nahezu meisterlich. Ich hatte ihn deshalb aufgesucht, um ihn zu bitten, Florence nicht von ihrem Studium abzuhalten. Sie hat nur noch ein

Semester, hängt aber in den letzten Monaten nur noch bei ihrem Patenonkel rum. Ach ja – wie das so ist, wir gerieten ins Plaudern, und da habe ich ihm erzählt, woran ich gerade arbeite.«

Bernardine kicherte. »Sie hätten sein Gesicht sehen müssen, als ich ihn auf seinen Vorfahren angesprochen habe! Eine Mischung aus Stolz und Wahnsinn. Merkwürdigerweise ist er aber nicht darauf eingegangen, sondern wollte Details über die damals kopierten Werke aus der Gachet-Werkstatt erfahren. Das war eigentlich alles. Na ja. Und dann kam plötzlich diese Anfrage von Chroseby, und voilà, nun bin ich eben hier.«

Peter schaute Blumenstihl nachdenklich an. »Könnte es nicht auch sein, dass Legros Sie aus dem Verkehr ziehen wollte und Chroseby nichts damit zu tun hat?«

»Mmh … Marcel traue ich zwar einiges zu, aber warum sollte er das machen? Wir hatten ja keinen Streit oder so. Auf der anderen Seite hat mir Florence erzählt, dass Marcel irgendetwas plant. Um was es genau ging, konnte sie mir nicht sagen, aber warum sollte er mich überhaupt aus dem Verkehr ziehen wollen? Mein Buch wird zwar für Aufregung sorgen, weil es den Kunstmarkt an seiner verwundbarsten Stelle trifft, aber das ist eigentlich ganz in Marcels Sinn. Chroseby hingegen hätte ein finanzielles Motiv, das Buch zu verhindern und mich zum Schweigen zu verpflichten.«

Peter seufzte. In seinem Kopf fuhren die Gedanken noch immer Achterbahn, und im Grunde war er einer Antwort auf das Wer und Warum nur bedingt nähergekommen. Dennoch: Es war spät geworden, und sein Körper forderte seinen Tribut. Er war müde und erschöpft: »Das mag sein, aber mein Kopf kann schon keinen klaren Gedanken mehr fassen.

Lassen Sie uns schlafen gehen. Vielleicht kommen wir morgen gemeinsam der Wahrheit ein Stückchen näher.«

Kurz darauf lag Peter mit ein paar Decken auf der alten Wohnzimmercouch; doch die Gedanken tobten noch immer wie der Mistral draußen in seinem Kopf und ließen sich nicht bändigen. Wild riss der Wind donnernd an den Fensterläden und nistete zunehmend wie ein ungebetener Gast in seinen Gedanken. Nein, dachte er: Es geht gar nicht um die Bilder. Es geht um die Menschen, die dahinterstehen. Was sie von sich preisgeben. Und was wir darin erkennen.

Bernardines Stimme aus dem Nebenzimmer riss ihn aus seinen Gedanken: »Peter, hören Sie mich? Es ist kalt, möchten Sie nicht zu mir kommen?«

Peter ging barfuß über den kühlen Steinboden, und bevor er in das Zimmer trat, klopfte er noch an die angelehnte Tür, und sobald er sich neben sie gelegt hatte, schmiegte sie ihren zarten Körper schon an ihn.

Jagen wir die Himmels-Trüber,
Welten-Schwärzer, Wolken-Schieber,
Hellen wir das Himmelreich!
Brausen wir … o aller freien Geister Geist,
mit dir zu zweien
Braust mein Glück dem Sturme gleich.

Bernardine nahm Peters Hand: »Wissen Sie, Peter, welche Frage mich nach all den Jahren bei meiner Arbeit eigentlich wirklich beschäftigt? Wieso wir eine solche Sehnsucht nach dem Original verspüren …«

Peter nickte ihr zu, um sie zu ermuntern, fortzufahren, und sie tat ihm den Gefallen: »Ich glaube, dass wir uns nach dem Echten, nach dem Authentischen sehnen! Es geht um *uns*, wir wollen *uns* spüren, wir wollen keine billige Kopie leben. *Echte* Gefühle, *echte* Liebe, danach suchen wir. Doch die meisten erkennen den Unterschied nicht zwischen dem wahren und dem falschen Leben. Sie werden getäuscht und verführt.«

Peter dachte an sein eigenes Täuschungsmanöver. Dann nahm sie seine Hand: »Marcel hat auch mich verführt. Wir waren ein Paar, und er hat auch mich getäuscht. Als ich schwanger war, habe ich ihn verlassen. Ich wollte nicht, dass Florence einen Vater hat, den sie nur im Gefängnis besuchen konnte ...«

»Legros ist Florences ...«

»Ich kam hinter seine dubiosen Geschäfte, die viel zu groß und riskant geworden waren. Es war abzusehen, dass sie ihn kriegen würden. Ich sagte ihm nichts von meiner Schwangerschaft. Ihr erfundener Vater, die Geburtsurkunde, eine schöne Fälschungsgeschichte, aber das ist eine andere Geschichte ...«

Peter wollte etwas sagen, doch sie kreuzte einen Finger auf seinen Lippen. »Lieber Peter, ich mag Sie. Und ich weiß nicht warum, aber ich vertraue Ihnen. Ich spüre, dass Sie zu den Menschen gehören, die etwas *erkennen* ... Florence und Marcel hingegen verstehen beide nichts davon.«

Als sie eingeschlafen war, schaute Peter aus dem Fenster. Florences Mutter. Florences Vater. Das wahre und das falsche Leben. Deutlicher als jemals zuvor in seinem Leben funkelten die Sterne.

Am nächsten Morgen war wieder alles vorbei.
Auf dem Tisch lag ein Zettel.

Lieber Peter,
war früh wach und wollte die klare Morgenstimmung zum Malen nutzen. Will mich mit der Natur und Cézanne in Verbindung setzen!
Bisous, B.

Er überlegte gerade, ob er Bernardine folgen und sie beim Malen beobachten oder doch die Häuser, von denen Bernardine gesprochen hatte, ausfindig machen sollte, als ein heranbrausendes Auto ihn aus seiner inneren Ruhe riss. Ob das die Entführer waren? Für einen kleinen Moment hatte Peter tatsächlich völlig verdrängt, dass er nicht freiwillig hier war – und Bernardine im Grunde auch nicht. Hektisch sah er sich um und überlegte, wo er sich verstecken könnte.

Ein nagelneuer silberglänzender SUV bretterte in rasender Geschwindigkeit den Weg zum Haus hinauf und bremste mit einer gewaltigen Staubwolke ab. Peter unterdrückte einen Hustenreiz. Es dauerte eine ganze Weile, bis sich die Wagentür öffnete und ein hünenhafter Mann sich ungelenk aus seinem Sitz schob. Er trug einen cremefarbenen Sommeranzug, einen farblich passenden Strohhut und sah aus, als käme er geradewegs von der Côte d'Azur. Peter blinzelte mehrfach und traute seinen Augen nicht: »Charlie?!«

Charles blickte sich erschrocken nach der Stimme um und entdeckte schließlich Peter, der hinter der Zypresse hervorschaute. »Peter? Bist du alleine hier? Wo ist Legros?« Charles' Tonfall klang angespannt.

Peter richtete sich auf und ging auf ihn zu. »Was bitte machst du hier – und wie hast du mich überhaupt gefunden? Ach ja: Und Legros ist nicht hier. Wie kommst du darauf, er wäre es? Und …« Peter verstummte. Die Fragen stauten sich in seinem Gehirn, und er wusste nicht, welche er zuerst stellen sollte. Nichts davon ergab irgendeinen Sinn.

Charlie schob seinen Strohhut in den Nacken und wischte sich über die verschwitzte Stirn: »Ich komme dich natürlich retten. Dachtest du, ich lasse dich in Frankreich verrotten?«

Retten? In Frankreich verrotten? Peter schüttelte ungehalten den Kopf: »Woher weißt du, dass ich entführt wurde, und wie hast du mich in dieser Einöde gefunden? Ich weiß ja nicht einmal selbst, wo ich bin!«

Doch Charlie ließ sich nicht aus der Ruhe bringen. Weltmännisch warf er sich in Pose und verkündete: »Tja, ich bin nicht umsonst bei Interpol gewesen, mein Lieber. Ich habe Mittel und Wege, um herauszufinden, wo sich eine Person aufhält.«

Peter glaubte ihm kein Wort. »Steckst *du* hinter der ganzen Geschichte, Charlie?«

Charles schaute ihn verblüfft an. »Welche Geschichte denn? Dich hierher, ans Ende der Welt, zu verschleppen – nur, um dich dann wieder zu retten? Wie kommst du auf so einen Schwachsinn, Peter? Ich bin dein Freund, und ich habe dich in diesen Schlamassel hineingeritten. Da ist es doch meine Pflicht, dich auch wieder dort herauszuholen.« Er lächelte sein breitestes Alles-in-bester-Ordnung-Kumpel-Lächeln, doch dann sah er sich erneut suchend um, und sein Tonfall wurde wieder ernst: »Wo ist die Blumenstihl?«

Peter runzelte die Stirn. »Woher weißt du, dass sie hier ist?«

»Von Legros natürlich!« Charles Stimme klang gereizt, und Peter wurde das Gefühl einfach nicht los, dass hier etwas nicht stimmte. »Sie ist heute Morgen schon ganz früh los, um zu malen.«

»Tatsächlich? Und wohin?« Charles musterte ihn argwöhnisch.

»Irgendwo in den Bergen. So circa eine Stunde Fußmarsch von hier«, gab Peter freimütig Auskunft und behielt die Reaktion seines alten Freundes dabei ganz genau im Blick. Dieser studierte mit wachsender Unruhe das Zifferblatt seiner Rolex.

Dann zog er plötzlich aus der Innenseite seines Jacketts einen Revolver.

Peter erschrak.

Plötzlich lachte Charlie los: »Ich dachte ja eigentlich, dass ich meine Karriere als Ermittler an den Nagel gehängt hätte, aber nun muss ich den Schurken wohl noch mal das Handwerk legen!« Lachend fuchtelte er mit dem Revolver Richtung Wagen: »Los, einsteigen, Peter Pan!«, verkündete er in launigem Tonfall. »Ich werde dir etwas zeigen!«

Peter schluckte trocken, wog kurz seine Chancen ab, und folgte schließlich der Aufforderung seines alten Studienfreundes. Vielleicht war es gut, dass Bernardine malen gegangen war. Vielleicht würde er, Peter, den heutigen Tag nicht überleben. In jedem Fall aber war Charlie verrückt geworden. Zumindest daran gab es inmitten einer Welt aus Ungereimtheiten ab jetzt keinen Zweifel mehr.

Das Schiff

Charlie schwieg. Er schien sich auf das Autofahren zu konzentrieren. Der Wind hatte ihr Auto eingeholt und dröhnte nun unheilvoll über das Dach hinweg. Die Straßen waren leer gefegt, der aufgewirbelte Staub erschwerte die Sicht, doch Charlie plauderte munter drauflos: »Siehst du, der Mistral! Die Einheimischen nennen ihn auch *Vent du Fada,* den verrückt machenden Wind …«

Déjà-vu.

Peter war, als hätte er das alles schon einmal geträumt.

»Was läuft da zwischen Legros und dir? Ich glaube nicht, dass Blumenstihl sich selbst in dieser Wildnis ausgesetzt und von dort per E-Mail Chroseby geschrieben hat, um – wie du sagst – euch zu erpressen!« Je länger Peter darüber nachdachte, lief alles auf Legros hinaus. Es ging ihm nicht nur um die Erschütterung des Kunstmarktes. Es ging ihm darum, Charles nach Paris zu locken! Deswegen hatte er ausgerechnet Charles in dem Schreiben angesprochen, damit er ihn treffen konnte.

»Siehst du die Bäume, Peter? Sie verneigen sich vor dem Mistral. Die Einheimischen nennen ihn auch ehrfürchtig *Maestrale,* den Meister! Wenn er weht, heißt es abwarten, ihn ertragen hingegen …«

Peter sah Charles, der noch immer die Waffe in den Händen und mit ihr gemeinsam das Lenkrad umklammerte, fragend von der Seite aus an. Wen meinte er? Sprach er über

Legros oder sich selbst? Und vor allem: Was war bloß los mit dem Mann? Was hatte er mit ihm, Charlie, vor?

Charles redete einfach weiter: »Ist er dann da, der Meister, beschert er jedem wetterfühligen Zeitgenossen Kopfschmerzen und erhöhte Reizbarkeit! Die napoleonische Justiz gestand einem Mörder mildernde Umstände zu, wenn der Mistral drei Tage lang vor der Tat geweht hatte. Das ersparte ihm die Todesstrafe.« Charlie lachte verrückt. Peter nahm seinen Mut zusammen: »Du musst geahnt haben, dass hinter der ganzen Geschichte Legros steckt und nicht Blumenstihl – sonst hättest du mich ja nicht verkleiden müssen! Ich war dein Lockvogel. Aber Legros hat es ziemlich schnell durchschaut. Zu meinem Glück, vermutlich, denn ich weiß nicht, was er auf seinem Rachefeldzug gegen dich vorhat. Und du? Du bist ein verlogener Mistkerl! Erzählst immer, dass du mich beschützen willst! Dabei hast du mich ins offene Messer laufen lassen! Kein Wort, nichts hast du mir gesagt! Und jetzt fuchtelst du auch noch mit einer Waffe vor meiner Nase herum! Von wegen Freunde. Falls dir jemals etwas an unserer Freundschaft gelegen hat, dann sagst du mir jetzt die Wahrheit! Also, raus mit der Sprache: Was für ein Ding läuft hier?«

Charlie warf ihm einen Seitenblick zu, und mit einem Mal wurde er ganz ruhig. Obschon, dachte Peter – war da nicht gerade eben noch so ein sardonisches Lächeln gewesen, das die Lippen seines Freundes umspielt hatte? Egal – jetzt jedenfalls war es fort, und Charles setzte zu einer Antwort an: »Du hast recht, mein lieber Peter. Ich bin ein Mistkerl! Und, ja: Du hast die Wahrheit verdient!«

Sie hatten jetzt eine winzige Bucht erreicht, in der eine kleine, angebundene Segelyacht an einem Holzsteg mit den Wellen kämpfte. Mit quietschenden Reifen brachte Charlie den Wagen zum Stehen und forderte Peter zum Aussteigen aus. Im nunmehr wieder tosendem Wind deutete er auf das Boot und schrie: »Das ist sie! Komm, ich werde dir etwas zeigen!«

Peter folgte Charlies Fingerzeig und inspizierte das kleine Schiff, das immer wilder auf den Wogen tanzte und einen ganz besonderen Namen trug: »Nietzsche«.

»Nur wer weiß, wohin er fährt, weiß auch, welcher Wind gut ist«, murmelte Peter leise vor sich hin. War das nicht auch von Nietzsche? Nur dass er, Peter, wusste, dass der Wind gar nicht gut war, und er auch sein Ziel nicht kannte. Apropos Ziel: Charlie würde bei dem Wetter doch nicht wirklich mit dem Boot ablegen wollen?!

Aber genau das wollte er, erkannte Peter, als Charlie ihn, die Pistole noch immer in der Hand, fuchtelnd zum Schiff navigierte. Na großartig, dachte er, während er sich gut festhielt, um beim Betreten des Bootes nicht auszurutschen oder von der tosenden See ins Wasser gerissen zu werden: Ich bin tot!

Über die Reling gelangten sie schließlich auf das Boot, und zu Peters Überraschung zog Charlie nun den Kajütenschlüssel aus seiner Tasche und wies Peter an, vor ihm die Treppe hinunterzusteigen.

»Los, setz dich!«, forderte er Peter, unten angekommen, auf.

»Charlie, was willst du mir zeigen? Was ist das für ein Boot?«

Peter hatte sich an den engen Tisch auf eine Bank gezwängt, Charlie stand am Ausgang. Im Gegenlicht, sodass Peter nur Charlies Kontur sehen konnte. Das Boot schaukelte heftig, sodass sich Charlie mit seinen großen Händen festhielt. Zumindest richtete er den Lauf der Pistole dabei nach unten. Nicht auszumalen, wenn er das Gleichgewicht verlieren und sich ein Schuss lösen würde!

Immer wieder schlug der Bug ohrenbetäubend gegen den Steg.

»Es ist das Boot, auf dem ich damals Legros verhaften wollte. Es war sein Boot, auf dem er seinen Handel betrieb …!«, dröhnte da Charlies Stimme durch den Sturm.

»Was? Du warst damals der Ermittler … bei dem Fluchtversuch …«

»Also, du wolltest die Wahrheit. Ich kenne Legros noch aus meiner Zeit bei Interpol. Wie du ja weißt, war ich damals Leiter einer Kommission, die versuchte, den Kunstfälschungsmarkt aufzuräumen. Legros war richtig groß im Geschäft, und wir waren uns sicher, dass er mit Fälschungen handelt oder sie sogar selbst herstellt. Lange Zeit konnte man ihm nichts nachweisen. Monatelang haben wir ihn beschattet und abgehört. Irgendwann haben wir dann aus der Szene einen entscheidenden Hinweis bekommen. Legros wollte sich in Port-Saint-Louis-du-Rhône mit einem Sammler treffen. Das ist ein kleiner Hafen hier ganz in der Nähe. Was er nicht wusste: Der vermeintliche Sammler war *ich*! Was ich nicht wusste: Er hatte seinen Sohn dabei. Als ich gerade versuchte, ihn zu stellen, hat mich sein Sohn durch sein plötzliches Auftauchen kurz abgelenkt. Legros hat das sofort ausgenutzt, mich über Bord geschmissen und ist aufs Meer raus. Völlig irrwitzig. Es gab eine Sturmwarnung …«

»Und dann?«

»Er ist mit seinem Segelboot gekentert. Bis die Seenotrettung sie gefunden hatte, war es für den Sohn schon zu spät.«

»Ja, aber dafür kannst du doch nichts!«

»Natürlich nicht. Trotzdem hat Legros mir die Schuld am Tod seines Sohnes gegeben. Aber er ist aufs Meer rausgefahren, weil er nicht verhaftet werden wollte. Das hat das Gericht auch so gesehen. Trotzdem sinnt er auf Rache.«

»Dann will sich Legros an dir für den Tod seines Sohnes rächen? Aber warum so kompliziert? Natürlich, das Fälschungsgerücht schadet Chroseby und erschüttert den Kunstmarkt, wenn es publik wird. Aber weder Chroseby noch den Kunstmarkt kann er für den Tod seines Sohnes auch nur im Entferntesten verantwortlich machen. Und die Entführung Blumensthils passt auch nicht dazu. Das ergibt keinen Sinn.«

»Legros war schon immer verrückt. Er ist unberechenbar.«

Peter schüttelte den Kopf. Etwas an Charlies Geschichte stimmte nicht, das spürte er: »Charlie, wieso hast *du* eigentlich die Schlüssel für dieses Boot?«

Der Sturm tobte, der Wind riss am Boot, als wolle er es vereinnahmen.

»Ich habe sie nach der Bergung ersteigert und dann ›Nietzsche‹ getauft!« Charlie meinte das Boot und lächelte stolz.

Peter konnte all dies nicht glauben. Skeptisch sah er Charlie an, der wie abwesend ins Nirgendwo zu starren schien: »Für Friedrich Nietzsche war der Mistral Freund und Weggefährte des wahren Lebens. Brausender, wie lieb ich dich! Sind wir zwei nicht Eines Schoßes?«, fing Charlie an, Nietzsche zu zitieren. Er lachte entrückt und richtete plötzlich erneut seinen Revolver direkt auf Peter.

»Es tut mir leid, Peter Pan. Ich muss jetzt los und diesen Schurken endgültig das Handwerk legen! Bis dahin muss ich dich in Sicherheit wissen.« Er forderte ihn mit der Waffe in der Hand auf, aufzustehen, und tastete Peter mit der Linken ab. Vielleicht suchte er Handys, vielleicht auch versteckte Waffen. Beides hätte Peter sich in dieser Situation von Herzen zu haben gewünscht, besaß jedoch leider nichts dergleichen. »Was hast du vor, Charlie?«

Charlie war derweil in Peters Tasche auf die Kreditkarte gestoßen, drehte sie nachdenklich in den Händen und steckte sie schließlich Peter zu. »Die lasse ich dir«, stellte er ungerührt fest, ehe er nach der Tasche griff und Peter zurück auf den Sitz drückte.

Dann hangelte Charlie sich die Treppe hoch, schloss die Kajüte von außen ab, und Peter hörte, wie Charlie die Tür noch zusätzlich mit irgendetwas verriegelte.

»Nimm es mir nicht übel, lieber Freund, aber es ist besser so. Ich habe dir zu trinken und etwas zu essen dagelassen«, rief Charlie zum Abschied hinunter.

Dann war er fort.

Peter saß wie angewurzelt und fand keine Worte.

Charlie hatte ihn eingesperrt!

Der Bug hob und senkte sich im Takt der Wellen.

Charlie besaß das Fluchtboot von Legros noch immer, nach all den Jahren.

Er war besessen.

Nietzsche!

Wer nicht tanzen kann mit Winden,
Wer sich wickeln muss mit Binden,
Angebunden, Krüppel-Greis,
Wer da gleicht den Heuchel-Hänsen,
Ehren-Tölpeln, Tugend-Gänsen,
Fort aus unsrem Paradeis!

Geduckt schaute Peter sich in der Kajüte um und steuerte dann unwillkürlich auf einen kleinen Tisch mit einer Schublade zu. Er öffnete sie – eine Kinderzeichnung. Darauf große Wellen und unruhiges Meer. Ein Sturm? Peter setzte sich. Das Bild berührte ihn. Er folgte den einfachen Linien der Wellen. Rechts unten sah er eine krakelige Signatur: *Vincent.*

Peter wurde schwindelig. Was er hier in seinen Händen hielt, war eine Zeichnung von Legros' Sohn. Dieser hatte seinen Sohn nach Van Gogh benannt. Und den Jungen auf genau diesem Schiff verloren.

Er dachte an seinen Vater und daran, wie dieser ihm kurz vor seinem Tod ein Zitat von Picasso gezeigt hatte: Es dauerte vier Jahre, um wie Raphael zu malen, aber ein Leben lang, um wie ein Kind zu malen. Warum hatte es ihm sein Vater so spät in seinem Leben zeigen wollen? Hatte er sich bei ihm entschuldigen wollen?

Die Kunst ist mehr wert als die Wahrheit.

Nietzsche. Übermensch Charlie.

Nein, dachte Peter, die Kunst war *nicht* mehr wert als die Wahrheit.

Einem Instinkt folgend, steckte er die Zeichnung ein, als könne er damit Vincents Existenz beweisen. Plötzlich riss ein lauter Knall ihn aus seinen Gedanken.

Schnell kletterte er zum Fenster und spähte hinaus. Die schlanke Brigg durchschnitt scharf wie ein Schwert das türkisfarbene Meer.

Das Schiff hatte sich losgerissen!

Er trieb aufs offene Meer hinaus!

Es donnerte fürchterlich, und es begann zu regnen. Blitze zuckten in den dunklen Wolken auf. Der Wind heulte und bauschte riesige Wellen auf. Das Meer wurde immer wilder, und wo einst noch türkisfarbene Wellen dahingerollt waren, rauschte jetzt eine graue, undurchsichtige Masse, die ein Unheil ankündigte und jeden unachtsamen Seemann in ihr nasses Grab ziehen würde.

Tanze nun auf tausend Rücken,
Wellen-Rücken, Wellen-Tücken –
Heil, wer neue Tänze schafft!
Tanzen wir in tausend Weisen.
Frei – sei unsre Kunst geheißen,
Fröhlich – unsre Wissenschaft!

Da erzitterte das Boot erstmalig durch den Schlag einer Welle, und Peter flog durch die Kajüte. Benommen suchte er nach Halt, während er spürte, wie ihm sein warmes Blut über das Gesicht lief. Mühsam raffte er sich schließlich auf und wischte sich das Blut aus dem Gesicht.

Draußen, um das Schiff herum, waren nichts als Wellen – tosende, graue Wellen. Heulender, pfeifender Wind, und über ihnen graue Wolken, Blitze und Donner.

Da senkte sich der Bug der »Nietzsche«. Das Schiff schoss in ein tiefes Wellental hinab, auf eine riesige Welle zu. Das Boot wurde frontal getroffen und erbebte unter dem Einschlag – ein lautes Krachen.

Peter flog erneut und dieses Mal mit noch größerer Wucht durch den Raum und schrie, als er mit dem Rücken auf eine Kante aufschlug.

Voller Grauen schloss er die Augen und hörte, wie im Bug Meerwasser in den Schiffsbauch strömte – hineingeschossen durch das Leck, welches die Riesenwelle geschlagen hatte.

Es war so weit. Er hatte keine Zeit mehr zu verlieren.

Peter unternahm den Versuch, die Tür nach oben aufzustoßen, aber sie war natürlich noch immer verrammelt. Unregelmäßig wurde das Boot getroffen, wie ein Boxer, der kurz davor war, zu Boden zu gehen. Der Boss der Winde war ein Sadist und wartete noch bis zum letzten Punch.

Das Wasser stand schon in der Kajüte.

Peter schrie: »Noch nicht!«

Er war zweimal zu Boden gegangen, aber er wollte nicht kampflos aufgeben. Er würde nicht kampflos aufgeben. Er würde kämpfen.

Unter Einsatz all seiner Kräfte robbte er sich zum Klo, in dem eine Abdeckung in der Wand war. Mit aller Gewalt riss er sie auf. Dahinter lag der Motor des Schiffes. Irgendwie musste er da einfach einen Ausgang finden!

Er zwang sich durch die Luke, alles schwankte, er wurde hin- und hergerissen, und das Wasser stieg auch im Motorraum unaufhaltsam höher. An den Leitungen riss er sich Haut und Kleider auf, aber er robbte unter Schmerzen und in Todesangst weiter, zwängte sich auch durch den engsten Raum – bis er schließlich, zerschunden und atemlos nach oben auf das Deck gelangte.

Doch dort blieb keine Zeit für Freude und Glücksgefühl. Der Mistral hatte ihn angezählt und läutete die letzte Runde ein. Taumelnd kämpfte er sich in Richtung Steuerrad. Erbarmungslos, die Schläge der Wellen. Wie durch ein Wunder gelang es ihm, nicht über Bord zu gehen. Die salzige Gischt brannte in seinen Augen und Wunden, und als er schließlich das Steuerrad zu fassen bekam, gelang es ihm kaum, sich aufzurichten und gegenzusteuern. Nein, er musste sich festbinden, damit er nicht über Bord flog.

Während er sich mit einem Schiffstau an der Halterung des Steuerrades zu fixieren suchte, überlegte er fieberhaft, welche Optionen ihm blieben. Langsam aber unerbittlich schlich sich die Aussichtslosigkeit seiner Lage in sein Bewusstsein. Es gab keinen Zweifel: Das Boot wurde immer weiter Richtung offenes Meer getrieben. Ja, der Mistral, das fiel ihm jetzt wieder ein, ist der einzige Wind, der auf das Meer hinausbläst. Immer mehr und immer weiter. Genau das macht ihn so gefährlich.

Da fiel Peters Blick auf das Funkgerät, und er schlug auf den Rettungsknopf einmal, zweimal, dreimal, mit aller Kraft, als würde jemand ihm in diesem Unwetter zur Hilfe eilen können, wenn er nur fest genug hämmerte.

Plötzlich fiel ihm etwas Dunkles auf dem aufgewühlten Meer ins Auge. War das … ein Schiff? Immer wieder verschwand es im Wellenmeer, tanzte vor seinen Augen auf und ab – und dann sah er es deutlich.

Eine kleine, vorgelagerte Insel!

Er *musste* sie erreichen.

Mit aller Kraft riss er am Steuerrad. Ja, so kam er in die Richtung.

Und tatsächlich: Irgendwie erreichte er die felsige Küste. Das Boot war vollgelaufen und hatte bereits starke Schlagseite. Mit den Wellen schlug es nun auf einen Felsen auf. Immer wieder wurde Peter vom Steuerrad fortgerissen und musste sich mit beiden Händen zusätzlich festhalten, um nicht mit dem Kopf irgendwo gegengeschleudert zu werden und am Ende noch das Bewusstsein zu verlieren. Entschlossen band er sich schließlich los. Er musste unbedingt den richtigen Moment abwarten, bis er vom Boot auf das rettende Land springen konnte – jetzt!

Über sich selbst hinauswachsend stieß er sich von der Reling ab, flog durch den Wind, gab alle Hoffnung auf und schlug doch mit den Knien und Schienbeinen zuerst auf den scharfkantigen Steinen auf. Der Schmerz war süß, war Leben, und sofort krallte er sich fest. Mit letzter Kraft kletterte er einen Felsvorsprung hinauf, ließ sich auf den Rücken fallen.

Dann fiel ihm Vincents Zeichnung ein, panisch griff er sich in die Brusttasche. Gott sei Dank, sie war noch da. Doch als Peter sich aufrichtete und das Blatt Papier aus der Tasche faltete, erkannte er, dass Farben und Linien des Bildes durch die Feuchtigkeit verlaufen waren. War es die Gischt oder waren es seine Tränen, die die Farben und Linien immer weiter zerrinnen ließen? Beides schmeckte nach Salz.

Er schluchzte.

Der verrückt machende Wind!

Der Meister der Winde hatte ihm klargemacht, wer der Chef war. Doch er hatte sich zur Wehr gesetzt.

Peter schloss die Augen.

Er atmete tief ein.

Und wieder aus.

Irgendwann würde der Spuk vorbei sein. Er musste nur durchatmen. Weiteratmen. Ein und aus.

Leben.

Und tatsächlich: Irgendwann verloren die Böen an Kraft, das Dröhnen wurde leiser, das Meer beruhigte sich, es klarte auf, und die Sonne trocknete Peters Sachen.

Er raffte sich auf; sein ganzer Körper schmerzte.

Unter ihm lag die vollgelaufene »Nietzsche« nun vollkommen auf der Seite, der Hauptmast war gebrochen. Die Wellen hielten sie nun fast zärtlich in einer kleinen Bucht.

Das also war er: ein Schiffbrüchiger auf einer kleinen Insel. Peter schaute sich um; die Insel war steinig, und nur vereinzelt wuchsen Bäume. Sie hatten sich alle vor dem Meister geduckt und zeigten in Richtung des offenen Meeres! Normalerweise ist es andersherum, dachte Peter. An keiner Küste zeigen die Bäume auf das offene Meer, nur hier. Plötzlich fielen Peter Legros und dessen Sohn ein. Wie aussichtslos mochte deren Lage gewesen sein?

Peter war bereits stark unterkühlt, als die Seenotrettung ihn endlich fand und auf ihr Schiff holte. Sie hatten sein Notsignal empfangen und sich sofort in die Wellen gestürzt. Tatsächlich konnte man jetzt, da die See deutlich ruhiger geworden war, gar nicht so weit entfernt die Küste sehen. Die Retter gaben ihm heißen Tee und eine Decke und brachten ihn wieder an das Festland, wo er noch eine Weile Fragen beantworten und Papiere ausfüllen musste: War er okay? Brauchte er noch einen Ort zum Übernachten?

Peter bedankte sich und versicherte, wenn er jemals gefragt würde, was ihm an Frankreich am besten gefiele, würde er mit »Die Seenotrettung« antworten. Dann verabschiedete er sich, folgte einem kleinen Weg und gelangte an einen Badestrand mit winzigen Buden für die Gäste.

Die Fensterläden wurden wieder aufgeklappt, die Markisen ausgefahren, Sonnenschirme aufgestellt, Stühle und Tische zurechtgerückt. Er nahm draußen in der Sonne Platz, tastete nach der Kreditkarte, die mit ihm den Kampf gegen die Wellen überstanden hatte. Er bestellte sich einen Cognac und betrachtete blinzelnd das wolkenlose Blau des Himmels. Welch kostbar friedlicher Moment nach diesem entsetzlichen, laut ausgetragenen Boxkampf!

Sein Kopf wurde nun zunehmend klarer, und schließlich wusste Peter, was er zu tun hatte: Der Hauptdarsteller, Van Gogh, fehlte noch.

Die Illusion

Der TGV verströmte den Duft eines in die Jahre gekommenen Boten einer fernen Zukunft. Seine engen Sitze waren mit einem 80er-Jahre-gestreiften Stoff bezogen, der damals bestimmt modern, jetzt aber abgewetzt und alt aussah. Die ranzige Ausstattung stand im klaren Gegensatz zu der rasanten Geschwindigkeit des Zuges.

Peter nestelte an seiner Brusttasche. Er zog das immer noch feuchte Papier der Zeichnung von Legros' Sohn hervor. Vincent. Das Papier war leer, es war nun wieder weiss geworden.

Peter dachte an seinen Plan. Er war auf dem Weg nach Arles – an den Ort, wo er die Fälscherwerkstatt vermutete. Dort würde er herausfinden, was Charles vor ihm verbarg.

Und er würde Van Gogh und Gauguin treffen, vielleicht gemeinsam mit ihnen anstoßen. Auf das Leben zum Beispiel.

Auf die Wahrheit oder auf den Mut.

Peter schaute aus den großen Panorama-Fenstern. Die provençalische Landschaft raste in atemberaubender Geschwindigkeit an ihm vorbei. Er genehmigte sich ein Sandwich und einen Kaffee, den ein geschäftiger Servicemitarbeiter ihm angeboten hatte, und obwohl das Sandwich nach Pappe und der Kaffee bitter schmeckte, genoss er die Fahrt. Vielleicht war es der Sturm, der den Ballast aus seinen Gedanken geblasen hatte, denn plötzlich war es wieder da: dieses Gefühl, mit der Welt verbunden zu sein.

Wie oft hatte er die Briefe von Van Gogh damals gelesen?

Nun war er ihm näher als je zuvor.

»Die Farbe ist eigentlich sehr fein hier. Wenn das Grün frisch ist, ist es ein sattes Grün, so wie wir es im Norden selten sehen. Wenn es verbrennt und staubig wird, wird es nicht hässlich, sondern dann bekommt die Landschaft die verschiedensten Goldtöne. Grüngold, Gelbgold, Rosagold … Das zusammen mit dem Blau vom tiefsten Bleu du roi im Wasser bis zu Vergissmeinnichtblau, Kobalt, vor allem helles, lichtes Blau Grünblau und Violettblau.«

Bilderflüsterer.

So hatte man ihn genannt.

Peter lächelte in sich hinein. Je länger seine Reise dauerte, desto tiefer tauchte er wieder in diesen Dialog, der ihm über all die Jahre hinweg abhandengekommen war. Nein, hier in Frankreich war es auf dieser Reise erst ein richtiger Dialog geworden – vorher war es mehr ein Monolog gewesen. Proust. Der Madeleine-Effekt. Das kollektive Gedächtnis. Die Phantasieströme des eigenen Märchenreichs. Unwillkürlicher Kinofilm. Wie auch immer: Es war eine besondere Fähigkeit, die ihm gegeben worden war. Und er würde sie nicht länger verleugnen. Fortan würde er sie nutzen.

Meine Augen entwickelten nach und nach die Fähigkeiten, in der Natur die auf den Leinwänden vorherrschenden Farben wiederzuerkennen. Wohin ich auch blickte, überall sah ich kontrastierende Primärfarben. Neben einem Haus grenzte ein lilafarbenes Lavendelfeld an ein gelbes Weizenfeld. Die Dächer der Häuser waren orange vor einem reinblauen Himmel. Grüne Wiesen waren getüpfelt mit rotem Mohn und von Oleander gesäumt.

Peter erwachte durch das laute Ding-Dong-Ding und eine Frauenstimme, welche die Einfahrt des Zuges in Arles in wenigen Minuten ankündigte. Verschlafen streckte er alle Glieder von sich und trat aus dem Bahnhof von Arles in die schon tief stehende Sonne. Die Häuser reflektierten die Hitze und warfen lange, harte Schatten. Ein tiefblauer Himmel, ganz ohne Wolken, kündigte den Abend an.

Er blickte an seinem verdreckten Anzug herunter: Wie Gauguin auf seiner Suche nach sich selbst fühlte er sich – ohne jegliches Gepäck. Gut so! Zufrieden schlenderte er auf dem Kopfsteinpflaster in die Altstadt. Auf dem Weg sah er im Fenster eines kleinen windschiefen Häuschens ein Schild: Zimmer zu vermieten mit Frühstück. Spontan checkte er bei einem alten Ehepaar ein. Auf ihre Frage, was er in Arles mache, antwortete Peter, dass er auf den Spuren von Van Gogh Antworten suchen würde.

Der Mann griff in eine Schublade und holte einen kleinen abgegriffenen Van-Gogh-Kunstführer von Arles hervor, den er Peter reichte: »Vielleicht hilft Ihnen der ja weiter.«

Peter bedankte sich, als ihm plötzlich siedend heiß Bernardine wieder einfiel. Ratlos, wie er Florence erreichen konnte, rieb er sich am Kinn.

»Kann ich Ihnen noch irgendwie helfen?«, fragte die runzelige Frau.

»Ach, wissen Sie, ich müsste dringend eine Nachricht an eine Freundin schicken, habe aber mein Handy verloren.«

»Aber ein Telefonbuch können Sie schon noch bedienen?« Sie lächelte und reichte ihm ein verstaubtes Exemplar.

Jetzt musste auch Peter grinsen: »Vielen Dank, ich kann es versuchen.« Er nahm das Telefonbuch, suchte, fand, wählte Bernardine Blumenstihls Nummer und hoffte, dass Florence dieses Mal drangehen würde.

Stattdessen begrüßte ihn blechern eine automatische Ansagestimme.

Peter überlegte fieberhaft, was er sagen könnte, ohne dass er alles an Legros verriet, falls dieser die Nachricht abhören würde. Ihm fiel nichts ein, und er legte rasch wieder auf.

Es musste einen anderen Weg geben, um Bernardine zu helfen. Charles jedenfalls konnte er nicht mehr anrufen, so viel war sicher.

Aber Giovanna Ferrara! Natürlich. Sie kannte Bernardine persönlich und würde ihm sicherlich helfen.

Kurz schaute er auf seine Uhr. Mit der Zeitverschiebung kam es hin. Jetzt brauchte er nur noch Ferraras Nummer.

Er rief zunächst in der Pariser Dependance an. Zum Glück sprach die freundliche Dame am Telefon Englisch und gab ihm bereitwillig die Telefondurchwahl von Chroseby New York. Die New Yorker Mitarbeiter ließen sich allerdings deutlich mehr Zeit, um ans Telefon zu gehen. Peter wollte gerade schon auflegen, als eine flötende Stimme ihn fragte, was er wünsche.

»Peter Falcon hier. Ich muss dringend mit Mrs. Ferrara sprechen. Wenn Sie mich bitte durchstellen würden?«

»Um was geht es, bitte?«

»Das kann ich Ihnen nicht sagen, eine vertrauliche Angelegenheit. Sagen Sie ihr einfach, dass Peter Falcon dran ist.«

Am anderen Ende der Leitung hörte Peter die Dame denken: »Einen Moment, bitte.«

Peter atmete erleichtert auf, als er hörte, dass er in der Warteschleife war. Jetzt musste er nur noch Mrs. Ferrara überzeugen.

Er atmete einmal tief ein: »Mrs. Ferrara? Falcon hier.«

»Mr. Falcon, wo sind Sie? Geht es Ihnen gut? Wir haben uns wirklich Sorgen gemacht, als wir Sie nicht mehr erreichen konnten. Ist Charles bei Ihnen? Konnte er Legros überführen?«

Peter überlegte kurz, was er ihr antworten sollte. »Mir geht's gut. Charles ist nicht mehr bei mir. Er meinte, er müsse noch etwas in Ihrem Auftrag erledigen.«

»Von einem Auftrag weiß ich nichts. Egal. Wie kann ich Ihnen helfen?«

»Es geht um Blumenstihl.«

»Haben Sie sie gefunden? Will sie Geld?«

»Ich habe sie gefunden. Sie will kein Geld, und ich glaube auch nicht, dass sie Chroseby erpressen wollte. Blumenstihl wurde entführt und ist immer noch gefangen. Charles wollte angeblich seine Kollegen bei Interpol informieren. Aber mein Gefühl sagt mir, dass er es nicht tun wird. Ich weiß, es klingt für Sie verrückt, aber Sie müssen mir einfach vertrauen.«

»Soll ich Charles noch mal für Sie anrufen?«

»Ich denke, das ist keine gute Idee. Ich habe den Verdacht, dass Charles uns nicht die Wahrheit gesagt hat.«

»Wie kommen Sie darauf?«

»Ich kann es Ihnen jetzt noch nicht erklären. Veranlassen Sie bitte, dass jemand in Legros' altem Ferienhaus Bernardine Blumenstihl abholt.«

Peter hörte Mrs. Ferrara am anderen Ende der Leitung atmen. »Wo liegt dieses Haus?«

»Am Fuße des Mont Sainte-Victoire. Die Ortschaft in der Nähe heißt Saint-Antonin, da müssten die Leute sein Haus kennen ...«

»Okay, das werde ich veranlassen ... Und was machen Sie jetzt?«

»Ich folge Ihrem Rat: Ich mache Urlaub in Arles und spanne ein paar Tage aus«, antwortete Peter.

»Gut. Bleiben Sie weiterhin auf der Hut. Sind Sie erreichbar, Peter?«

Er bejahte, gab seine Daten durch, beendete das Gespräch und spürte, wie eine große Last von ihm abfiel. Ferrara schien keinen Verdacht geschöpft zu haben, dass Peter der Sache nachgehen würde.

Er bedankte sich bei der freundlichen Dame, reichte ihr das Telefonbuch über den Tresen und ging in sein Zimmer, wo er erst mal eine erfrischende Dusche nahm. Tropfnass stand er danach vor seinem schmuddeligen Anzug. Es schüttelte Peter, ihn wieder anziehen zu müssen. Aber nun gut. Tadellos gekleidet waren die Impressionisten garantiert auch nicht gewesen. Also schlüpfte er in den Anzug und betrachtete sich im Spiegel. Jetzt sah er wirklich aus wie ein Künstler.

Dann blätterte er durch den kleinen Kunstführer, den die nette alte Dame ihm gegeben hatte. Peter war sicher, dass er

Charles und Legros dicht auf den Fersen war. Er entschied sich, zunächst in die Altstadt zu gehen, und trabte in die lauen Sommernacht hinaus. Der Weg war kürzer, als er gedacht hatte. Er folgte der Route, bis er zu einem Platz kam. Plötzlich blieb er wie angewurzelt stehen und staunte: Vor ihm lag die große Terrasse eines Cafés; eine riesige Laterne bedeckte Wand und Markise mit einem warmen, gelben Schimmer. Menschen saßen an den Tischen des Cafés, einige gingen vorüber. Peter konnte es nicht fassen. Ja, das Welträtsel fragte nicht höflich an, bevor es sich ereignete.

Menschen lachten, scherzten und bestellten. Doch keiner schenkte dem Ungeheuerlichen Beachtung, das sich gerade über ihren Köpfen ereignete: das bodenlose Blau eines Nachthimmels, von Sternen übersät.

»Ich weiß nichts mit Sicherheit, aber die Sterne lassen mich träumen …«

Natürlich kannte Peter dieses Café. Es stammte aus Van Goghs »Café de Nuit« und schien bis heute identisch erhalten zu sein. Peter trat ein und suchte sich einen Platz. Innen war es wie zu Van Goghs Zeiten rot gestrichen, und in der Mitte befand sich der Billardtisch.

Seltsam geschaut hatte die Kellnerin schon, als er eine Flasche Pastis bestellt hatte. Erst nachdem er demonstrativ seine Kreditkarte aus seiner Hose gezogen hatte, entspannte sich ihr Gesicht in einem Lächeln.

Von seinem Platz aus beobachtete Peter die vorbeieilenden Menschenmengen. Touristenhorden drängten sich an den besten Platz, um genau die Perspektive in einem Selfie zu verewigen. Mit ihm im Hintergrund.

Nun betrat ein Touristenführer mit einer kleinen Gruppe das Café. Er war gekleidet, wie man sich einen französischen Künstler ausmalen würde, trug eine Baskenmütze, ein Fischerhemd und klobige Schuhe. Er war mit einem Mikrofon mit seiner Gruppe verbunden. Theatralisch begann er seine Ausführungen: »Er war ein Sonderling, ein Trinker, ein unbeherrschter und zugleich vergeistigter Typ mit rotem Bart und Sommersprossen. Einer, der in Südfrankreich sofort auffiel und nicht leicht Anschluss fand. Einer, der von anderswo sein musste, gut Französisch, aber kein Provençalisch sprach und ständig irgendwo in den Straßen seine Staffelei aufbaute. Auch hier im ›Café de la Nuit‹ ...«

Peter hatte sich Papier und einen Stift besorgt. Er wollte etwas niederschreiben. Nur was? An wen? Melinda? Florence?

Das Café war plötzlich leer. Klar, dachte Peter, die Bühne ist angerichtet. Gleich gehen die Scheinwerfer an und der Auftritt kommt – je nach Kameraposition – von rechts oder links. »Im Süden«, sagte plötzlich ein Mann neben ihm, »werden die Sinne erregt, wird die Hand gewandter, das Auge schärfer, das Hirn klarer.«

Es war der verkleidete Touristenführer.

»Darf ich mich zu Ihnen setzen?«, fragte er.

Peter stimmte wortlos zu.

»Darf ich mich vorstellen? Mein Name ist Paul!« Dabei zog er die Mitte seines Namens in die Länge und streckte seine riesige Hand aus.

»Gestatten ...« Paul schenkte sich selbstverständlich etwas von dem Pastis ein und spülte einen kräftigen Schluck hinunter. »Ich habe irgendwie das Gefühl, dass ich Sie kenne!? Waren Sie schon mal in Arles?«

Peter verneinte. »Ich war noch nie in Arles; ich bin auf der Durchreise. Aber auch ich habe das Gefühl, dass ich Sie kenne …«

»Tatsächlich? Ich stamme eigentlich aus der Bretagne und verdinge mich hier als Fremdenführer. Eigentlich bin ich schon seit über einhundert Jahren tot. Doch in den Köpfen der Menschen lebe ich ja weiter. Deswegen bin ich hier …« Paul lachte laut.

Er war Peter unheimlich. Er schluckte. »Na, dann haben Sie ja gerade über Ihren alten Freund berichtet. Kommt er vielleicht heute Abend auch noch vorbei?«

Wieder lachte Paul. »Wissen Sie, Reisen haben einen Hang zu Schwindeleien und Illusionskünsten, daher kommt ihr Zauber – und ihr Gift.« Wieder nahm er einen kräftigen Schluck. Paul holte aus: »Schauen Sie sich um: sattgelbe Markisen, wallende Baldachin-Stoffbahnen, kleine Bistro-Tischchen und besonders teure Getränke! Käme heute ein Künstler dahergeschlendert, er würde sich über die Farben, über das knallige Gelb freuen und wahrscheinlich weitergehen müssen, weil wie immer kein Platz frei ist und Introvertiertheit ohnehin besser in eine der stilleren Seitengassen passt.«

Genüsslich nahm er einen weiteren Schluck.

»Verstehen Sie? Bis vor ein paar Jahren gab es an derselben Stelle nichts als ein unscheinbares Geschäft für Geschirr! Der Laden wurde nach dem Vorbild des Van-Gogh-Gemäldes zum Café nachgebaut! Das längst geschlossene ›Café de la Nuit‹ – in der van-Gogh-Version eine der weltweit meistverkauften Poster-Reproduktionen – ist einfach neu entstanden! Die einen nennen es Attrappe oder Kopie. Ich nenne es Illusion – und das ist eine Kunst. Denn der Mensch lebt von seinen Illusionen …«

Peter schüttelte ungläubig den Kopf. Er saß in einer Attrappe. Einer touristischen Goldgrube. Er war reingefallen und hatte nichts davon bemerkt, hatte sich einer Illusion hingegeben.

Wie hatte das geschehen können?

Schnell griff er nach seinem Glas und trank es mit einem Zug leer.

»Ich dachte immer, er wird entweder verrückt oder er lässt alle hinter uns. Beides trifft nun zu«, sagte Paul plötzlich.

Peter hing noch seinen Gedanken nach und fragte irritiert: »Van Gogh? Meinen Sie Van Gogh?«

»Nein, ich meine Legros, Marcel Legros.«

»Wie kommen Sie denn jetzt auf den?«

»Na, der Name steht doch da auf Ihrem Papier geschrieben!«

Tatsächlich. Peter hatte unbewusst Legros' Namen in großen Buchstaben auf das Papier gekrakelt.

»Sie kennen ihn?«

»Alle kennen den hier! Er ist der größte Illusionskünstler von allen!«, sagte Paul verschwörerisch.

Peter war jetzt ziemlich angetrunken, und so langsam war ihm alles einerlei: »Wo finde ich ihn?«

»Na, wenn der Meister gerade in Arles verweilt, dann an der Place Lamartine. Das Haus werden Sie finden. Es ist auch eine Illusion. Das gelbe Haus von Van Gogh, und darin seine Werkstatt …«

Peter nickte, bezahlte und verabschiedete sich schnell. Jetzt hatte er es eilig. Draußen wehte ein kalter Wind. Schnell zog er den Kragen seines Hemdes hoch und stapfte los. Dabei trank er die frische Nachtluft wie ein Ertrinkender, der kurz vor der Rettung stand.

An der Place Lamartine leuchtete ihm das gelbe Haus an der Ecke entgegen, und in ihm brannte Licht. Peter näherte sich der Haustür, die einen Spaltbreit offen stand. Vorsichtig öffnete er die Tür und trat ein.

Der Flur war nicht beleuchtet. Ein ungutes Gefühl beschlich ihn, als er sich zu orientieren versuchte. Es roch stark nach Ölfarbe und Terpentin.

Peter öffnete eine weitere angelehnte Tür und staunte: ein großes Atelier. Überall Staffeleien mit angefangenen Bildern.

Sonnenblumen.

Yasuda.

Die Fälscherwerkstatt.

Er hatte sie gefunden.

An allen Seiten waren Spiegel angebracht und ließen die Sonnenblumen ins Unendliche wachsen. In der Mitte eine Tafel, die bereits für den nächsten Tag eingedeckt schien. Die weißen Damast-Tischdecken reichten bis zum Boden, und große silberne Kerzenständer korrespondierten mit den silbernen Vasen und dem silbernen Besteck. In der Mitte des Raumes waren die Kerzen entzündet, was in Anbetracht der späten Stunde und des leeren Raumes fahrlässig wirkte. Durch die alten Fenster zischte der Wind und ließ die Kerzenlichter zappeln, als wollten sie Unheilvolles verkünden. Zwischen den Kerzen stand auf einem kleinen Tisch eine vergessene Tasche.

Vorsichtig ging er ein paar Schritte darauf zu.

Der rote Fliesenboden knirschte.

Es war *seine* Tasche. Kein Zweifel.

Jedwede Vorsicht vergessend öffnete er sie, und tatsächlich: Das Geld war noch drin, ebenso sein Handy. Verblüfft nahm er das Gerät an sich und prüfte, ob es noch funktionierte. Natürlich tat es das nicht.

Ein leises Klackern ließ ihn zusammenzucken. Schritte näherten sich dem Spiegelsaal, und Peter schaute sich suchend nach einem Versteck um. Schließlich schmiss er sich hinter einen länglichen Tisch direkt an der Mauer und überlegte panisch, womit er sein Eindringen erklären könnte, falls man ihn entdecken würde.

Die Schritte waren direkt vor dem Tisch zum Stehen gekommen. Vorsichtig lugte Peter zwischen den Stühlen hindurch – und traute seinen Augen nicht. Vor dem Tisch stand Charles.

Seine Gedanken lieferten Peter keine sinnvollen Informationen, bis Legros – einem Magier gleich – hinter einer Stellwand in den Raum trat. Charles und Legros standen sich einander nun an den jeweiligen Saalenden gegenüber. Ein kalter Windzug ließ Peter frösteln, die Spiegel wackelten. Er duckte sich noch tiefer und versuchte, seinen beschleunigten Pulsschlag unter Kontrolle zu bekommen. Peter wusste jetzt, dass dies die Schlusssequenz werden sollte. Ein scharfer Geruch stiess in seine Nase, den er nicht einordnen konnte. Die letzte Klappe war gefallen!

»Der Himmel, groß, voll herrlicher Verhaltung,
ein Vorrat Raum, ein Übermaß von Welt.
Und wir, zu ferne für die Angestaltung,
zu nahe für die Abkehr hingestellt.

Da fällt ein Stern! Und unser Wunsch an ihn,
bestürzten Aufblicks, dringend angeschlossen:
Was ist begonnen, und was ist verflossen?
Was ist verschuldet? Und was ist verziehn?«

Legros tauchte nun im Lichtkreis der Kerzen auf: »Rilke! Nicht dein pathetischer Nietzsche! Passt gut, nicht wahr? Der fallende Stern, mein Lieber, das bist du, Charlie!« Er lächelte und ließ seinen Worten Zeit zu wirken, ehe er fortfuhr: »Schön, dass du meiner Einladung gefolgt bist. Ich habe dir zwar keine Sonnenbilder gemalt, aber ein paar Kerzen tun es hoffentlich auch. Allerdings habe ich dich früher erwartet.«

»Du bist nicht der Mittelpunkt der Welt, Legros. Wie ich sehe, hast du unser Geld bekommen. Was willst du dann noch von mir? Warum bist du noch hier und nicht schon über alle Berge?«

»Du meinst, wie damals? Es gibt Fehler, die macht man nur einmal im Leben.«

Charles wirkte noch immer siegessicher. »Welchen Fehler meinst du? Dass wir dich reingelegt haben? Ich hatte dir ja noch eine Chance gegeben!«

Doch Legros' Stimme blieb ruhig: »Hörst du den Wind? Wie damals – nur war er damals noch stärker. Es herrschte völliges Auslaufverbot. Du Dreckskerl hast erst die halbe Million eingesackt und uns dann auf das Meer rausgeschickt. Du wusstest, dass uns der Mistral keine Chance lässt.«

»Das ist Quatsch, Legros. Es war ein Unfall. Dachtest du wirklich, ich wollte euch töten, nur weil du mir eine halbe Million zugesteckt hast? Es musste wie eine Flucht aussehen! Verstehst du?«

Doch Legros schien nicht daran interessiert zu sein, Charles' Gedankengänge nachzuvollziehen. »Den Tod meines Sohnes wirst du büßen! Du hast dich bestechen lassen, und dafür wirst du in den Knast gehen.«

Charles' Lachen hallte von den Wänden zurück: »Das glaubst du doch selbst nicht. Es gibt keine Beweise für die

Existenz dieses Geldes. Deinen Behauptungen hat damals schon kein Mensch geglaubt. Was also willst du noch von mir?«

Legros' Gesicht hatte jetzt etwas Maskenhaftes. »Hier hast du dein Geld, Charles.«

»Du willst das Geld nicht? Wozu dann die gefakte Erpressung im Namen von Blumenstihl?«

»Die Route der Impressionisten, verdammt noch mal! Du hattest von Kunst doch nie wirklich Ahnung. Aber von Erpressung und Entführung, wie wir beide wissen. Du lügst und betrügst, wo du gehst und stehst. Eine nette Fälschung hast du mir da unterzuschieben versucht mit diesem Peter. Dachtest du, ich merke, nicht, dass er nicht du bist? Du hältst dich für schlau und mächtig und merkst nicht, wie armselig dein kümmerliches Leben ist! Dein Freund hingegen hat ein besonderes Gespür für Kunst. Er hat es gesehen, dieses Kunstwerk, den Zusammenhang. Schade, dass er dich zum Freund hat. Kennt Mr. Falcon eigentlich die ganze Geschichte, in die du ihn hier geschickt hast? Hast du ihm erzählt, dass du Bernardine Blumenstihl selbst entführt hast? Und dass du mich gezwungen hast, aufs Meer zu fahren, wo der verfluchte Mistral unser Boot gegen die Klippen gefegt hat? Dass du mich mit einem Seenotkreuzer hast verhaften lassen, anstatt meinen Sohn zu retten?«

»Ach, komm schon«, brummte Charles, »dein Sohn war längst tot. Das hat die Obduktion ergeben. Wir hätten nichts mehr tun können. Du bist selbst schuld an seinem Tod!«

Legros ergriff einen der leuchtenden Kerzenständer, doch Charles lächelte nur spöttisch und zog seinen Revolver: »Willst du mich mit einem Kerzenständer in die Flucht schlagen? Du willst dich rächen? An mir? Da hätte es doch einfachere Wege gegeben … Zugegeben – dein Plan, die Auktion zu gefährden, ist aufgegangen. Aber was bringt dir das? Du hast nichts mehr mit dem Kunstmarkt zu tun. Oder sollte ich besser sagen: Der Kunstmarkt will nichts mehr mit dir zu tun haben? Oh, oder willst du dich am Kunstmarkt rächen, weil er dich fallen ließ und du es nie zum Künstler gebracht hast? Tja – du warst nun mal ein ebenso schlechter Kopist wie dein Urgroßonkel. Darauf sind nur steinreiche Öl-Milliardäre in den 80er-Jahren reingefallen, aber jetzt? Jetzt ist deine Zeit vorbei. Schade, aber so ist das nun einmal: Die Welt dreht sich weiter. Der Markt hat sich geändert. Niemand interessiert sich für einen Versager wie dich!«

»In der Tat, der Kunstmarkt hat sich geändert! Es geht nur noch um Rekordsummen, die Kunst ist höchst spekulativ geworden – ein Anlageobjekt, wo es nur noch um Marktpreise geht, die so krank sind. Und du profitierst davon. Du lässt dich ständig korrumpieren. Es geht nicht um die Kunst, sondern um den Profit. Dein chinesisches Klientel hatte ja auch keine Ahnung! Wie viel Provision hast du von den Zhang Weis bekommen? Zu ihrem Glück erwiesen sie sich als ein nützliches Puzzlestück in meinem Plan. Nette Leute, übrigens. Auf dich werden sie jetzt nicht mehr reinfallen, dafür habe ich gesorgt – und ob sie jemals wieder etwas bei Chroseby ersteigern, bezweifle ich. Der Same meiner Wahrheit ist bei ihnen auf fruchtbaren Boden gefallen und wird sich verbreiten …«

Charles' Gesichtszüge entgleisten für den Bruchteil einer Sekunde. »Wir haben die Kunst, damit wir nicht an der Wahrheit zugrunde gehen! Das war mein Nietzsche! Und das gilt besonders für deine mittlerweile armselige Existenz!« Legros schnaubte verächtlich durch die Nase: »Wir sind alle nur Sternenstaub, mein lieber Charles. Illusion. Schau dich um. Das eigene Ich ist nur ein Trugbild. Ich hatte genug Zeit, um darüber nachzudenken. Der Mensch leidet unter dem Irrglauben, eine individuelle Seele zu besitzen, verstehst du? Auch die Kunst ist ein Trugbild. Der Weg zur Erleuchtung besteht darin, den falschen Zauber des Ichs, der Kunst, zu durchschauen, und es gibt dafür eine schöne Metapher: Es gibt dasselbe kosmische Licht in jedem von uns, aber die Individuen sind nur Fenster, durch die es scheint. Verstehst du? Wie bei einem Bilderrahmen. Was ist denn der Unterschied zwischen einem Original und einer Fälschung? Es ist doch dasselbe Licht, mit dem es der Betrachter sieht. Es gibt nicht *den* einen individuellen Künstler. Wir sind alle Künstler. Die Kunst birgt den Schlüssel zum Glück: In unserem künstlerischen Tun vergessen wir unser kleines Ich und erkennen, dass wir Teil des großen Dramas des Lebens sind! Aber für euch ist Kunst nur Geld! Ihr raubt der Kunst ihre Seele.«

Legros war fast unmerklich einige Schritte zur Seite getreten. Peter erkannte neben ihm das Glitzern einer Pfütze und wusste schlagartig, woher dieser penetrante Terpentingeruch kam.

Er wollte Charles warnen, aber Legros hatte seinen Arm mit dem Kerzenständer bereits in einer schnellen Bewegung ausgestreckt, und während er ihn fallen ließ, schrie er: »Wenn einer stirbt, wird sein Fenster geschlossen. Durch alle anderen Fenster jedoch scheint das Licht weiter.«

Und mit dem letzten seiner Worte kam der Ständer mit den noch immer brennenden Kerzen auf dem Boden auf.

Die Benzinpfütze stand sofort in Flammen. Es knallte, und es gab eine gewaltige Verpuffung in der Luft. Der ganze

Raum schien in Flammen aufzugehen. Funken stoben in alle Richtungen, wurden immer größer und stärker, und dann blitzte und donnerte es, als würden Raketen in die Luft geschossen. Charles schoss wahllos in die meterhohen Flammen sein Magazin leer. Die Spiegelflächen zerbarsten. Legros war hinter den Flammen verschwunden, doch über das Zerspringen der Spiegelflächen hinweg tönte noch sein heiseres Lachen: »Überall Trugbilder!« Dann schnelle Schritte. Legros war fort.

Charles packte die Tasche und flüchtete aus dem brennenden Haus, und auch Peter versuchte, sich – mehr tastend als sehend und mit einem Arm vor den Augen – einen Weg ins Freie zu suchen. Immer wieder stieß er irgendwo an. Alles war inzwischen voller Nebel.

Er folgte einem frischen Luftzug und fand tatsächlich die Haustür, wo er, nach Luft ringend, noch im Türrahmen zusammenbrach. Er konnte nicht mehr. Die gekrümmte Haltung und die Benzindämpfe hatten ihn völlig benebelt. Von ferne hörte er die Sirenen einer Feuerwehr, die immer leiser wurden, und dann … Bleischwer sickerte die tonlose Stille des Ortes in sein Bewusstsein.

Etwas stimmte hier nicht.

Es war zu leise.

Nichts, kein Geräusch der Nacht war mehr zu hören. Langsam hob er den Blick. Vornübergebeugt lehnte Charles an einem Laternenpfahl. Das Licht der Laterne flackerte leicht und ließ seinen früheren Freund dadurch unwirklich zucken. Peter konnte sehen, dass auch Charles nach Atem rang. Allerdings erholte er sich deutlich schneller, wie Peter feststellen musste. Während er selbst immer noch versuchte, seinen Atem einzufangen und seinen Herzschlag zu beruhigen, hatte sich Charles schon wieder aufgerichtet und war gerade dabei, seinen Revolver zurück in der Halterung zu verstauen, als er Peter entdeckte.

»Was machst du denn …?« Charles starrte ihn wie einen Totgeglaubten an, doch noch ehe Charlie den Revolver ziehen konnte, sprang ihn Peter mit letzter Kraft an und krallte sich mit den Fingern in dessen Gesicht.

Charlie schrie auf und fiel auf den Rücken. Sofort saß Peter auf ihm und schlug nun mit aller Kraft und Verzweiflung auf ihn ein »Du Schwein! Warum?«, brüllte er.

»Peter, ich habe dich immer bewundert …« Charles wimmerte jetzt unter den Schlägen und wehrte sich nicht mehr. «Hör auf! Ich war das nicht. Ich schwöre es. Ich habe das Seil des Bootes nicht losgemacht!«

Jetzt hielt Peter tatsächlich inne und musterte Charlie voller Abscheu. Sein vermeintlicher Freund hatte ihn aufs Meer treiben lassen. Genau wie damals Legros. Peter wusste nicht, wie er seine Verachtung am besten zum Ausdruck bringen sollte. Schließlich stand er auf, ließ Charles liegen und ging einfach weg.

Die Geräusche kehrten zurück.

Es war gut so.

Plötzlich erschienen zwei schwarze Limousinen und hielten mit quietschenden Reifen. Die Türen des vorderen Wagens öffneten sich zeitgleich und spuckten drei Polizisten aus, die ihre gezogenen Waffen auf Charles richteten. Trotz der nächtlichen Dunkelheit konnte Peter sehen, wie sämtliche Farbe aus Charles' Gesicht wich.

Erschrocken duckte Peter sich in den Schatten, um nicht entdeckt zu werden. Charles wirkte nur für einen kurzen

Moment überrascht, raffte sich dann aber auf und wollte gerade auf die Polizisten zugehen, als diese ihre Waffen hoben. »Charles White, bleiben Sie stehen, lassen Sie Ihre Waffe und die Tasche fallen, und heben Sie Ihre Hände über den Kopf!«, hallte es von den Wänden wider.

Charles erstarrte zur Salzsäule.

Langsam ließ er Waffe und Tasche sinken und hob beide Arme über den Kopf. »Es handelt sich um eine Verwechslung. Ich bin ein Kollege! Den Verbrecher finden Sie dort drinnen. Sie haben mich überfallen!«, rief er mit sich zusehends überschlagender Stimme.

Ohne auf Charles zu reagieren, traten zwei Polizisten auf ihn zu. Geschickt entwendeten sie ihm die Waffe und drehten seine Arme auf den Rücken. Die Handschellen klackten leise, als sie sich schlossen.

In der Zwischenzeit waren aus dem zweiten Wagen zwei weitere Personen ausgestiegen. Ein dicklicher Kahlkopf und eine große, rothaarige Frau, beide in ziviler Kleidung. Einer der Polizisten brachte die Tasche zu dem Glatzkopf – offenbar der Chef des Einsatzes. Er öffnete sie, und Peter schluckte.

»Das ist also ein Missverständnis?«, blaffte der Kommissar. »Sie hatten also recht mit Ihrem Verdacht, Frau Kollegin.«

»Danke, Kollege, für die schnelle Amtshilfe! Das war wirklich saubere Arbeit«, gab die Angesprochene mit leichtem skandinavischem Akzent zurück, stand aber so im Schatten, dass Peter sie nicht genauer sehen konnte.

Charles hingegen starrte ungläubig zu der Frau hinüber, als er ihre Stimme hörte. »Wer sind Sie, und was wird mir überhaupt vorgeworfen? Ich erwarte eine Erklärung«, rief er aufgebracht.

Der Kommissar trat einen Schritt zurück und gab den Blick auf seine Kollegin frei: »Bitte, Frau Mathur, das können Sie besser als ich.«

Charles wurde leichenblass. »Elsa? Was machst du denn hier?«

»Hallo, Charles. So sieht man sich wieder. Du wirst verdächtigt, die berühmte Kunsthistorikerin Bernardine Blumenstihl entführt zu haben, um damit Spekulationsgewinne einzustreichen – und um von ihren Angehörigen Geld zu erpressen.«

Charles lachte erleichtert: »Das ist kompletter Blödsinn, Elsa! Das musst du mir glauben.«

Regungslos sprach Elsa weiter. »Von Mrs. Ferrara habe ich von deinem angeblichen Gespräch mit mir und dem Erpressungsschreiben von Blumenstihl erfahren. Hast du wirklich geglaubt, wir bekommen nicht raus, dass das Schreiben über *dich* kam? Du hast die gefakte E-Mail an Chroseby weitergeleitet. Außerdem ergaben unsere Recherchen, dass du auf den Wertverlust bestimmter Impressionisten gesetzt hast. Deine Erpressung sollte den Markt erschüttern. Blumenstihl hast du entführt, damit deine Erpressung nicht auffliegt. Wie hast du uns damals immer gepredigt? ›Gierige Menschen machen Fehler.‹ Tja, Charles. Wie recht du hattest. Deine unersättliche Gier hat dieses Mal Menschenleben gefährdet, und das wirft auch ein ganz neues Licht auf die damalige Geschichte bei Legros' Verhaftung. Damals haben wir alle deine Version geglaubt. Aber ich habe mir den Fall noch mal vorlegen lassen und inzwischen starke Bedenken an deiner Unschuld. Dieser internationale Haftbefehl hier wird dich erst mal wegen Entführung und Erpressung vor Gericht bringen. Und in diesem Fall könnten die Beweise nicht eindeutiger sein: Du erinnerst dich vielleicht, wie gerne Richter Täter auf frischer Tat ertappen.« Elsa lächelte.

Charles machte nun ein verwirrtes Gesicht.

Peter schwirrte der Kopf.

Während Peter überlegte, erinnerte Charles Elsa an ihre gemeinsame Zeit bei Interpol und beschwor sie, dass sie ihn doch als ehrlichen Kollegen kennen müsse und es sich wirklich um einen Irrtum handelt.

Eiskalt, mit verschränkten Armen blickte Elsa mitleidlos auf Charles herab. »Wie hast du mich damals hinter meinem Rücken genannt, Charles? Eiskalte Kobra. Recht hattest du, und nun ist es so weit: Die Kobra hat zugebissen.« Sie gab den Polizisten einen Wink.

Charles gab auf und ließ sich widerstandslos zum Auto abführen. War das ein Schuldeingeständnis? Peter versuchte, einen Blick von Charles zu erhaschen. Er erhielt die Antwort, als Charles im Fond des Polizeiwagens an ihm vorbeifuhr. Für einen kurzen Moment fiel das Licht der Straßenlaterne in das Fahrzeug und erhellte das Gesicht von Charles. Er sah Peter direkt an. In diesem Moment wusste Peter, dass Legros recht gehabt hatte. Panik lag in Charles starrem Blick.

Peter war unüberlegt aus dem Hauseingang getreten, um Charles besser hinterherschauen zu können, als ihm plötzlich jemand auf die Schulter tippte. Elsa. Sie stand so nah vor ihm, dass er ihr dezentes Parfum riechen konnte. Ihre grünen Augen brannten sich in sein Gedächtnis. Peter wollte gerade etwas zu seiner Verteidigung sagen, als sie sich freundlich vorstellte: »Elsa Mathur, Leitende Kommissarin bei Interpol. Sie müssen Mr. Falcon sein. Schön, Sie lebend anzutreffen.«

Peter schluckte seine Erklärungen hinunter.

»Sie kennen mich?«

Elsa ließ ein helles Lachen hören: »Mrs. Ferrara meinte, ich würde Sie sicherlich in der Nähe von Charles finden und hat Sie mir vorsorglich beschrieben. Sie befürchtete wohl, ich könne Sie mit Charles verwechseln. Aber ganz ehrlich? An Ihrer Verkleidungstechnik müssen Sie noch etwas arbeiten.«

Peter schaute an sich herunter.

»Von Bernardine Blumenstihl soll ich Sie übrigens ganz herzlich grüßen. Sie hatte uns den entscheidenden Tipp gegeben, nachdem sie mit Legros telefoniert hatte. Apropos: Wissen Sie vielleicht, wo dieser jetzt steckt?«

»Wie nett von Legros«, murmelte Peter mehr zu sich und schüttelte den Kopf. Selbst wenn er es gewusst hätte, hätte er nichts verraten. »Kann ich dann jetzt gehen? Ich bin etwas müde, nach der ganzen Aufregung.«

»Natürlich, Mr. Falcon. Wir bräuchten noch Ihre Zeugenaussage, aber das hat Zeit. Erholen Sie sich erst einmal; wir kommen dann auf Sie zu.«

Peter verabschiedete sich und grinste in sich hinein. Er atmete die klare Morgenluft ein. Er fühlte sich müde und schmutzig, aber er war frei und unfassbar durstig.

Peter war einfach losgelaufen, und plötzlich stand er am Ufer der Rhône. Groß und dunkel glitzernd lag der Fluss vor ihm. Ein paar Frachter dümpelten am befestigten Ufer, ein streunender Hund huschte an ihm vorbei, lief direkt auf das Wasser zu und verschwand.

Peter folgte ihm einen Bootszugang hinunter, wo der Hund gierig das schwarze Nass trank.

»Gute Idee, Hund«, sagte Peter und zog seine Schuhe und Socken aus. Zögernd blickte er sich noch einmal um und streifte dann seine Kleidung ab, um in den Fluss zu steigen.

Die Kälte des Wassers überraschte ihn. Mit schnellen Schwimmbewegungen kämpfte er gegen die aufsteigende Kälte; dann tauchte er entschlossen unter. Peter genoss diesen Augenblick der absoluten Einsamkeit. Eiskalt und neugeboren stieg er aus dem Wasser.

Nass wie er war, schlüpfte er in seine Kleidung und machte sich auf den Rückweg zu seinem Hotel. Dort angekommen, hatte er Glück, dass die Hausdame bereits wieder in der Küche werkelte und auf sein Klingeln hin aufmachte. Er hatte seine Matratze kaum berührt, da war er auch schon eingeschlafen.

Die Sternennacht

Peter schlief bis weit in den nächsten Tag hinein. So gut geschlafen hatte er schon lange nicht mehr. Noch vor dem Frühstück wählte er die Nummer von Mrs. Ferrara, die nach nur einem Klingeln abhob. Noch bevor sie ihr ›Hello‹ zu Ende gebracht hatte, unterbrach Peter sie: »Ihr Vertrauen hat sich ausgezahlt. Aber den Verkauf der Bilder können Sie leider vergessen, und einen neuen Kunstexperten müssen Sie sich auch suchen … Charles fällt aus.« Er wartete keine Antwort ab, sondern legte auf. Er brauchte keine weiteren Anweisungen und wollte auch keine weiteren Erklärungen geben. Sein Auftrag war erledigt.

Das Handy klingelte. Am anderen Ende hörte er die feine Stimme von Mrs. Ferrara: »Irgendwie war die Verbindung plötzlich weg. Vielen Dank für Ihren Tipp. Sie hatten den richtigen Riecher. Es tut mir sehr leid, dass wir Sie da mit hineingezogen haben. Aber Sie haben einen sehr guten Job gemacht, weshalb ich mich freuen würde, wenn wir in Zukunft direkt zusammenarbeiten könnten. Was halten Sie davon, Mr. Falcon?«

Peter konnte es nicht fassen. »Ähm … also«, brachte er stotternd hervor.

»Die Jobs wären natürlich gut bezahlt«, führte Ferrara weiter aus. »Überlegen Sie es sich in Ruhe. Wenn Sie wieder in den Staaten sind, kommen Sie vorbei. Dann gehen wie gemeinsam essen – ich lade Sie ein, wenn Sie möchten. Ich bin nämlich sehr gespannt auf Ihre Abenteuer …«

Die flötende Stimme klang noch in Peters Ohren, als Ferrara schon lange aufgelegt hatte. Hatte sie etwa mit ihm geflirtet?

Peter starrte auf das stumme Handy in seiner Hand. Vierzig Sekunden hatte das Gespräch gedauert. Nicht schlecht. So ging das also – den einen Auftrag beendet und gleich den nächsten in Aussicht. Und ein Essen mit Giovanna.

Sein Blick fiel aus dem Fenster – und mit einem Mal war es für den Bruchteil einer Sekunde Sommer. Die Sonnenblumen in der Ferne öffneten langsam ihre Köpfe. Peter atmete tief ein. Es roch nach Kornfeldern und aufgewühlter Erde. Nach einem neuen, heißen Sommertag. Die Weite berührte ihn. In der Ferne konnte er Berge erahnen.

Einst war auch Van Gogh völlig erschöpft und ausgelaugt durch die Berge von St. Remy gelaufen. Und plötzlich wusste Peter, was er wollte: Er wollte in die Berge.

Seine eigene *»Sternennacht«* erleben.

Kurz entschlossen ging er zur Rezeption. Die beiden Eheleute standen wie immer beieinander und hoben die Köpfe, als er an den eichenfarbenen Tresen herantrat. Er bezahlte die Rechnung und lief zur nächsten Ausfahrtstraße. Er wollte ein Abenteuer erleben, es noch einmal wissen. Nach St. Rémy. Er spürte Reisefieber in sich aufsteigen. Dieses flaue Gefühl im Magen.

Zu seinem Plan eines Abenteuers gehörte es, zu trampen, und er hatte Glück. Schon nach kurzer Zeit hielt ein Kleinlaster mit ausländischem Nummernschild. Ein unrasierter Fahrer grinste ihn an und bedeutete ihm in brüchigem Französisch, einzusteigen. Er war ein rumänischer Gastarbeiter und zufällig auf dem Weg nach St. Rémy.

»Was machst du hier in den Bergen?«, fragte er.

Peter beobachtete die traumhaft hügelige Landschaft, die außen am Fenster vorbeizog. »Ich besuche einen Freund. Aber eigentlich suche ich ein Bild, das er hier gemalt hat.«

»Was ist das für ein Bild?«

»Ein Bild mit Sternen. Genauer gesagt, zeigt es den Nachthimmel hier – in den Bergen während des Mistrals …« Peter deutete durch die Windschutzscheibe nach oben, als gäbe es dort bereits trotz des helllichten Tages Sterne zu entdecken.

»Ja, bei diesem Wind, viele Sterne. Kann man sehen das ganze Universum«, bestätigte der Fahrer mit leuchtenden Augen.

»Ich bin übrigens Peter. Und du?«, fragte er und bemühte sich dabei, langsam und deutlich zu sprechen.

»Ich Gabriel«, zeigte der andere mit dem Finger auf seine Brust. «Weißt du, wie Erzengel Gabriel. Kennst du?«

Peter nickte; dann schwiegen sie. Draußen säumten Platanen die Straßenränder. Wie durch einen löchrigen Tunnel blitzte das Sonnenlicht in unregelmäßigem Rhythmus in ihre Gesichter.

»Du hast die Dritte Energie«, sagte Gabriel plötzlich bestimmt, und seine Sprache klang nun anders, sicherer.

»Die bitte was?«, fragte Peter.

»Die Dritte Energie. Du bist mit den Dingen verbunden.«

Ein kalter Schauer lief Peter den Rücken herunter. Beide schauten nach vorne in den Platanentunnel, und Peter spürte mit einem Mal nicht nur seine eigene, sondern auch Gabriels Energie. Woher konnte Gabriel etwas derart Privates über ihn wissen?

»Ich bin *Gitane.* Familie der Roma, weißt du? Wir haben dieses Wissen. Schon lange. Ihr nennt das Physik, aber es ist mehr. Du bist Energie Drei, wie Medium hängt alles zusammen.«

Peter wurde zunehmend unwohl – erst recht, weil er spürte, dass etwas Wahres an den Worten des Mannes sein könnte. Er fühlte sich wie auf einer spiritistischen Sitzung. Er wollte alles in seinem Leben sein, nur kein Medium. Doch Gabriel war jetzt in Schwung: »Weißt du, Universum da oben ist wie Meer voller Wellen, Energiewellen. Alle Ideen und Informationen dort enthalten. Materie und Form entstehen, wenn Energien aufeinandertreffen. Und auch unsere Gedanken – Energie. Du hast eine starke Gedanken-Energie, Energie Drei. Deine Gedanken können aus dem Meer der Möglichkeiten immer wieder Altes oder Neues hervorbringen. Verstehst du?«

Peter verstand nicht.

Ein Meer voller Wellen.

Altes und Neues hervorbringen.

Gleichzeitigkeit.

War es das, was ihn bewegte?

Also nickte er Gabriel zu und tat so, als habe er alles verstanden: »Energie Drei. Das ist ja wirklich interessant … wie weit ist es denn noch?«

»Schon da.« Gabriel bremste und reichte Peter zum Abschied die Hand: »Gute Reise, Peter. Ja, Energie Drei – dein Malerfreund, der mit den Sternen, der weiß vielleicht auch davon …«

Peter öffnete die Tür, sprang aus dem Auto und schaute Gabriel hinterher. Ob Van Gogh etwas von einer dritten Energie gewusst hatte? Peter lächelte versonnen. Vielleicht würde er heute Nacht davon erfahren. Nur brauchte er vorerst ein Bett. Und tatsächlich – auf der anderen Straßenseite stand ein alter Gasthof. Weißer Putz blätterte überall ab, und einer der grau gestrichenen Fensterläden hing schräg an der Hauswand.

Abenteuer hin oder her – er hatte Hunger.

Gesagt, getan: Einen Eintopf mit Kartoffeln später erzählte er den Hausherren von seinem Plan, auf dem Berg zu übernachten. Bereitwillig liehen sie ihm Schlafsack und Isomatte, wiesen ihm den kürzesten Weg und gaben ihm überdies Proviant in einem kleinen Rucksack: »Etwas Käse, ein Baguette et bien sûr, eine Flasche Rosé. Bonne route!«

Peter bedankte sich und machte sich auf den Weg. Er fühlte sich wie sechzehn, stark und frei. Damals hatte das Leben noch vor ihm gelegen, und nun? Nie hätte er sich erträumen lassen, dass er einmal zu Fuß einen staubigen Feldweg in Südfrankreich zurücklegen würde.

Auf den Spuren von Van Gogh.

Er war bereit.

Es war ein klarer Tag. Bis auf das Geräusch der in den Bäumen versteckten Zikaden war es still. Hinter dem Olivenhain lagen Weizenfelder gesäumt von Zypressen, über den Wipfeln der gezackte Kamm einer Bergkette. Der Himmel war wolkenlos blau. Peter ließ den Blick schweifen. Er hielt Ausschau nach irgendwas – wonach, das wusste er nicht. Doch obwohl die Landschaft nicht hässlich war, konnte er das, was er suchte, nicht entdecken.

Mir ist immer noch lebhaft in Erinnerung, wie mich die Fahrt von Paris und die Provence aufgeregt hat … ich arbeite sogar mitten am Tage, mitten im Sonnenschein, ohne jeden Schatten, in den Kornfeldern, kreuzvergnügt wie eine Grille. Großer Gott, wenn ich dieses Land doch mit 25 gekannt hätte, statt mit 35 herauszukommen!

Vincent van Gogh war Ende Februar 1888 in der Provence eingetroffen. Er war 34 Jahre alt gewesen und hatte sich erst acht Jahre zuvor der Malerei verschrieben, nachdem vorausgehende Versuche, Lehrer und Priester zu werden, fehlgeschlagen waren. Van Gogh hatte sich nach seiner bescheidenen künstlerischen Ausbildung mit Paul Gauguin und Henri de Toulouse-Lautrec angefreundet.

Die Weizenähren auf dem angrenzenden Feld wogten im Wind. *Die Wahrheit liegt im Wind*, dachte Peter. Die Bewegung zweier hoher Zypressen im Feld zog seinen Blick an. Anders als bei der Pinie, deren Äste leicht herabhingen, dachte Peter, strebten die Äste der Zypresse stets nach oben. Der Stamm war eher kurz, und das obere Drittel des Baumes bestand ganz aus Zweigen. Die Zypressen neigten sich nicht im Wind, vielmehr wirbelten die Äste um den gesamten Umfang des Stammes. Es hatte den Anschein, als würden sie aus mehreren Richtungen gleichzeitig von Windböen geschüttelt.

Die Zypressen beschäftigen mich dauernd. Es wundert mich, dass man sie noch nicht gemalt hat, so wie ich sie sehe.

In den Linien und in den Proportionen sind sie so schön wie ein ägyptischer Obelisk. Und das Grün ist so ein besonders feiner Ton. Es ist der schwarze Fleck in einer sonnenbeschienen Landschaft, aber es ist einer der interessantesten schwarzen Töne, doch ich kann mir keinen denken, der schwieriger zu treffen wäre.

Peter wollte einen Blick über St. Rémy gewinnen und suchte die Perspektive, die damals Van Gogh eingenommen hatte, um die *»Sternennacht«* zu malen. Aber würde er dort den Beweis finden, dass dieses Bild tatsächlich von Van Gogh stammt? Konnte es überhaupt so einen Beweis geben? Und wie könnte ein solcher Beweis aussehen? Peter hatte keine Idee. Und was war, wenn Bernardine doch recht hatte?

Er ging bergauf, entlang des Olivenhains. Der Mistral hatte den Himmel von Wolken und Feuchtigkeit gereinigt und hinterließ ihn in purem, sattem Blau, ohne die geringste Spur von Weiß. Um Peter herrschten lebhafte, kontrastreiche Primärfarben.

»Im Vordergrund ein Weizenfeld, nach einem Gewitter völlig verwüstet, die Halme zu Boden geworfen. Eine Mauer als Einfriedung, jenseits der Mauer das Graugrün einiger Ölbäume, Hütten und Hügel. Hoch oben eine große, weiße und graue Wolke, ertrunken im Blau.«

Schließlich erreichte Peter eine Stelle, von der aus Van Gogh seine *»Sternennacht«* gemalt haben könnte. Ja, doch, ganz sicher, hier musste es gewesen sein. Links stand immer noch eine riesige Zypresse und rechts unten im Dorf die Kirche. Es dämmerte bereits. Peter nickte zufrieden und rollte seinen Schlafsack aus. Hier wollte er *»seine« Sternennacht* erleben.

Oft kommt es mir vor, als sei die Nacht noch farbenreicher als der Tag mit diesen ungemein starken Violetts und Blaus und Grüns. Wenn du darauf achtest, wirst du sehen, dass gewisse Sterne zitronengelb sind, andere leuchten rosa, grün, blau, vergissmeinnicht-farben.

Der Sternenhimmel war aufgezogen, in einer Klarheit, die Peter so noch nicht erlebt hatte. Vor ihm hatte sich eine Leinwand aufgezogen, in der die Erde nur den unteren Rahmen bildete. Wie eine züngelnde Schlange schien sich der Wind am unteren Bildrand über die Felder abwechselnd von rechts nach links durchs Bild zu schlängeln.

Der Wind wurde kräftiger, und die Zypresse entwickelte sich wie eine nervös im Wind flackernde Flamme.

Peter versuchte der Bewegung der Schlange zu folgen, bis ihn etwas irritierte. Am Horizont *fehlte* etwas. Er überlegte. Doch, ganz sicher. Die Welt hatte etwas vergessen, was im Bild vorhanden war. Es waren die Berge hinter St. Rémy! Sie waren einfach weg. Oder hatte Van Gogh etwa …

Mit der Wahrheit der Farbe habe ich es nicht so genau genommen.

Ganz genau. Auch mit den Proportionen und Linien nicht. Van Gogh hatte einfach den Bergrücken, auf dem Peter saß, auf die andere Seite des Dorfes gesetzt.

Die Wahrheit ist relativ.

Plötzlich öffnete sich in ihm die Tür zu einem Gedanken. War es wirklich Charles gewesen? Gab es die Entführung wirklich, oder war sie nur Teil einer Inszenierung? Wenn alles geplant und Charles nur in die Falle gegangen war? Aber was machte das schon? Der Gerechtigkeit war genüge getan.

Auf einmal musste er herzlich lachen. Es war ein befreiendes Lachen, das die Schatten und Zweifel der letzten Jahre, besonders aber der letzten Tage in Ordnung brachte.

Peter packte sein Picknick aus, und während er sich den Wein mit dem Käse und dem Baguette schmecken ließ, sinnierte er über die Bedeutung von Wahrheit und Fälschung nach. Wie Nietzsche wusste, ist die Realität unendlich und kann niemals vollständig erfasst werden. Da war er wieder, Nietzsche, der den Mistral liebte.

Als anarchische, unbändige Lebenskraft, die alles miteinander verband, hatte Nietzsche den Mistral bewundert. Und plötzlich sah Peter die Wellen in der Luft, die der Wind sichtbar machte.

Der Himmel, ein Meer voller Wellen.

Gabriel.

Energie Drei.

Die Wahrheit *lag* im Wind.

Auch Van Gogh hatte also davon gewusst! Ja, er *hatte* die Wellen in der »*Sternennacht*« gemalt.

Da aber nichts der Annahme entgegensteht, dass es auf den anderen unzähligen Planeten und Sonnen ebenfalls Linien, Formen und Farben gibt, steht es uns, eine gewisse Heiterkeit zu bewahren im Hinblick auf die Möglichkeit, einst in einer anderen Existenz unter besseren Bedingungen zu malen, vielleicht durch ein Phänomen, das nicht schlimmer und nicht überraschender ist als die Verwandlung der Raupe in einen Schmetterling, des Engerlings in den Maikäfer. Der Ort dieser Existenz als Maler-Schmetterling wäre einer der unzähligen Sterne, die uns nach dem Tod vielleicht ebenso erreichbar wären, wie die schwarzen Punkte, die in unserem irdischen Leben auf der Landkarte Städte und Dörfer symbolisieren.

Peters Bewunderung für die Kunst griff ständig in die Realität ein. Er verstand jetzt, dass ein Teil der Legros'schen

Inszenierungen aus ihm heraus lebendig geworden waren. In Anbetracht der Sterne. So auch jetzt. Erst durch Van Goghs Zypresse im Bild konnte er das Wunder auch in der Realität erleben. Die Flamme der Phantasie.

Allerdings: So romantisch, wie er sich das vorgestellt hatte, war die Übernachtung unter dem Sternenhimmel dann doch nicht. Sämtliche Mücken der Umgebung hatten einen Festschmaus gehabt, und er kein Auge zumachen können. Um sieben Uhr gab Peter auf. Verschwitzt wickelte er sich aus dem Schlafsack, in dem er ohne viel Erfolg Schutz vor den räuberischen Blutsaugern gesucht hatte. Völlig zerstochen und mit verquollenen Augen suchte er seine Sachen zusammen und machte sich auf den Weg zur nahegelegenen Nervenheilanstalt – Saint-Paul-de-Mausole, jene Irrenanstalt, in der Van Gogh viele Jahre lang gelebt und gemalt hatte. Wenn er schon mal hier war, wollte er sich diese auch noch ansehen.

Schon von Weitem sah er sie. Ihre weiße, weite Leinenkleidung reflektierte in der Sonne. Eine junge Dame mit einem überdimensionierten Sonnenhut stand wartend an der Eingangstür.

Reisen haben einen Hang zu Schwindeleien und Illusionskünsten, daher kommt ihr Zauber – und ihr Gift. Zum Reisen müssen wir unsere Verkleidung wechseln. Ich entpuppe mich als mein eigener Verzauberer.

Peter versuchte, seine Garderobe halbwegs zurecht zuziehen und strich sich mit der Hand das Haar zurück. Mehr oder weniger elegant schlug er sich nun querfeldein durch die Büsche, blieb an einem Dornenbusch hängen und stolperte auf den Parkplatz, der Dame fast vor die Füße. »Bonjour«, stotterte er, während er sich den Staub von den Knien rieb.

»Bonjour«, antwortete sie ihm mit glockenheller Stimme. Sie war jung, vermutlich Mitte zwanzig. Ihr hellblondes Haar umrahmte ihr Gesicht und gab ihr etwas Engelhaftes.

Peter grinste, hatte er doch sofort den Südstaaten-Akzent erkannt. Mit gespieltem französischem Akzent wollte er von ihr wissen, ob sie sich verlaufen habe oder was sie in der alten Nervenheilanstalt von Van Gogh wolle. Sichtlich erstaunt schaute sie ihm direkt in die Augen. Peter musste schlucken. »Sie sprechen aber gut Englisch. Kennen Sie sich aus mit Van Gogh? Sind Sie ein Fachmann? Ich komme aus Texas, wissen Sie, und eigentlich bin ich auf Hochzeitsreise. Ich werde morgen meinen Verlobten in Paris heiraten, aber vorher wollte ich mir noch schnell die europäische Kultur anschauen.«

»Und da verschlägt es Sie ausgerechnet in die französische Provinz?«

Doch die zukünftige Braut war nicht zu stoppen: »Ich *liebe* Van Gogh, und er war doch hier in der Nervenheilanstalt, oder nicht?« Sie deutete auf das vor ihnen liegende Gebäude.

Inzwischen schien sich etwas an den Türen zu tun, jedenfalls stellte eine ältere Dame ein Schild auf, welches darauf hinwies, dass die Nervenheilanstalt von 8 bis 15 Uhr täglich, außer montags, für Besucher geöffnet war.

»Sie haben völlig recht. Darf ich mich vorstellen? Mein Name ist Pierre, ich habe einige Jahre in Amerika gelebt und spreche Ihre Sprache deshalb gut. Zufällig arbeite ich hier als Museumsführer. Möchten Sie wissen, wie Van Gogh hier seine letzten Jahre verbracht hat?«

Freudig ergriff das junge Fräulein Peters galant ausgestreckten Arm und folgte ihm in das Gebäude. Peter machte seine neue Rolle richtig Spaß. Hier konnte er mit seinem Kunstwissen erneut brillieren. Jolie – so hieß die Braut – hing ergeben an seinen Lippen und sog jeden Fetzen französischer Kultur in sich ein. Peter wiederum genoss ihre Bewunderung. Nebenbei erfuhr er, dass ihr Verlobter eigentlich nachkommen wollte, aber nun schon in Paris auf sie wartete.

»Wir haben uns im Studium der Wirtschaftswissenschaften kennengelernt. Eigentlich wollte ich nie Wirtschaft studieren, doch meine Eltern haben darauf bestanden. Und jetzt, wo Georg, also mein zukünftiger Mann, in die Firma seiner Eltern einsteigen soll, möchte er natürlich, dass auch ich dort mitarbeite.«

»Wirklich glücklich sehen Sie aber nicht aus, wenn ich mir die Bemerkung erlauben darf.« Peter hatte sie von der Seite angeschaut und bemerkte, wie sie betreten zu Boden blickte.

»Sie haben recht. Ich wollte immer Kunst studieren. Ich liebe die Impressionisten, das französische Leben. Es ist alles so wundervoll hier – mit Ihnen.« Dabei schaute sie ihn wieder mit diesem umwerfenden Blick an, und dieses Mal hielt er ihrem Blick stand. Schließlich war er Pierre, ein heißblütiger Franzose. Sein altes Ich hatte er abgestreift, in seinem neuen war er bedeutend stärker.

»Dann bleiben Sie doch«, lachte er, und mit diesen Worten ergriff er ihren Arm, um sie an sich zu ziehen. Jolie zuckte zurück.

»Ein wunderschöner Gedanke, in einem anderen Leben vielleicht. Meine Schwiegereltern und mein Verlobter warten in Paris. Und ich muss in …« Jolie sah auf ihre goldene Armbanduhr und erschrak: »Oh mein Gott, in sechs Stunden muss ich in Paris zum Abendessen sein. Ich … es tut mir leid, aber ich muss los.«

Hektisch suchte sie den Ausgang.

Peter war zu weit gegangen.

So war das manchmal in fremden Häuten, auch in ihnen hatte man nicht immer nur Erfolg.

Peter brachte Jolie zu ihrem Leihwagen. Sie war bereits eingestiegen, als sie noch mal das Fenster herunterkurbelte: »Vielen Dank für den wunderbaren Vormittag. Vielleicht, also falls Sie noch mal in die Staaten kommen, könnte ich mich vielleicht revanchieren und Ihnen meine Heimat zeigen?«

Peter nickte und eine leichte Röte stieg ihm ins Gesicht. Wo war der heißblütige Franzose nur, wenn man ihn brauchte, dachte er, während Jolie in ihrer Tasche kramte und endlich eine Serviette und einen Stift fand. Sie riss die Serviette sorgfältig in zwei Hälften und schrieb dann ihren Namen und ihre Handynummer auf die eine Hälfte. Die andere reichte sie Peter. Peter kratze sich am Kopf, unschlüssig, welche Nummer er dorthin schreiben sollte, entschied sich dann aber für die neue Handynummer. Man konnte ja nie wissen.

Seine Reise war zu Ende.

Mit dem nächsten Zug war er nach Avignon zu einem kleinen Flughafen gefahren und hatte sein Handy, das er von Mathur zurückbekommen hatte, wieder auf Vordermann gebracht. Von dort würde es mit einem Zwischenstopp in Paris zurück in die Heimat gehen. Er dachte an Melinda und seinen Comicladen. Er würde einiges ändern in seinem Leben. Aber vorher würde er sich einen letzten französischen Kaffee genehmigen; in einem der völlig überteuerten Bistros am Flughafen. Bis zu seinem Abflug hatte er noch gut zwei Stunden Zeit.

Während er an seinem heißen Getränk nippte und den Flugzeugen auf dem Rollfeld zusah, pingte sein Handy auf. Umständlich kramte er es aus der untersten Ecke seines Jacketts.

Eine Nachricht von Florence. Sie schrieb:

Mein Retter!
Danke, dass du dich so um Mama gekümmert hast!
Können wir uns noch sehen vor deiner Abreise?

Reflexartig schaute Peter sich um. Was wusste sie von Bernardine und ihm? Und woher wusste sie, dass er zurückflog? War sie hier und erlaubte sich einen ihrer merkwürdigen Späße?

Da er niemanden sehen konnte, schrieb er zurück:

Vielen Dank. Schön, von dir zu hören.
Geht es dir und Bernardine gut?
Wo bist du gerade?

Gespannt starrte er auf das Display.

Es blinkte:

Habe es mir anders überlegt.
Bin geblieben.
Können wir uns gleich treffen?

Peter verstand nicht, bis sein Blick auf den Absender der Nachricht fiel. Lächelnd lehnte er sich zurück und genoss seinen Kaffee.

Melinda und sein Comicladen mussten warten.

Seine Reise war noch nicht zu Ende.

Energie 3

Ich war gerade 40 geworden, als eine langjährige Beziehung von mir endete. Sollte ich alleine bleiben? Konnte ich eventuell noch eine Familie gründen? War ich noch jung oder schon alt?

Ich wollte es wissen, und wenige Monate später stand ich nach 20 Jahren wieder an der Autobahn, Daumen in den Wind und ab in den Süden, bis nach Frankreich.

Am ersten Abend kam ich bis nach Nimes. Ich werde nie vergessen, wie ich mir eine Flasche Rosé, ein Baguette und einen Camembert kaufte und mich am Fuße des Amphitheaters niederließ. Ich hatte Tränen in den Augen. Das war Freiheit. Ich war also doch noch jung!

Am nächsten Tag wollte ich nach St. Rémy. Hier hatte Van Gogh seine weltberühmte »*Sternennacht*« gemalt, mein Lieblingsbild. Dort, wo er seine Staffelei aufgestellt hatte, am Hang mit Blick auf das Dorf, wollte ich meine ganz eigene Sternennacht erleben.

Ein rumänischer Gastarbeiter namens Gabriel nahm mich das letzte Teilstück in seinem Transporter bis in die Berge mit. »Du hast Energie 3«, sagte er ganz unvermittelt auf der Fahrt. Was er damit meine, entgegnete ich Gabriel. Er spüre, dass bei mir eine wichtige Beziehung zu Ende gegangen sei. Bald würde ich eine wichtige Begegnung machen. Ich war verunsichert. Wen ich denn da in den Bergen treffen wolle?

Da aber nichts der Annahme entgegensteht, dass es auf den anderen unzähligen Planeten und Sonnen ebenfalls Linien, Formen und Farben gibt, steht es uns, eine gewisse Heiterkeit zu bewahren … Die Leinwand des Lebens hatte ihre Sterne angeschnallt. Ich stand am Hang und schaute hinunter in das Tal nach St. Rémy, darüber ein glasklarer Sternenhimmel.

Zu meiner Überraschung gab es keine Übereinstimmung zwischen meiner Perspektive und die des Motivs meines Lieblingsgemäldes. Später erfuhr ich, dass Van Gogh die *»Sternennacht«* aus seiner Phantasie gemalt hatte.

Das war mir jedoch in jener Nacht egal. Ich lag in einem Olivenhain und genoss mein Erlebnis, als ich die ersten Mücken hörte. Kurzum: Es wurde eine Horrornacht, denn sobald ich mich vor den Mücken im Schlafsack schützte, schwitzte ich unerträglich. Also, entweder Hitzestau oder sich völlig zerstechen lassen. Letztlich war es beides, und in den Schlaf kam ich erst gar nicht. Am frühen Morgen stand ich völlig verquollen und zerstochen auf. Ich fühlte mich alt und wusste: Mein Tramper- und Wildcamper-Dasein war mit Anfang 40 wohl für immer vorbei.

Ich brauchte jetzt erst mal einen Kaffee. Auf dem Weg zum Kloster, wo Van Gogh zum Teil unter geistiger Umnachtung lebte, heute ein Museum, traf ich eine junge, hübsche Amerikanerin, die, wie ich, zu früher Stunde das Museum besichtigen wollte. Es war wie in einem Woody-Allen-Film: Ich kam da wie ein wilder Künstler aus den Büschen, sie mit weißem Leinenkleidchen und einem übergroßen weißen Sommerhut.

Sie hieß Stacey, hatte gerade ihren Abschluss in Yale für irgendeine Businesssache gemacht und wollte nun ihre Flitterwochen in Good Old Europe verbringen. Ihr zukünftiger Ehemann sollte am Abend in Paris eintreffen. Dort wollte sie später mit dem TGV-Schnellzug, natürlich 1. Klasse, hinbrausen. Doch sie fand Van Gogh so »amazing«, und alles »so beautiful«, bis sie mir verriet, dass sie sich gar nicht so sicher mit der Heirat sei. Ihr Freund sei doch so »business like« und sie wollte eigentlich viel lieber was mit Kunst machen. Da kam ich gerade recht. Ich sah ja unrasiert ein bisschen wild aus und kannte auch noch ein wenig das Werk von Vincent van Gogh.

Allerdings: Anders als in der Geschichte um Peter Falcon angedeutet, nahm Stacey ihren Zug und verschwand in ein anderes Leben. Doch das Erlebnis an jene Sternennacht blieb. Energie 3.

Ein besonderer Dank gilt meinem alten Schulfreund Achim Fell, mit dem ich die Idee hatte, berühmte Gemälde zu einer Sequenz, ja zu einem Film, zusammenzusetzen.